Gerlinde Friewald lebt mit ihrer Familie im Süden Wiens in Österreich, genau zwischen „dem Land" und „der Stadt". Sie ist in verschiedenen Genres der Unterhaltungsliteratur beheimatet. Besonders wichtig sind für sie – ob Thriller oder Liebesroman – die Spannung und das Gefühl für die Menschen in der Geschichte.

SCHATTEN JAGD

NICK STEIN ERMITTELT

GERLINDE FRIEWALD

Schattenjagd

ISBN 978-3-98998-163-8
E-Book-ISBN 978-3-98998-162-1
Hörbuch-ISBN: 978-3-98998-165-2

Covergestaltung: Buchgewand
Umschlaggestaltung: ARTC.ore Design
Unter Verwendung von Abbildungen von
shutterstock.com: © Aggie 11, © Bowonpat Sakaew, © kzww,
© Seamm, © Savvapanf Photo
depositphotos.com: © Lukbar, © denisovd, © lunamarina
Lektorat: Katrin Gönnewig
Satz: dp DIGITAL PUBLISHERS GmbH
Druck und Bindung: Books on Demand GmbH, Norderstedt

Vorwort

Liebe Leserinnen und Leser,

haben Sie *Schmerzensstille* gelesen? Wenn ja, werfen Sie bitte einen Blick auf das Vorwort und dort auf den letzten Satz, den vor »Viel Vergnügen und Spannung beim Lesen!«. Ja, er ist wieder da, aber wahrscheinlich in einem anderen Zustand, als man es erwarten würde. Und noch jemand aus dem zweiten Nick Stein-Fall taucht auf – es war bewusst, gewünscht, und er wird herzlich empfangen.
Die Recherche war bei allen Nick Steins sehr aufwändig, mit Abstand am intensivsten aber bei *Schattenjagd*. Man glaubt vielleicht gar nicht, wie viel Vorarbeit sich hinter so manchem simplen Satz verbirgt. Im Besonderen, weil sich die Krimis mit Nick flockig und unkompliziert lesen lassen sollen. Es ist wirklich wie die Spitze des Eisbergs, und *follow the white rabbit* trifft es auf seine spezielle Art ziemlich genau.
Während der Ermittlungen schlägt eine Bombe in Nicks Leben ein. Dass sich sein Kollege Christian in einer familiären Konstellation befindet, die Nick so nicht kennt, ist kein Zufall. Ahnen Sie, worum es geht?

Ich wünsche Ihnen viel Vergnügen beim Lesen!
Gerlinde Friewald

Kapitel 1

Der Mann an der Tür musste keine Worte benutzen, um seine Autorität zu demonstrieren. Er war beinahe so groß wie der Durchgang und seine Schultern hatten die sprichwörtliche Breite eines Schranks. Die schwarze talarartige Robe, die er trug, verstärkte den Eindruck. Das einzig Kleine an dieser Gestalt war die auffallend zarte, kerzengerade Nase. Wahrscheinlich hatte es noch niemand geschafft, so nahe an ihn heranzukommen, um sie zu verunstalten.

David senkte die Lider, blieb in einem Sicherheitsabstand von einem Meter stehen und murmelte: »David Kingsley. Ich bin eingeladen.«

Unerwartet verzog der Hüne die Lippen zu einem Lächeln. »Herzlich willkommen, Herr Kingsley. Sie werden bereits erwartet. Ich führe Sie.« Er ließ David eintreten und verriegelte die Tür von innen mit einem elektrischen System.

Obwohl David die räumlichen Gegebenheiten kannte, sah er sich um – die Szenerie beeindruckte ihn jedes Mal aufs Neue: das riesige, getäfelte Foyer, oberhalb der Holzkante die Bilderreihe mit Porträts von Menschen in altmodischen Gewändern aus verschiedenen Epochen.

Insgesamt führten vier Türen tiefer in das Haus hinein: zwei an der dem Eingang gegenüberliegenden Seite, eine an der linken und eine an der rechten Wand. Was sich hinter der letzten verbarg, war David bis jetzt verborgen geblieben.

Nun öffnete der Mann genau diese. »Hier entlang, Herr Kingsley.«

Von einem Absatz führte eine schmale Treppe ins Untergeschoss.

Sie stiegen hinab und betraten einen typischen Kellerraum mit weiß getünchten Wänden, Regalen, schnörkellosen Schränken und zwei Tiefkühltruhen.

David folgte dem Mann durch ein zweites, vergleichbares Abteil und einen Gang entlang, der vor einer Stahltüre endete – sie war ebenfalls elektrisch gesichert.

Der Hüne tippte einen Code in das Zahlenfeld, betätigte den Hebel und zog die massive Konstruktion auf. »Bitte, vor mir. Und achten Sie auf einen angemessenen Abstand zu den Herrschaften.«

David nickte ihm zu und trat über die Schwelle. Jäh hielt er in der Bewegung inne und blickte sich voller Erstaunen um. Im Gegensatz zu dem normalen Kellerbereich, den er eben passiert hatte, handelte es sich bei diesem Raum eindeutig um einen uralten Bau mit gewölbter Decke, grob geformten Wänden aus Mauerziegeln und Fels sowie einem abgetretenen Steinboden. In Nischen und auf mehrarmigen Ständern flackerten unzählige Kerzen. Automatisch drängten sich David Bilder einer Krypta und zugleich eines Weinkellers auf.

Vor einem dunkelgrünen Samtvorhang standen drei Stühle mit überlangen Rückenlehnen. Eine Frau und zwei Männer saßen darauf und fixierten ihn. Sie trugen das gleiche Gewand wie der Riese, allerdings in einem hellen Grau, und ihre Gesichter waren mit Masken verhüllt.

Entgegen seinem Naturell verspürte David Ehrfurcht, und eine tiefe Ergriffenheit durchflutete ihn. Bis jetzt hatte er der Umstände halber nur an Treffen in den USA teilgenommen – sie waren laut, bunt, schrill. Der Unterschied zu dieser würdevollen und mystischen Kulisse war frappierend. Genau das war ein leuchtendes Beispiel dafür, warum er sich so sehr nach der alten Heimat gesehnt hatte. Und nun lag Europa endlich in Griffweite – dank *ihr*, seinem *honey-bunny*.

In der Tat hatte *sie* mehr für ihn getan und war ihm treuer ergeben, als er je zu hoffen gewagt hatte. Gleichwohl war er es, der aufgrund seiner Persönlichkeit und Historie das geeignete Bindeglied zwischen den USA und Europa darstellte. Schier unbegrenzte Möglichkeiten taten sich auf und er hatte vor, diese für sich zu nutzen.

Die Basis der Gruppierung war stabil und zuverlässig. Er brauchte nichts weiter tun, als die Fäden zu ziehen und die Gegebenheiten in die von ihm gewünschte Richtung zu lenken. Er war ein Magnet und legte er es darauf an, hingen die Menschen an seinen Lippen – *honey-bunny* war gegenwärtig der beste Beweis. Dessen ungeachtet musste er mit Bedacht vorgehen, nicht zu kühn und nicht zu zögerlich, eloquent und mit der Demonstration seiner Überlegenheit. Demzufolge streckte er die Wirbelsäule durch und sah der Frau direkt in die Augen.

Sie reagierte prompt. »Du wolltest mit uns reden, David.« Ihre Stimme klang ruhig und erhaben.

»Ja?!« Die Worte irritierten ihn. Meinte sie, er würde sie wegen der Maske nicht erkennen? Es war drei Tage her, als sie das letzte Mal gemeinsam in einem Café gesessen hatten. Warum tat sie jetzt so geheimnisvoll und nichtsahnend?

Vermutlich lag ihr bloß daran, die Magie des Moments zu wahren – dem würde er gerne entsprechen. Also entgegnete er: »Ich hatte nicht damit gerechnet, die Unterhaltung in solch einem Rahmen zu führen. Die Atmosphäre ist ... beeindruckend.«

»Bringe uns dein Ansinnen dar«, sagte sie, ohne seine Bemerkung zu kommentieren.

Unmerklich stöhnte David auf. Wie viele Stunden hatte er damit zugebracht, ihr seine Pläne zu erläutern? *Ach, was soll's*, dachte er versöhnlich. *Dann will sie meine Ausführungen eben noch einmal zusammengefasst präsentiert bekommen.* Er räusperte sich. »Ich bin der Meinung, dass wir umformiert gehören. Wir streben nach Wissen und Erkenntnis, setzen die Resultate jedoch in keiner Weise für uns ein. Meine Befähigung ist es, Menschen zu bannen und ihnen einen Fokus zu vermitteln. Ihr ahnt nicht, wie weit uns das bringen könnte.«

»Und was wäre das Fazit?«, fragte der Mann, der rechts neben ihr saß.

»Macht natürlich, was sonst?« David zuckte mit den Schultern. Wie verbohrt konnte man sein? Es reichte. Besonnenheit in allen Ehren, das war allerdings zu viel. Er war doch kein Bittsteller! »Wenn ihr wüsstet, wer ich in Wahrheit bin und was ich in der Vergangenheit zustande gebracht habe, gäbe es kein Zögern von eurer

Seite.« Obwohl ihm klar war, welches Risiko er mit der Aussage auf sich nahm, schwankte er nicht. Diese Wichtigtuer sollten ruhig erfahren, dass sie es nicht mit irgendjemandem zu tun hatten. Er würde sie lehren, dankbar und fügsam zu sein.

»Wir sind über deine Absichten im Bilde, David. Sie sind so unehrenhaft wie gefährlich«, antwortete der andere Mann.

David kniff die Augen zusammen. Zurückhaltung war einfach nicht sein Stil. »Nicht sie sind gefährlich, sondern ich bin es.«

Die Frau beugte sich vor. »Du strebst nach Herrschaft und willst uns für deine persönlichen Zwecke ausbeuten. Diese Intention bedroht unsere Geheimnisse. Das dürfen wir nicht zulassen, David.«

»Eure *Geheimnisse* sind der Grundstock für etwas Größeres.« Er fixierte sie. »Wie Lemminge laufen sie hinter uns her, weil wir ihnen das Gefühl geben, etwas Besonderes zu sein. Nutzen wir das nicht aus, sind wir schlichtweg … dämlich.«

Ohne Hast stand sie auf und vollführte eine knappe Handbewegung. »Schweig!« Wenngleich sie nicht lauter sprach als zuvor, hallte ihr Befehl von den Wänden wider.

David hatte ihren Wink zwar registriert, beschäftigte sich aber dermaßen intensiv mit einer passenden Entgegnung sowie der Frage, warum ihr *Schweig!* so gut gewirkt hatte, dass er dem Zeichen keine Wichtigkeit beimaß. Selbst als sich der Hüne im schwarzen Talar von seinem Platz an der Tür löste und direkt auf ihn zuging, erachtete er sich in keiner Notlage.

Gerade wollte David antworten, als er im Schein der Kerzen etwas aufblitzen sah. Bereits im nächsten Augenblick – sein Gehirn hatte den Lichtstrahl noch nicht zugeordnet – sprang der Mann auf ihn zu, packte ihn im Nacken an den Haaren und riss seinen Kopf zurück. Zeitgleich drückte er ihn mit voller Wucht hinunter, sodass David seine Knie beugen musste. Er schrie auf und versuchte sich zu befreien, doch die Stärke des Riesen überstieg seine Kraft um ein Vielfaches. Der Griff war eisern, und David fühlte sich wie in einem Schraubstock gefangen.

»Du sprichst von Macht. Erfahre nun die unsere«, ertönte ihre Stimme gehaltvoll.

Durch die Fixierung war Davids Blickfeld auf einen Ausschnitt der Gewölbedecke eingeschränkt. Auf einmal verspürte er einen Druck in seinem Brustkorb, genau hinter den Rippen. Presste ihm dieser Kerl mit der freien Hand die Faust in den Leib? Wenigstens ließ er jetzt seinen Kopf los. Das Ziehen an den Haaren war unangenehm gewesen.

David schüttelte sich, um die Schultermuskeln zu lockern, als ihn unvermittelt ein unbeschreiblicher Schmerz durchzuckte. Erneut schrie er auf und blickte an sich hinab. Auf der linken Seite ragte oberhalb des Schlüsselbeins der Schaft eines Dolches empor, und rund um die Einstichstelle färbte sich sein weißes Hemd rot. *Ist das überhaupt ein Dolch – oder ein Schwert?*, überlegte er und wunderte sich parallel über die Sinnlosigkeit dieses Gedankens. Was zählte es, welche Waffe in ihm steckte?

David atmete flach, worauf der brennende Schmerz abflaute und in ein rhythmisches Pochen überging. Es tat weiterhin höllisch weh, doch auf diese Weise würde er eine Weile lang durchhalten. Schmeckte er Blut?

Mit einem gurgelnden Geräusch, das überlaut in sein Gehirn vordrang, versuchte er Speichel zu sammeln, um den Schluckreflex auszulösen. Weder Zunge und Rachen noch der Schlund reagierten allerdings auf seine Bemühungen. Warum schaffte er es nicht, diese simple, automatische Handlung durchzuführen? Generell nahm ihn ein verstörendes Empfinden ein: Sein ganzer Körper wurde *weich*, als verlören sämtliche Muskeln die Spannung und bestünden aus einer gallertartigen Masse.

Ein leichter Schwindel erfasste David und sicherheitshalber ließ er sich langsam auf die Knie sinken. Dabei registrierte er am Rande, dass die Klinge aus ihm herausgezogen wurde. Als er sich mit den Händen auf dem Boden abstützen wollte, um nicht zu kippen, geriet er in Schieflage. Unter Aufbringung all seiner Kraftreserven fing er den drohenden Sturz mit einer ruckartigen Bewegung ab. Der Schmerz, der daraufhin schlagartig in seinem Brustkorb aufflammte, brachte ihn für eine Sekunde beinahe um den Verstand. *Keine schnellen Bewegungen*, ermahnte er sich. *Und bleib wach – konzentriere dich. Das ist deine einzige Chance.*

Davids Verstand arbeitete nach wie vor so gewissenhaft, dass er buchstäblich mitbekam, wie seine Sinne allmählich schwanden. *Habe ich denn eine Chance?* Das Luftholen fiel ihm immer schwerer und eine bleierne Müdigkeit legte sich über ihn. Noch seine eigenen Anweisungen im Bewusstsein – keine schnellen Bewegungen, wach bleiben – ließ er die Beine zur Seite gleiten und streckte sich auf dem Boden aus. Die kalten Steine riefen einen Schauer hervor, und er erzitterte. Von selbst begannen seine Lider zu flattern und verschwommen nahm er die drei Gestalten wahr, die regungslos vor ihm standen.

Sie sind näher gekommen, um mir beim Sterben zuzusehen, wähnte er und begriff plötzlich die Ausweglosigkeit seiner Situation in vollem Ausmaß: *Ich sterbe.*

Es war der letzte Gedanke, den er klar erfasste, dann legte sich Dunkelheit über ihn.

Kapitel 2

Nick hängte das Sakko über den Stuhl, der vor dem kleinen Schreibtisch stand, lockerte die Krawatte und ließ sich auf das Bett fallen. Der Tag hatte alle Sinne gefordert und der Abschlussdrink mit den Kollegen aus dem Seminar war trotz seiner guten Englischkenntnisse eine Herausforderung gewesen – vier verschiedene amerikanische Dialekte strengten an. Es half wenig, dass er seine Assistentin Samantha Smith in den vergangenen Wochen dazu verdonnert hatte, fast ausschließlich Englisch mit ihm zu reden. Das fein modulierte *british english* erschien im Vergleich zum breiten Südstaatenslang oder der Mundart aus dem Nordwesten nahezu wie eine andere Sprache.

Es war spät geworden und Nick überlegte, ob er Luisa noch anrufen sollte – bei ihr in Österreich graute gerade der Morgen und bestimmt war sie wach. Sie hatte Nachtdienst im Krankenhaus, und selbst wenn sie zum Schlafen gekommen war, weckte sie gegen fünf Uhr die innere Uhr.

Nick drehte den Kopf zur Seite und schloss die Augen. Nur kurz wollte er den Tag Revue passieren lassen. Dann würde er das Handy aus der Sakkotasche holen, mit Luisa telefonieren und sich nach einer Dusche endgültig zur Ruhe begeben. Morgen lief es in ähnlicher

Gangart weiter und er hatte vor, nicht die kleinste Information zu verpassen. Schaffte man es, beim FBI einen Seminarplatz zu bekommen, musste man das ausnutzen.

Das Thema Fallanalyse war für ihn maßgeschneidert und obwohl er bereits über umfangreiche Kenntnisse verfügte, drang er auf diese Weise noch tiefer in die Materie vor. Zudem bestätigte er sein vorhandenes Wissen und rundete es ab. Besonders der Vortrag einer Kriminalpsychologin, die für ihre Profilings mitunter unübliche Wege beschritt, war hochinteressant gewesen.

Deutlich spürte Nick, wie er gemeinsam mit seinen Gedanken langsam in den Schlaf überglitt. Er mochte diesen Zustand und beschloss, ihm nicht entgegenzuwirken. Sein Gehirn verarbeitete in dieser Phase das Erlebte am besten.

Das Klingeln seines Handys ließ Nick jäh hochschnellen. Wer rief ihn um diese Zeit – egal ob Quantico oder Wien – an? Sofort war er hellwach. Eine Eigenschaft, die er während seiner Zeit beim Bundeskriminalamt verinnerlicht hatte und nie wieder verlieren würde. Er sprang aus dem Bett, machte zwei weite Schritte zu seinem Sakko und zog das Telefon heraus. Die Nummer, die auf dem Display angezeigt wurde, kannte er: das Bundeskriminalamt Deutschland.

»Nick Stein.« Er registrierte, wie rau seine Stimme klang, und hustete.

»Guten Morgen. Mein Name ist Jan Löve vom zentralen Fahndungsdienst.« Der Mann räusperte sich. »Habe ich Sie geweckt?«

Nicks Blick streifte den antiquierten Radiowecker, der auf dem Schreibtisch stand. Es war halb vier Uhr in der Nacht – er war nicht nur eingedöst, sondern hatte stundenlang fest geschlafen. »Ja, aber das liegt an der Zeitverschiebung. Sie erreichen mich in den USA. Kein Problem. Was kann ich für Sie tun?«

»Ja, also ... Sie waren leitender Ermittler in dem Fall des Flüchtigen David König – schwere Körperverletzung, Gründer der Sekte Sonne Seven, Anstiftung zum Mord, Drahtzieher –«

»Sie müssen mir seine Verbrechen nicht aufzählen. Mir ist jedes Detail bekannt.« Unweigerlich blitzten in Nicks Kopf die schrecklichen Bilder von damals auf: die alte Villa in der Stadt Baden, riesige, hölzerne Kreuze, die gepeinigten Täter am Ende tot auf dem Boden liegend, und David König selbst, der wahre Schuldige.

»Entschuldigen Sie, Herr Doktor Stein. Natürlich, Sie haben ein Buch darüber geschrieben. ›Stille Schuld‹ ist quasi Pflichtlektüre in unserem Beruf. Ich habe es auch gelesen – äußerst spannend und lehrreich.«

»Das freut mich.« Nick fühlte förmlich, wie seine Ungeduld stieg. »Zum Grund Ihres Anrufes ...«

»Ja, genau. Vor fünf Tagen wurde in Konstanz die Leiche eines gewissen David Kingsley aus Athens im Bundesstaat Georgia gefunden.«

»Hat der Tote etwas mit König zu tun?« Seit sich David König in Wien der Verhaftung entzogen hatte, war er wie vom Erdboden verschluckt. Gab es endlich einen ersten Hinweis?

»Und ob. Dem Abgleich zufolge handelt es sich nämlich um ihn.«

Nick benötigte einen Moment, um die Information zu verarbeiten. David König war tot? Dieser Mann hatte seine berufliche Karriere beeinflusst und spukte schon so lange durch seine Albträume, dass ihm die Nachricht wie eine Illusion erschien. »Wie ist er gestorben?«, fragte Nick schließlich.

»Er wurde erstochen.«

Nick schluckte, um den Knoten loszuwerden, der sich in seinem Hals gebildet hatte. »Wem ist es zu verdanken, dass die Daten des Toten mit der Fahndungsliste verglichen wurden?«

»Dem leitenden Beamten vor Ort. Er hat es routinemäßig angeordnet.«

Nick atmete tief durch. Der Mann vom Fahndungsdienst rief nicht nur an, um ihn über David Königs Tod zu informieren. Bestenfalls erhielte er als ehemals zuständiger Kriminalkommissar eine schriftliche Benachrichtigung. Es musste einen weiteren Grund geben, und den wollte er schnellstmöglich eruieren. »Was kann ich für Sie tun, Herr Löve?«

»Gemäß unseren Aufzeichnungen sind Sie für unbestimmte Zeit vom BKA Wien freigestellt und arbeiten aktuell als freier Analytiker und Berater«, antwortete Jan Löve prompt. »Wir würden Sie gern offiziell in die Untersuchung einbeziehen. Keiner kennt die früheren Umstände sowie die Person David Königs besser als Sie.«

Nicks Erwiderung kam in derselben Geschwindigkeit. »Ich bin dabei. Ist die Polizei in Konstanz einverstanden?«

»Sie befürwortet Ihre Anwesenheit. Herr Doktor Stein, Sie sagten eingangs, Sie befinden sich gerade in den USA?«

»So ist es, in Quantico – ich nehme an einem Profilingseminar für FBI-externe Personen teil.« Nick erinnerte sich, dass er den Ausdruck Profiler vor einigen Jahren noch strikt abgelehnt hatte und jedem Artikel in den Medien mit Stirnrunzeln begegnet war, in dem man ihn als solchen bezeichnet hatte. Inzwischen zählte das Wort zu seinem üblichen Sprachgebrauch.

»Wie ich erwähnt habe, lebte David König alias Kingsley in Athens. An der dortigen Universität war er als Assistent im Bereich Literatur geführt. Seine Reise nach Europa erfolgte im Auftrag dieses Fachbereichs. Und er war mit einer Professorin von der University of Georgia liiert ...« Jan Löve ließ seiner Ausführung keinen Punkt folgen.

Nick wusste sofort, worauf er hinauswollte. »Übermorgen ist das Seminar zu Ende. Soll ich einen Zwischenstopp einlegen und mich in Athens umsehen?«

»Ja, es wäre eine gute Gelegenheit. Die Behörden waren kooperativ, aber das Telefonat mit der Lebensgefährtin Königs gestaltete sich schwierig, wie wir von Christian Mayer erfahren haben. Er ist der leitende Ermittler in Konstanz.«

»Wenn Sie mir seine Handynummer schicken, rufe ich ihn an«, entgegnete Nick und hüstelte. »Herr Löve, ich arbeite fest mit einem kleinen Team zusammen, ebenfalls ehemalige Beamte des BKA Wien.«

»Das wissen wir. Sprechen Sie sich diesbezüglich mit Christian Mayer ab, von unserer Seite bestehen keine diesbezüglichen Einwände. Die Beratungsvereinbarung senden wir Ihnen per Mail. Unterzeichnen Sie mit digitaler Signatur, und wenn Fragen auftauchen, wenden Sie sich vorläufig an mich.«

»In Ordnung. Ich setze mich gleich mit Christian Mayer in Verbindung – bei Ihnen in Deutschland hat der Tag schon begonnen.«

»Ja, so ist es. Entschuldigen Sie bitte die nächtliche Störung.«

»Das macht nichts.« Jetzt, da die notwendigen Informationen ausgetauscht worden waren, geriet das Gespräch ins Stocken. Ohne großes Aufheben brachte Nick es zu Ende. »Vielen Dank für Ihren Anruf. Auf Wiederhören.«

Erst als das Display des Handys schwarz wurde, löste sich Nick von seinem Platz und ging zurück zum Bett. Mit einem Seufzer setzte er sich auf den Rand. An Schlaf war nicht mehr zu denken – er war hellwach und sein Gehirn arbeitete auf Hochtouren. David König ...

Vor allem die psychische Belastung, die mit dem schrecklichen Fall rund um diesen Mann einhergegangen war, hatte Nick letztlich dazu bewogen, seine Arbeit als Kriminalkommissar beim BKA Wien stillzulegen – Samantha Smith und Peter Westernschmidt, seine engsten Mitarbeiter, waren ihm gefolgt. Aber die Angelegenheit hatte noch weitere Kreise gezogen, die in der Folge auch sein Privatleben beeinflusst hatten: Dank seiner Entscheidung, das BKA zu verlassen, war er zur Ruhe gekommen und hatte es geschafft, die zerrüttete Beziehung mit Luisa zu reparieren. Heute lebten sie zusammen in einem Haus in seiner Heimatstadt Mödling bei Wien – der beste Schritt überhaupt. All die Affären und One-Night-Stands hatten ihn jahrelang an der Oberfläche dahintreiben lassen. Daraus zog man keine Kraft, das war ihm mittlerweile deutlich bewusst.

Ich muss Sam und Peter Bescheid geben, dachte er und aktivierte das Handy. Jan Löve hatte ihm indessen die Kontaktdaten von Christian Mayer geschickt. Ihn würde er nach Samantha und Peter anrufen.

Als Erstes wählte er Samanthas Nummer. Es klingelte nur einmal, bis sie sich meldete. »Good morning, darling. How nice is that, wenn sich mein Boss zu nachtschlafender Stunde nach mir sehnt. Wie läuft das Seminar?«

»Dir ebenso einen schönen guten Morgen, Sam. Die Vorträge sind hochinteressant, deshalb rufe ich jedoch nicht an. Wir haben einen neuen Fall.«

»Ich hoffe, er gestaltet sich spannender als der Letzte. A tiny bit Aufregung würde mir nicht schaden. Mit Robert zusammen zu sein ist nicht kolossal abenteuerlich.«

Normalerweise wäre Nick ohne zu zögern auf Samanthas Randbemerkung über Robert angesprungen und hätte mit einem spitzen Kommentar auf ihn abgezielt. Im Augenblick fiel ihm allerdings nichts Zündendes ein. Er war zu aufgewühlt. »Sam, sie haben David König gefunden. Er wurde ermordet.«

»What? O my god.« Es folgte ein Moment des Schweigens. »Und wir werden in die Ermittlung involviert?«

»So ist es. Ich wurde vom Fahndungsdienst des BKA Deutschland angerufen. König ist in den USA untergetaucht und im Auftrag der University of Georgia nach Europa zurückgekehrt. Seine Freundin ist Professorin an der Uni dort. Übermorgen nach dem Seminar fliege ich zu ihr«, fasste Nick zusammen.

»I can't believe this«, murmelte Samantha. »Wo hat man seine Leiche gefunden?«

»In Konstanz. Mehr weiß ich gegenwärtig selbst nicht. Die Unterlagen werden wir bestimmt bald erhalten.«

Samantha räusperte sich. »Nick, wann hast du das letzte Mal mit Arno telefoniert?«

»Das ist einige Wochen her. Wir haben uns lose auf einen Drink nach meiner USA-Reise verabredet.« An Arno Hammer hatte Nick noch gar nicht gedacht. Er war damals Teil des Teams gewesen und von David König schwer verletzt worden. »Sam, würdest du es übernehmen, ihn zu informieren? Er hat ein Recht darauf. Sag ihm, ich melde mich, sobald ich zu Hause bin.«

»Sure thing. Was ist mit Peter?«

»Den wollte ich eigentlich nach dir in Kenntnis setzen, aber vielleicht kannst du mir auch diesen Anruf abnehmen. Ich muss den leitenden Beamten kontaktieren, und Luisa benachrichtigen.« Nick senkte die Stimme. »Kommst du damit klar, Sam? Ich meine, mit den Erinnerungen und so.«

»It's not easy, but I can deal with it. Mach dir um mich keine Sorgen.«

Kapitel 3

Während des Gesprächs war Robert die ganze Zeit um Samantha herumgeschlichen. Das tat er immer, wenn Nick anrief. Die Beziehung zwischen den beiden Männern war diffizil und Samantha vermutete, dass Robert schlichtweg auf Nick eifersüchtig war. Dabei ging es nicht um sie als Frau – sie war fünfzehn Jahre älter als Nick und sein *buddy* –, sondern um die Zeit, die sie mit ihm verbrachte, und um ihre innige Freundschaft.

Als Rechtsmediziner hatte Nick Robert stets geschätzt, menschlich jedoch fand er wenig freundliche Worte. Sie selbst war früher sogar noch kritischer gewesen. In der Tat zählte ihr Lebensgefährte nach außen hin nicht zu den Sympathieträgern, wie etwa Nick einer war. Zu hochnäsig und gefühlskalt verhielt er sich anderen Menschen gegenüber. Dahinter verbarg sich allerdings ein nachdenklicher wie fürsorglicher Charakter, der auf die falsche Art um Anerkennung buhlte.

In vermeintlicher Seelenruhe goss sich Samantha einen Kaffee ein und nahm am Küchentisch Platz. »David König ist ermordet worden. Erinnerst du dich an den Namen?«

Sofort setzte sich Robert ebenfalls. »Und ob! Ein Rechtsmediziner darf keine Regung zeigen, das wäre unprofessionell, aber was ich gesehen und im Zuge der

Autopsien herausgefunden habe, verfolgt mich bis heute.«

»Ich hatte keine Ahnung, wie nahe dir die Sache gegangen ist«, bemerkte Samantha.

Er senkte den Blick. »Das musstest du auch nicht, niemand.«

Samantha musterte ihn. Sie hatte den Eindruck, dass Robert weitersprechen wollte. Also ermunterte sie ihn mit einer auffordernden Handbewegung.

Bereitwillig ging er darauf ein. »Grundsätzlich ist ein Toter, der auf meinem Tisch landet, für mich wie das Haar für den Frisör. Vor mir liegt kein Mensch, sondern ein notwendiges Utensil, das ich benötige, um meine Aufgabe zu erfüllen. Natürlich sehe ich die Akten ein, doch dort finden sich ebenso nur sachliche Beschreibungen.« Wieder schwieg Robert.

»Your way of thinking ist kein Geheimnis für mich. Come on, weiter.«

Er nickte. »Die Causa König an sich war schon außerordentlich. Man stelle sich das vor! Mitten im einundzwanzigsten Jahrhundert finden in einem westeuropäischen Land – unserem Österreich – Kreuzigungen und Folterungen statt. Du weißt, dass ich mich von jeher für Geschichte interessiere. Das war der Auslöser, mich intensiv mit der Antike und Religionen zu beschäftigen. Ich könnte in jeder beliebigen Schule unterrichten. All diese –«

»Darling ...« Ließe Samantha Robert jetzt dahinphilosophieren, würde er endgültig abschweifen und käme nie auf den Punkt.

»Selbstverständlich, entschuldige. Zum Thema! Durch dich – wir waren bereits ein Paar – habe ich zusätzliche Einblicke, vor allem auf der Gefühlsebene, erhalten: Grausame Täter, die zugleich Opfer waren, ein manipulativer Sektenführer, der furchtbare Rache übte – all dies hat meine Perspektive verrückt und für immer verändert.«

»Dann hast du von mir mehr erfahren, als dir lieb war?«, fragte Samantha.

»Nein, gar nicht!« Robert hob die Hand. »Seither ist es zwar schwieriger, die Contenance zu wahren, aber ich bin dadurch zu einem noch besseren Rechtsmediziner geworden – obendrein womöglich zu einem besseren Menschen. Ich lese in den Ermittlungsakten zwischen den Zeilen und erkundige mich beim zuständigen Kommissar. Es ist, als hätte ich den letzten Schliff erhalten.«

Samantha lächelte. »Das ist das schönste Kompliment, das du mir je gemacht hast. Thank you.« Sie senkte die Lider und presste die Lippen aufeinander. Nun war es an ihr, etwas zu gestehen. »Nick wurde in dem Mordfall als Berater engagiert. I know, wir wollten übernächstes Wochenende nach Salzburg zu dem Charity-Golfturnier fahren, aber ich lasse Nick nicht allein. Es handelt sich immerhin um David König.« Sie streckte die Wirbelsäule durch. »Außerdem brenne ich selbst darauf, diese unerledigte Angelegenheit abzuschließen. Der Mann geistert genauso durch meine Träume.«

»Ich helfe mit!« Um seiner Aussage Nachdruck zu verleihen, ließ Robert die Faust auf den Tisch niedersausen. Das Geräusch, das er erzeugte, ließ ihn zusammenzucken. »Herrje, so laut sollte es nicht klingen. Ehrlich, Sam, ich möchte dabei sein. Golf haben wir noch für den Rest unseres Lebens.« Er rieb sich über das Kinn. »Meinst du, Nick hat etwas dagegen, wenn ich mich involviere? Ich weiß doch, dass er mich nicht ausstehen kann und nur deinetwegen in der Runde duldet.«

Samantha verdrehte die Augen. »Du erwähntest zuerst die Wahrung deiner Contenance. No offence, but wahrscheinlich ist sie es, die dich anmaßend und impertinent wirken lässt. Nick schätzt deine Arbeit über alles. Schaffst du es, ihm deine menschliche Seite zu zeigen, garantiere ich dir seine Achtung auch im privaten Bereich.« Abrupt schob Samantha den Stuhl zurück und stand auf. »Jetzt muss ich einige Telefonate führen.« Sie schickte Robert eine Kusshand und steckte sich die neuen kabellosen Kopfhörer ins Ohr – ein Geschenk Roberts.

Kapitel 4

Der Sheriff parkte den Wagen am Straßenrand und zeigte auf das Haus, vor dem sie standen. »Okay, let's go, Doctor *Arni*.« Er grinste Nick an.

»Is my dialect really so telling?«, erkundigte sich Nick, während er die Autotür öffnete.

Der Sheriff, der indessen ausgestiegen war, nickte. »Yep.«

Nick wandte sich dem Gebäude zu und betrachtete es. Genauso stellte er sich ein Haus im Herzen der Südstaaten vor: Die Fassade bestand aus Holz und war weiß gestrichen. Auf der linken Seite befand sich eine offene Veranda, deren Dach direkt in einen Überbau mündete, der sich etwa sechs Meter fast über die gesamte Länge zog und von vier Säulen gehalten wurde. Ein gepflasterter Weg führte zum Eingang und teilte die saftig grüne, akkurat geschnittene Wiese in zwei Hälften. Begrenzt wurde der Gartenbereich von niedrigen Sträuchern. *Tara in Miniausführung,* dachte Nick und gesellte sich an die Seite des Sheriffs.

Der wies mit dem Kinn nach vorne. »Don't forget that *Mrs Professor* is a bit nuts.«

Zur Bestätigung, dass er keinesfalls vergessen hatte, senkte Nick den Kopf. Der Sheriff hatte ihm ausführlich von seiner Unterhaltung mit Dorothy Franklin berichtet: Der Gesprächsverlauf sei merkwürdig und verstörend gewesen. Zudem hätte sie ihn mit Nichtachtung gestraft. Ganz so, als wäre er ihrer nicht würdig.

Nick war bereit für die verrückte Professorin und eine literaturlastige Stunde.

Als sie die Eingangstür erreichten, drückte der Sheriff die Klingel. Aus dem Inneren des Hauses erklang ein heller Ton und kurz darauf waren Schritte zu hören. Die Tür wurde aufgezogen und im Rahmen erschien eine hochgewachsene, elegant wirkende Frau.

Sie warf einen abschätzigen Blick auf den Sheriff und nickte ihm zu, dann widmete sie ihre Aufmerksamkeit Nick. »Herzlich willkommen, Herr Doktor Stein. Es freut mich, Sie kennenzulernen. Bitte, kommen Sie herein.« Wenngleich sie langsam und mit Akzent redete, war ihr Deutsch einwandfrei.

Nick ergriff ihre ausgestreckte Hand, deutete einen Handkuss an, und sagte: »Ich bin verwundert und erfreut, meine Muttersprache zu vernehmen. Danke für diesen besonderen Empfang.«

»Die deutsche Sprache zu beherrschen, ist mir ein besonderes Anliegen. Sie ist wie die Wurzel eines Baumes – Basis und Halt.« Gepaart mit einer einladenden Geste trat sie zur Seite, ließ Nick und den Sheriff ein, schloss die Tür und ging voran. Über die Schulter hinweg fragte sie: »Es macht Ihnen doch nichts aus, im Garten zu sitzen? Ich habe Eistee vorbereitet.«

»Ich liebe Wärme und frische Luft«, entgegnete Nick.

»Es gibt Menschen, die sich in ihren klimatisierten Häusern verbarrikadieren und nicht zu schätzen wissen, was die Natur und der Himmel über uns zu bieten haben. Es ist schön, dass Sie anders denken.«

Wie sich Nick erinnerte, hatte ihm der Sheriff erzählt, anlässlich seines Besuches darauf bestanden zu haben, im Haus zu bleiben. Ob sie noch weitere Pfeile in ihrem Köcher hortete, um diese im Laufe des Gesprächs auf ihn abzuschießen? Nick war gespannt zu erfahren, warum Dorothy Franklin dem Sheriff dermaßen ablehnend gegenüberstand. Schätzte sie ihn tatsächlich geringer – wenn ja, warum? – oder missfiel er ihr einfach als Person? Außer Acht lassen durfte Nick zudem nicht, dass der Sheriff der Überbringer der Nachricht von David Kingsleys alias David Königs Tod gewesen war. Es handelte sich um kein neues Phänomen, dem Boten die Schuld zu geben.

Mit Dorothy Franklin an der Spitze durchquerten sie im Gänsemarsch das Wohnzimmer und hielten vor dem Durchgang zum Garten. Sie zog die Schiebetür aus feinmaschigem Gitter zur Seite und trat vor ihnen ins Freie.

Nick folgte ihr auf dem Fuß und gab einen erstaunten Laut von sich. »Mein Gott, das ist ja wunderschön! Wie ›Der geheime Garten‹.« Seine Überraschung war nicht gespielt. Auf den allerersten Blick wirkte das Gelände für das oberflächliche Auge unter Umständen verwildert, doch bei genauer Betrachtung trat deutlich hervor, dass der Eindruck hervorgerufen wurde. Die Rasenflächen zwischen den hohen Rosensträuchern, die sich um schmiedeeiserne Bögen schlangen, waren genauso sorgfältig geschnitten wie die Wiese vor dem Haus. Auf dem fast waagrecht gewachsenen Ast eines Baumes mit rosafarbenen Blüten hing eine weiße Schaukel, und umgeben von Büschen entdeckte Nick zwei Holzbänke.

Dorothy Franklin lächelte zurückhaltend. »Setzen Sie sich auf einen der dem Garten zugewandten Stühle, Herr Doktor Stein. Sie scheinen sich nicht sattsehen zu können.« Sie schenkte drei Gläser Eistee im Stehen ein, dann nahm sie ebenfalls Platz.

Der Sheriff entschied sich für einen Stuhl am anderen Ende des Tischs.

»Spielten Sie gerade auf ›Der geheime Garten‹ von Frances Hodgson Burnett an?«, fragte sie nach einem Moment des Schweigens.

»Ja, genau dieses Buch ist mir in den Sinn gekommen, Frau Doktor Franklin.«

»Nennen Sie mich bitte Dorothy. Es erstaunt mich, dass Sie dieses Werk kennen. ›Der kleine Lord‹ erhält seit seinem Erscheinen eindeutig mehr Gehör.«

»Ich lese sehr gerne. Leider lässt es meine Zeit kaum zu, diese Passion adäquat auszuleben.« Nick drehte sich dem Sheriff zu. »Excuse me for speaking german.«

Der hatte sich zurückgelehnt, nippte an seinem Eistee und sah auf den Garten hinaus. »Ah, that's okay. Keep going.«

Dorothy beachtete die Meldung des Sheriffs nicht. »Wie ich im Internet nachgelesen habe, sind Sie selbst Autor.«

»Nur eines Sachbuchs, das zweite befindet sich in Arbeit. An einen Roman würde ich mich allerdings nicht heranwagen.«

»Vielleicht wandeln Sie doch einmal auf den Spuren Agatha Christies und erschaffen Figuren wie Miss Marple oder Hercule Poirot – um die berühmtesten anzuführen. Wussten Sie, dass sie unter einem Pseudonym auch romantische Geschichten schrieb?«

Nick schüttelte den Kopf. »Das war mir bisher nicht bekannt. Wie interessant.«

»Welchen Doktortitel haben Sie?«, fragte Dorothy Franklin unvermittelt.

»Kriminalpsychologie.« Nick betrachtete die Frau aufmerksam. Ohne Zweifel lenkte sie die Unterhaltung in eine bestimmte Richtung, wobei sie durchaus geschickt vorging und ihn offensichtlich zugleich austestete. Aber was überprüfte sie? Seine Eignung als angemessenen Gesprächspartner?

»Ich muss Ihnen etwas gestehen, Herr Doktor Stein. Als man mir Ihren Besuch ankündigte, habe ich mir Ihr Buch als E-Book heruntergeladen und es gelesen. Dank meines Berufs bin ich es gewohnt, Texte rasch – wie sagt man auf Deutsch? – durchzuschauen.« Kurz warf sie einen Blick auf den Sheriff, dessen Lider drohten zuzufallen.

Nick horchte auf. Steckte seine persönliche Verbindung zu David König hinter ihrem Verhalten? Es war nicht unmöglich, dass sie den Zusammenhang zwischen seinen Erläuterungen über David König, den er natürlich unter geändertem Namen in seinem Buch analysierte, und ihrem David Kingsley hergestellt hatte. Vom Sheriff hatte sie erfahren, wer ihr verstorbener Geliebter in Wahrheit gewesen war, und mit etwas Geschick hatte sie anhand der alten Medienberichte die Elemente problemlos zusammenbringen können.

Nick faltete die Hände. »Sie wissen, warum ich hier bin?« Ein besserer Moment würde sich nicht bieten, um zum eigentlichen Thema hinzuführen. Deutlich leichter fiele es ihm, die richtigen Worte zu finden, zeigte

Dorothy Franklin nur den Hauch einer Gefühlsregung. Ihre Selbstbeherrschung war jedoch beispielhaft. Dabei musste sie tief in ihrem Inneren etwas empfinden: Trauer, Verzweiflung, Wut, Angst, Erlösung – viele Tendenzen könnte Nick verstehen. Fast wünschte er sich, sie a bit nuts – wie der Sheriff es ausgedrückt hatte – zu erleben, dann hätte er zumindest einen Anhaltspunkt.

Dorothy nickte. »Ja, Herr Doktor Stein, das ist mir bewusst. Und ich bin froh, dass Sie es sind.«

Was meint sie mit ›dass ich es bin‹?, überlegte Nick, doch noch bevor er einhaken konnte, redete sie bereits weiter.

»Dieser Gesetzesvertreter ist unerträglich.« Mit dem Kinn zeigte sie auf den mittlerweile schlafenden Sheriff. »Ein gewöhnlicher Tölpel, der in eine Uniform gesteckt wurde und meint, sie würde ihn zu einem beachtenswerten Menschen machen. Er entstammt der untersten Stufe und nichts Reines steckt in diesem Individuum. Aber das ist das Resultat, wenn man zulässt, dass sich Völker vermischen.«

Einen Augenblick lang starrte Nick Dorothy Franklin verblüfft an. Dies war weit mehr als eine bloße rassistische Andeutung – sie hatte sich förmlich geoutet. Er dachte an ihre Bemerkung über die deutsche Sprache. Eingangs hatte er ihr keine Bedeutung beigemessen.

Obwohl es ihn reizte, zu reagieren, hielt er sich zurück. Schließlich war er nicht hier, um über Themen dieser Art zu diskutieren. »Erzählen Sie mir bitte von David Kingsley, Dorothy«, antwortete er so sanft, wie es ihre Aussage für ihn zuließ. »Wie haben Sie einander kennengelernt?«

Dorothy neigte den Kopf. »Ach, es handelte sich im wahrsten Sinne des Wortes um Schicksal. Ein Kollege der Fakultät und ich saßen in einem Restaurant nahe der Universität und erörterten den religiösen Aspekt eines Werks. Wir waren etwas lauter geworden und David, ebenfalls Gast, hat unsere Kontroverse aufgeschnappt. Anstatt sich jedoch über unsere hitzige Diskussion zu beschweren, bot er Hilfe an. Sein Bibelwissen war umfangreich, und er brachte uns einer Lösung näher.« Dorothys Blick wanderte umher. Es war, als spräche sie zu sich selbst. »Mein Kollege ging, David blieb. Bei mir fand dieser weitgereiste Mann eine Heimat.«

Um ihren Redefluss aufrechtzuerhalten, stellte Nick die erstbeste Frage, die ihm spontan einfiel: »Woher stammte David Kingsley ursprünglich?«

»Aus dem mittleren Westen. Ich habe mir den Namen des Dorfs nicht gemerkt, wo er geboren wurde – er hat ihn nur ein- oder zweimal erwähnt. David redete nicht gern darüber, seine Kindheit dürfte nicht besonders schön gewesen sein. Lange Zeit hat er in Europa gelebt und dort Religionswissenschaften und anschließend Germanistik studiert. Deshalb kannte er sich so gut in der Bibel aus und sprach dieses wunderbar elegante Deutsch. Er hat mich viel gelehrt.«

Nick lächelte zustimmend und hoffte, dass es aufrichtig wirkte. »Warum hat er sich damals in Athens aufgehalten, als Sie einander zum ersten Mal begegneten?«

»Er fühlte sich den Südstaaten zugetan – in mannigfacher Hinsicht – und hatte überlegt, hierherzuziehen.« Ein versonnener Ausdruck huschte über Dorothys Gesicht. »Wir waren von Anfang an ein Herz und eine

Seele, wie man sagt. Zwei Lebewesen, die im selben Takt dahinschreiten. Herkömmlich werden Geheimnisse in Büchern niedergeschrieben, unser Mysterium stand in den Sternen. Fernab von ...« Abrupt brach sie ab und flüsterte: »Das weiße Kaninchen ... The white rabbit?«

»Was meinen Sie, Dorothy?«

»Oh, nichts. Es war bloß ein abwegiger Gedanke. Vergessen Sie meine Frage. Ich war ... an einem anderen Ort.« Jäh schien sie verwirrt.

Nick spürte, dass sie abzugleiten drohte. Noch war er mit seinem Interview jedoch nicht am Ende angelangt. »David zog sofort bei Ihnen ein?«

»Ja, es war die einzige logische Konsequenz. All unsere Träume hatten sich durch den anderen erfüllt. Wir waren füreinander geschaffen und wollten jede mögliche Minute gemeinsam verbringen. Mein Haus ist groß genug für ein Paar und mit seinem Wissen war es leicht, ihm eine Assistentenstelle an der Universität zu verschaffen. Er involvierte sich rasch in das Gefüge und wurde zu einem äußerst geschätzten Mitglied.«

»Dann reiste er im Auftrag der Universität nach Konstanz?« Wenngleich Nick die Antwort bereits kannte, formulierte er David Königs Rückkehr nach Europa als Frage. Auf diese Weise war die Chance größer, eine detaillierte Information zu erhalten.

Dorothy nickte. »Viele Fakultäten betreiben einen regen Austausch. David erbot sich, für ein Projekt, das mehrere Universitäten einschließt, nach Konstanz zu fliegen. Allein wegen seiner Sprachkenntnisse war er die geeignete Person für diesen Auftrag.«

»Das wären Sie ohne jeden Zweifel auch gewesen«, warf Nick ein.

»Danke. Ich konnte Athens leider nicht verlassen. Meine Kurse laufen und die Reise war für einen unbestimmten Zeitraum geplant. Wir wussten nicht, ob er zwei Wochen oder drei Monate bleiben würde.«

Nun war es Nick, der auf den schlafenden Sheriff wies. »Er hat Ihnen die Nachricht von David Kingsleys Tod überbracht – und nicht nur das.«

Dorothys Miene erstarrte und jeglicher Anflug von Wärme verschwand. »Dass David ein gesuchter Verbrecher namens David König war? Ja, das hat er. Welch irrationale Behauptung!« Kurz schwieg sie. »Ich erahne Ihre Gedanken, Herr Doktor Stein. Sie sehen mich hier ruhig sitzen und überlegen, was ich tief in meinem Inneren empfinde. Ich verrate es Ihnen: Am liebsten würde ich vor Trauer und Wut zerbersten. Aber Schreie und Wehklagen bringen mich nicht voran.« Erneut pausierte sie. »Ihr Buch beinhaltet den Bericht über einen Sektengründer und Anstifter zum Mord. Es war nicht schwer, im Internet Artikel darüber zu finden – und diesen Namen: David König.«

Nick senkte den Kopf. Seine Vermutung war also richtig gewesen. »Dass es sich um dieselbe Person handelt, ist nachgewiesen, und ich habe die Fotos des Leichnams gesehen: Ihr David Kingsley war David König.«

»Ich hatte gehofft, einen gewissen Zweifel bei Ihnen zu bemerken, nachdem ich dies alles über David erzählt habe. Weiterhin sind Sie allerdings von der Behauptung überzeugt. Für die Möglichkeit, dass Sie absichtlich in die Irre geführt wurden, erscheinen Sie nicht zugänglich. Ich hätte einen größeren Geist erwartet.« Unvermittelt stand Dorothy auf. »Ich denke, es ist genug. Lassen Sie mich jetzt allein.« Mit zusammengebissenen Zähnen zischte sie: »Und wecken Sie ihn.«

Als hätte er seinen Namen vernommen, öffnete der Sheriff die Augen. Er rieb sich mit den Handflächen über das Gesicht und beugte sich nach vorn.

Nick erhob sich und deutete eine Verbeugung an. »Dennoch vielen Dank für Ihre Gastfreundschaft. Als Ermittler habe ich immer *eine letzte Frage*: Was meinten Sie mit ›the white rabbit‹?«

Die Veränderung sowohl der Mimik als auch ihrer Haltung ging schlagartig vonstatten. Sie streckte die Wirbelsäule durch, hob das Kinn und zog zeitgleich die Mundwinkel hinunter. Mit einem verächtlich taxierenden Blick entgegnete sie mit eiskalter Stimme: »Nichts. Nehmen Sie Ihren unwürdigen Gleichgesinnten und verlassen Sie mein Haus. Sie finden selbst hinaus.«

Wie auf Befehl sprang der Sheriff auf. Er nickte Dorothy Franklin zu und forderte Nick mit einem knappen »Let's go!« auf, ihm zu folgen.

»Leben Sie wohl, Dorothy, und ... mein Beileid.« Nick sah sie ein letztes Mal an, dann wandte er sich ab.

Der Sheriff hatte indessen die Schiebetür aufgezogen und bedeutete Nick mit einer dezenten Geste zu kommen.

Schweigend durchschritten sie den Wohnraum und verließen das Haus.

Erst als sie im Auto saßen, sagte der Sheriff: »I thought it would be better to give you guys some space.« Er zwinkerte Nick zu. »I just pretended to be asleep.«

»Do you speak German?«, erkundigte sich Nick, um herauszufinden, ob der Sheriff das Gespräch mitverfolgt hatte.

Der schüttelte den Kopf. »I didn't understand a single word, but I'm pretty sure you'll tell me what was said.«

»Of course.« Nick seufzte auf. »Do you know what ›the white rabbit‹ means?«

»No idea.« Der Sheriff zuckte mit den Schultern und startete den Wagen. »I told you she's crazy. Remember, Doc *Arni*?«

Kapitel 5

Samantha und Peter saßen auf Nicks Terrasse und starrten gebannt auf den Durchgang. Als Nick endlich mit Arno Hammer im Schlepptau erschien, sprangen sie sofort auf.

Arno zog Samantha in seine muskulösen Arme. »Sam, wie schön, dich wieder zu treffen.«

Sie verschwand förmlich in der Umarmung des hünenhaften Mannes. »My dear! Ich freue mich ebenfalls.«

Arno löste sich von Samantha und streckte Peter die Hand entgegen. »Wir haben uns seit einer geraumen Weile nicht mehr gesehen, aber immerhin einige Male gehört. Wie läuft das Privatdetektivdasein?«

Peter lachte und klopfte Arno auf die Schulter. »Gut, wenn ich solch einen hilfreichen Kontakt bei der Polizei habe. Komm bloß nie auf die Idee, den Dienst zu quittieren – wie wir es getan haben.« Er drehte sich Nick zu und fügte erklärend hinzu: »Hin und wieder nutze ich Arno schamlos aus.«

»Wie du es mit mir machst. Der Unterschied liegt darin, dass Arno handfeste Informationen liefert, und ich dir auf die Sprünge helfe.« Nick grinste. »Setz dich, Arno. Was möchtest du trinken?«

Arno zeigte auf die Karaffe mit Wasser, die in der Mitte des Tisches stand. »Vorläufig nur das, danke –

und zugleich danke, dass ihr mir gleich Bescheid gegeben habt.«

»Das war selbstverständlich. Wir alle haben tief in diesem Fall gesteckt und es war für jeden schwer, die Ereignisse zu verarbeiten«, antwortete Nick.

Arno nickte. »Das ist wahr. Ich meine es nicht wortwörtlich, aber dieser Mann hat bekommen, was er verdiente.« Abwägend musterte er Nick. »Und du wurdest als Berater für die Suche nach seinem Mörder engagiert – ein logischer Schluss seitens des BKA in Deutschland. Wie geht es dir damit?«

Nick blies die Backen auf. »Das ist nicht einfach zu beschreiben. Ich fühle eine Mischung aus Erleichterung, weil König niemandem mehr Schaden zufügen kann, Entsetzen, wie ich es bei jedem Mord empfinde, und Neugierde, wer ihn ermordet hat.«

»Meinst du, es steckt mehr dahinter?«, fragte Arno. »Der Tote ist schließlich David König.«

»Bevor du gekommen bist, haben wir uns darüber unterhalten. Du kennst meine grundsätzliche Vorgehensweise. Es wäre falsch, jetzt schon eine bestimmte Richtung einzuschlagen. Die Angelegenheit ist brandneu und gerade erst auf meinem Tisch gelandet«, entgegnete Nick ausweichend. »Die Bandbreite reicht von einer Zufallstat bis hin zum geplanten Mord.«

»Nick ziert sich like a virgin, weil er den neutralen Blick unbedingt behalten will. That's fine.« Samantha spitzte die Lippen. »Peter und ich sind allerdings nicht gezwungen, auf diese Weise anzupacken. David König ist nun einmal David König, also sage ich mit den Worten meines längst verblichenen Landsmannes: Something is rotten in the state of Denmark.«

Sachte klopfte Peter mit der flachen Hand auf die Tischplatte. »Und ob da etwas faul ist – ich denke wie Sam.«

Arno zog die Brauen hoch. »Mein Informationsstand endet bei der Mitteilung, dass David König in Konstanz ermordet wurde. Klärt mich auf, was seitdem geschehen ist.«

Nick gab bereitwillig Auskunft. »Ich habe meinen Aufenthalt in Quantico genutzt und bin im Anschluss an das Seminar nach Athens geflogen. König hat dort mit falschen Papieren und einem exzellenten Lebenslauf gewohnt. Gemeinsam mit dem ansässigen Sheriff habe ich Königs Freundin besucht.« Nick öffnete eine Aktenmappe, entnahm ihr einige Ausdrucke und reichte sie Arno. »Das Gesprächsprotokoll, eine Abschrift des Sheriffs und die Zusammenfassung über David Kingsley.«

Auf der Stelle begann Arno zu lesen. Als er fertig war, gab er Nick die Unterlagen zurück. »Wie du damals bereits vermutet hast, muss er weitreichende Kontakte gehabt haben. Man flieht nicht in ein anderes Land und erhält ohne Verbindungen prompt eine neue Identität – noch dazu so eine. Dank seiner Bibelfestigkeit nahm man ihm Theologie zweifellos ab, und auch das Germanistikstudium ist nachvollziehbar – König war ein hochgebildeter Mann und Deutsch seine Muttersprache.«

»Die Kingsley-Papiere werden in Deutschland gerade geprüft«, bemerkte Nick. »Der Sheriff hat sie im Zuge seines Erstbesuchs bei Dorothy Franklin mitgenommen. Alles ist da: Urkunden, Zeugnisse, Diplome. Wie mir der leitende Ermittler am Telefon gesagt hat, scheint es sich um hochwertige Fälschungen zu handeln.«

»War diese Dorothy Franklin wirklich so schräg drauf?«, fragte Arno.

»Die gesamte Atmosphäre war eigenartig, nahezu unwirklich. Und sie? Nun, du hast es eben gelesen. Ich habe nichts unerwähnt gelassen.«

Arno stöhnte auf. »Mich würde brennend interessieren, ob David König zufällig auf sie gestoßen ist, oder ob er das Aufeinandertreffen inszeniert hat. Sie war ein maßgeschneidertes Opfer für ihn.«

»Das werden wir wohl nie erfahren. Mein Gefühl sagt mir, dass er sie ausgewählt hat«, antwortete Peter und spann seinen Gedanken weiter. »In diesem Fall gab es gewiss einen bestimmten Grund, und würden wir diesen kennen, könnten wir an der Stelle ansetzen.«

»Just as well war er auf der Suche nach einem Unterschlupf, und hat in Dorothy Franklin eine geeignete Option gefunden: Single, abgehoben, realitätsfremd, auf der geistigen Ebene beheimatet. Dazu ein Haus mit Zaubergarten und in der Folge einen Job an der Uni.« Samantha schüttelte den Kopf. »Ich glaube ja auch nicht, dass ein Mann wie König seine ureigenen Intensionen aufgibt. Nichtsdestoweniger liegt es im Bereich des Möglichen – Sicherheit geht bei Gefahr vor Größenwahn, das gilt für jeden Menschen, Narzisst oder nicht.«

Nick hob die Hände. »Selbst wenn ich aufgrund von David Königs Profil überzeugt bin, dass er eine narzisstische Persönlichkeitsstörung hatte, ist es keine beglaubigte Diagnose. Es verhält sich genauso wie mit den

Überlegungen, die ihr gerade in puncto Dorothy Franklin anstellt. Ungern wiederhole ich –«

»Jaja, schon gut, Boss.« Samantha beugte sich vor und tätschelte Nicks Unterarm. »Wir sind achtsam und versteifen uns auf nichts – pures Brainstorming, Darling.«

Nick seufzte auf. »Das ist mir bewusst, und je eher wir auf Basis der ersten Einsichten die verschiedenen Spuren auflisten, desto rascher kommen wir voran.«

»Habt ihr daran gedacht, dass er womöglich eine neue Sekte gründen wollte?«, erkundigte sich Arno.

Samantha schickte ihm einen Kuss. »Muskeln ins Gehirn, please! Das meinte ich doch mit *ureigenen Intensionen.*«

Arno nickte ihr zu. »Dann wird er seine Kenntnisse über die Bibel eventuell abermals eingesetzt haben, dieses Mal untermauert mit einem Studium.« Er fuhr sich über das auf zwei Millimeter gekürzte Haar und fixierte Nick. »Lass mich mitmachen – offiziell oder inoffiziell. Du weißt, dass mein Wissen, altes wie neues Testament, dem Königs um nichts nachsteht. Vielleicht kann ich helfen. Wie ihr war ich an dem Fall beteiligt und habe zum Team gehört.«

»Von mir aus mit größter Freude, jedoch nicht unter der Hand. Kläre das mit deiner Dienststelle ab, und ich kontaktiere den deutschen Kriminalkommissar. Letztlich entscheidet er.«

Samantha räusperte sich. »Wenn wir beim Thema sind: Robert hat ebenfalls seine Unterstützung angeboten. Er will unbedingt dabei sein. Die Sache damals hat ihn so sehr berührt, dass er heute noch darüber nachdenkt. Zum ersten Mal, seit wir ein Paar sind, hat er sich nicht über meine Arbeit beschwert und sogar ein

Golfturnier anstandslos gecancelt. Das bedeutet immens viel.«

»Du musst uns Robert nicht schönreden.« Nick blickte in die Runde und blieb an Peter hängen. Seine Homosexualität hatte Robert mehr als einmal zu unangebrachten Bemerkungen verleitet. »Was sagst du dazu?«

Peter zuckte mit den Schultern. »Sofern sich Robert beherrscht, gefiele mir seine Rückenstärkung gut.« Er drehte sich Samantha zu. »Mach ihm klar, dass ich kein einziges Wort über Schwule hören möchte.«

Sie klimperte mit den Wimpern. »Aber ich nenne dich doch auch meinen süßen Gayjungen.«

»Du bist Sam. Dir steht alles frei.« Peter grinste.

Arno lehnte sich zurück. »Bevor ihr euch in einer Endlosschleife von Neckereien ergießt, würde ich gern erfahren, wie der weitere Plan aussieht.«

»Es gibt keinen.« Nick griff nach seinem Glas und trank einen Schluck. »Morgen früh fliege ich nach Konstanz und treffe mich mit dem zuständigen Chefermittler, Christian Mayer. Danach bin ich hoffentlich schlauer. Tja, die Zeiten haben sich geändert – andere bestimmen über den Verlauf.« *Würde ich die Entscheidungen treffen, wäre ich längst auf der Suche nach David Königs Halbschwester. Mit ihr und dem Leid in dem Kinderheim hat im Grunde alles begonnen,* dachte er. Warum aber sollte er indessen nicht zumindest Nachforschungen anstellen? Es war immer besser, vorbereitet zu sein. Nicks Kopf ruckte hoch. »Sam, für dich habe ich zwischenzeitlich eine Aufgabe: Finde heraus, was aus Franziska Küner geworden ist. Ist sie nach wie vor in derselben Einrichtung? Unter Umständen hat sie sich gefangen und befindet sich normal unter uns. Lebt sie überhaupt noch?«

Einen Moment lang herrschte betretenes Schweigen.

Schließlich nickte Samantha und murmelte: »Good God, Franziska Küner – die Geister, die ich rief.«

Kapitel 6

Nachdem Christian Mayer Nick durch unzählige Räume geführt und ihm eine Reihe von Personen vorgestellt hatte, erreichten sie endlich sein Büro.

Christian Mayer wies auf den Stuhl vor seinem Schreibtisch und nahm daraufhin selbst Platz.

Nick setzte sich. »Obwohl ich mich bemüht habe, konnte ich mir die Namen nur zum Teil merken. Es waren zu viele auf einmal. Wer zählt zum engsten Team?«

»Ich habe kein Team im eigentlichen Sinn. Sie alle gehören dazu. Herangezogen werden jene Personen, die gerade gebraucht werden. Ich muss mir keine Familie bei der Arbeit schaffen, weil ich eine zu Hause habe.«

Kurz überlegte Nick, wie er die Antwort werten sollte, dann nickte er, zumal die Aussage neutral und keineswegs sarkastisch vorgebracht worden war. »Ich habe es stets anders gehalten und bin mir bis heute treu geblieben.« Noch vermochte er Christian Mayer in keiner Weise einzuschätzen. Die Kollegen und Mitarbeiter schienen ihn zu mögen, zumindest hatte er im Zuge der Vorstellungsrunde keine offenkundige Ablehnung festgestellt. Er war höflich, nicht anbiedernd und agierte mit einer unaffektierten Lockerheit. Auf jeden Fall hatte Nick einen toughen Mann vor sich, der wusste, wie er zu verfahren hatte.

»Sie sind heute Abend übrigens zum Essen bei mir eingeladen«, fuhr Christian Mayer ungerührt fort. »Melanie, das ist meine Frau, würde es mir nie verzeihen, wenn ich Sie allein in einem Hotelzimmer sitzen lasse.«

Nick lächelte. »Vielen Dank, das ist sehr nett von Ihnen.«

»Warten Sie ab – ich habe drei Kinder. Ob mein Ältester anwesend sein wird, ist unklar. Er lebt nicht mehr bei uns. Zwei sind Ihnen allerdings gewiss, die beiden Mädchen. Wir werden vermutlich eine ganze Weile eng zusammenarbeiten und da ist es gut, sich außerhalb dieser vier Wände zu beschnuppern. In diesem Sinne: Ich bin Christian.«

»Nick.« Bewusst überließ er dem leitenden Ermittler den Rhythmus des Gesprächs und lenkte von sich aus nicht zu einem bestimmten Thema. Die veränderte Rolle – vom Kriminalkommissar und Sonderermittler zum Analytiker und Berater – erforderte ein anderes Verhalten. Es war sinnvoll, nicht mit der Tür ins Haus zu fallen, sondern sich den jeweiligen Gepflogenheiten und Personen mit all ihren Eigenheiten anzupassen.

»Da wir nun die üblichen Floskeln hinter uns gebracht haben, würde ich gerne beginnen.« Christian schmunzelte. »Du darfst jetzt das Zepter in die Hand nehmen – und für die Zukunft sollten wir es beide ergreifen. Ich benötige niemanden im Schlepptau, sondern jemanden an meiner Seite, links oder rechts – das ist egal. Was meinst du dazu?«

An einem wachen Auge mangelt es ihm nicht. Er hat schnell erfasst, dass ich mich zurückhalte, dachte Nick und erwiderte offenherzig: »Ich bin erst mal lieber vorsichtig und sondiere die Lage.« Dann nahm er den Faden hinsichtlich des Teams auf. »Neben meinen von dir und euren Behörden bestätigten Kollegen Samantha Smith und Peter Westernschmidt bieten zwei weitere Fachkräfte ihre Mithilfe an: der Kriminalbeamte Arno Hammer und der Rechtsmediziner Robert Hofer. Arno ist ein ausgezeichneter Ermittler und dahingehend wertvoll, weil er die Bibel in- und auswendig kennt. Seine Hinweise damals waren überaus wertvoll. Er ist derjenige, der von David König niedergeschlagen wurde.«

»Und Robert Hofer?«

Nick hob die Schultern. »Der beste Rechtsmediziner, der mir je begegnet ist. Er ist akribisch und verfügt über eine herausragende Kombinationsgabe. Robert gibt sich erst dann zufrieden, wenn er alles – wirklich alles – geklärt hat. Er sieht einfach mehr als andere.«

»Und warum kannst du ihn nicht leiden?«

»Du siehst offensichtlich auch mehr als andere. Robert hat seine ... Macken.«

»Nenn mir eine«, entgegnete Christian.

Nick wollte Robert nicht ausliefern, indem er seine Art detailliert beschrieb. Also pickte er eine unliebsame, dessen ungeachtet positive Eigenschaft heraus: »Tätigt Robert eine Aussage, ist diese hieb- und stichfest. Mit ihm über Eventualitäten und nicht belegbare Varianten zu philosophieren, ist unmöglich.«

Christian nickte. »Ein zweischneidiges Schwert. Auf jede Ausführung ist hundertprozentig Verlass, aber es fehlt der Austausch, der die Dinge vorantreibt. Ich stehe auf dem Standpunkt, dass es jede noch so abwegige Idee wert ist, sie auszusprechen. Man darf nur nicht den Überblick verlieren und sich auf etwas Bestimmtes fixieren.«

Nick stieß einen überraschten Ton aus. Die Worte hätten von ihm stammen können. »Was unsere Arbeitsweise betrifft, werden wir uns blendend verstehen. Wir ticken genau gleich.«

»Wunderbar.« Christian lehnte sich zurück. »Dann würde mich jetzt interessieren, was du über den Tod von David Kingsley alias König denkst – ich rede nicht von der Variante, die den Mord mit einem unglücklichen Zufall erklärt.«

»Ich glaube, dass David König nach der Flucht nicht aufgehört hat, seine Ziele zu verfolgen. Dabei drehte sich wieder alles um Macht, jedoch genauso um das Gefühl, Menschen derart zu manipulieren, dass sie ihm blind folgten.«

»Was, meinst du, war sein Plan?«, fragte Christian.

»David Königs falscher Lebenslauf ist mir zu spezifisch, um die Kontaktaufnahme mit Dorothy Franklin als Glückstreffer abzutun. Meines Erachtens war sie handverlesen.« Nick wiegte den Kopf. »Allerdings vermute ich, dass es nicht um sie als Person ging, sondern um ihre Nähe zur University of Georgia – vielleicht auch noch um etwas anderes.«

»In deinem Protokoll hast du angeführt, dass Dorothy Franklin erwähnte, König habe sich angeboten, die Reise hierher zu unternehmen. Warum wollte er nach Europa? Selbst unter fremdem Namen barg seine Rückkehr zumindest ein geringes Risiko – in den USA war er gänzlich untergetaucht. Schließlich war es nicht nur eine Stippvisite. Er hat sich über eineinhalb Monate in

Konstanz aufgehalten, bis er ermordet wurde. Womöglich wegen seiner Halbschwester in Wien?«

»Samantha überprüft gerade, wo sie sich aufhält. Ich überlege, sie zu besuchen.«

»Was lief damals mit seiner Schwester? Die Akte habe ich selbstverständlich gelesen, doch erscheint sie mir irgendwie unvollständig, obwohl sie natürlich komplett ist. Ich hoffe, ich trete dir nicht zu nahe.«

Nick winkte ab. »Verkneif dir bitte nichts. Franziska Küner hat in ihrer Kindheit unsägliche Qualen durchlebt – sie wurde vergewaltigt, misshandelt, prostituiert. David König hat sie in Aug-um-Aug-Zahn-um-Zahn-Manier gerächt. Als ich sie aufsuchte, fand ich eine völlig verstörte und von Angst blockierte Frau vor. Nicht umsonst war sie in einer psychiatrischen Einrichtung. Ich habe es nicht über mich gebracht, eine adäquate Befragung durchzuführen. Also bin ich unverrichteter Dinge abgezogen. Das ist wohl die Lücke, die dir aufgefallen ist.«

Christian besaß genug Takt, nicht nachzubohren, sondern sagte: »Ich verstehe dich. Es gibt Grenzen, die wir nicht überschreiten wollen. Mögen uns Menschlichkeit und Mitgefühl nie abhandenkommen.« Mit einem nachdenklichen Gesichtsausdruck brachte er das Gespräch in die Gegenwart zurück: »Gestern hatte ich einen Termin an der Universität Konstanz und durfte in diesem Zuge die Prodekanin des Fachbereichs Literaturwissenschaften kennenlernen: Doktor Susanne Kohler. Von ihr wurde ich an eine Assistentin weitergereicht, die mir dieses Gemeinschaftsprojekt erörtert hat – Lea Karlson, so heißt sie, ist die operative Leiterin.« Christian beugte sich vor. »Als geborener Konstanzer war das Aufeinandertreffen mit der Prodekanin zusätzlich interessant. Sie entstammt einer alteingesessenen Familie. Ihr gehört eine der für mich schönsten Villen der Gegend. Ich war erstaunt, wie nett sie ist: Eine äußerst geistreiche und umgängliche Frau, sehr elegant und anmutig.«

»Dermaßen einnehmende Worte für jemanden, der dich *weitergereicht* hat?« Nick war neugierig, wie sein Gegenüber darauf reagieren würde.

Christian blieb gelassen, die kleine Spitze schien ihn sogar zu amüsieren – in seinen Augen blitzte der Schalk auf. »Ihre Beteuerungen und Entschuldigungen waren das Abschieben allemal wert.« Sofort wurde er wieder ernst. »Sie hatte eine Besprechung beim Rektor, sicherte uns aber ihre volle Unterstützung zu. Ein neuer Termin ist bereits vereinbart, den wir beide gemeinsam wahrnehmen werden.«

»Dorothy Franklin hat erzählt, dass mehrere Universitäten an dem Projekt beteiligt sind«, bemerkte Nick. »Eigentlich hatte ich nachhaken wollen, doch zu diesem Zeitpunkt passte es nicht in den Gesprächsverlauf. Und später ist die Unterhaltung leider abgeglitten.«

»Das ist nicht schlimm. Im Gegensatz zu der Amerikanerin sind hier alle kooperativ und geben, ohne zu zögern, Auskunft.« Christian kratzte sich am Kinn. »Vorläufig sind Konstanz und Berlin fest eingebunden, andere Unis sollen hinzukommen. Beteiligt sind nicht nur Literatur-Fakultäten, sondern auch geschichtliche, technische und sonstige Bereiche. Initiator des Ganzen ist die University of Georgia, in deren Bibliothek ein handgeschriebenes Manuskript aus dem frühen zwanzigsten Jahrhundert lagert. Offensichtlich gibt es Hinweise auf den Schriftsteller Stefan Zweig – und genau das wird erforscht: Könnte er tatsächlich der Verfasser sein? Wie gelangte das Manuskript in die USA? Et cetera.«

»Hat dir diese Assistentin erläutert, worum es in dem Skript geht?«

»In groben Zügen. Hauptsächlich haben wir über den Aufbau und die Organisation des Projekts gesprochen, natürlich auch über David König, den sie ausschließlich David oder David Kingsley, nie König nannte – das nebenbei.« Abermals fasste sich Christian ans Kinn. »Bei dem Werk handelt es sich um eine Art romanhafter Memoiren. Im Zentrum steht die Psychoanalyse. Laut Lea Karlson sei die Hauptfigur an Sigmund Freud angelehnt, der Autor verwendete allerdings einen anderen Namen: Samuel Friedsam. Die Initialen ›S‹ und ›F‹ ließ er unverändert.«

»Zu meiner Schande gestehe ich, von Zweig nur die ›Schachnovelle‹ gelesen zu haben, zwangsverpflichtet in der Schule. Meines Wissens standen Stefan Zweig und Sigmund Freud in engem Kontakt.« Versonnen schüttelte Nick den Kopf. »Und so etwas wurde David König anvertraut. Er muss sich an der Universität in Athens verdammt gut verkauft haben.«

»Oh, hier ebenfalls«, antwortete Christian. »Lea Karlson hat Lobeshymnen über ihn gesungen. Ich hatte den Eindruck, dass sie die Wahrheit anzweifelt, genauso wie Dorothy Franklin.«

»Ich habe David König live erlebt. Er war ein ungemein charismatischer Mann mit Selbstbewusstsein,

Geist und einer ausgefeilten, wandelbaren Rhetorik, zudem durchaus attraktiv.« Der Dreiklangton seines Handys riss Nick aus den Erinnerungen. Er zog das Telefon aus der Innentasche des Sakkos und las. »Von Sam … Franziska Küner befindet sich nach wie vor in derselben Einrichtung. Wenn ich zurück in Wien bin, suche ich die Anstalt auf. Selbst wenn ich Königs Halbschwester nicht interviewe, sind einige Fragen zu klären.«

Christian nickte. »Zum Beispiel, ob David König einen Abstecher nach Wien gemacht hat, um sie zu besuchen.«

»Genau, und wer für ihren Aufenthalt bezahlt. Franziska ist in einer privaten Institution untergebracht, die nicht billig ist.«

»Wir benötigen jeden kleinsten Hinweis.« Christian klopfte auf einen dünnen Aktenstapel, der neben ihm auf dem Schreibtisch lag. »Der wird hoffentlich bald höher werden. Zwischenzeitlich habe ich über das Angebot deiner Leute nachgedacht. Jede Hilfe ist herzlich willkommen. Ich gebe dir einen identen Abzug des originalen Autopsieberichts mit – Papier und Fotos sind für mich immer noch etwas anderes als eingescannte Dokumente und Digitalbilder. Dein Rechtsmediziner soll sie prüfen. Vielleicht sieht er etwas, das uns entgangen ist – manche Menschen haben eine Gabe dafür.«

»Ich leite es weiter«, erwiderte Nick. »Robert wird sich freuen.« Auch wenn das Wort *freuen* in solch einem Zusammenhang seltsam und unpassend anmutete, wusste Nick, dass er den Nagel exakt auf den Kopf traf.

Christian warf einen Blick auf seine Armbanduhr. »Siebzehn Uhr. Für heute haben wir unsere Gehirne genug angestrengt. Ich bringe dich jetzt erst mal in dein Hotel. Mit dem Taxi brauchst du von dort fünfzehn bis zwanzig Minuten zu mir nach Hause. Gegen neunzehn Uhr dreißig erwarten wir dich. Ist das in Ordnung? So hast du ein wenig Zeit, um auszuspannen.«

Nick stand sofort auf. Christian hatte recht. Etwas Ruhe würde ihm guttun, damit er die neuen Eindrücke wirken lassen und in sich aufnehmen konnte. Außerdem erwartete Samantha seinen Anruf. Sie würde in der Folge alle anderen informieren.

Kapitel 7

Nick bezahlte den Taxifahrer und stieg aus dem Wagen. Auf dem Weg zur Gartentür des Einfamilienhauses musterte er das Gebäude und die Umgebung. Es handelte sich um ein klassisches Wohngebiet an einem Stadtrand. Die umliegenden Grundstücke hatten ungefähr die gleiche Breite, auch die Häuser ähnelten einander – zumindest dieser Teil der Siedlung wirkte neu. Aufgrund Luisas und seiner Suche nach einem Eigenheim hatte Nick ein gutes Auge dafür entwickelt, ein Gebäude einzuschätzen. Christian Mayers Haus war bestimmt nicht älter als zehn Jahre. Die Bausubstanz war solide und auf jeden Fall wurde es mit viel Hingabe gepflegt.

Bevor Nick auf die Klingel drückte, wurde bereits die Haustür geöffnet und Christian erschien im Rahmen. Wie Nick hatte er sich ebenfalls umgezogen: Jeans, blaue Turnschuhe und ein weißes Hemd.

Es summte.

»Du musst fest gegen die Tür drücken. Manches Mal klemmt sie. Ich hatte noch keine Zeit, sie zu reparieren«, rief Christian ihm zu.

Nick tat wie ihm geheißen und betrat den Vorgarten. »Sag deiner Frau bitte unbedingt, dass wir uns das Partnerlookoutfit nicht ausgemacht haben.«

»Davon kannst du ausgehen, wie von der Tatsache, dass sie sich so und so schieflachen wird.«

»Schieflachen?« Eine Frau trat aus einem Zimmer zur Linken der Diele und streckte Nick die Hand entgegen. »Hallo, ich bin Melanie, Christians Frau.« Einen Moment lang taxierte sie Nick, dann schwenkte sie zu ihrem Mann. »Ah, ich verstehe. Selbst die Marke eurer Turnschuhe ist ident. Das wird interessant. Komm bitte weiter, Nick. Wir haben gemütlichere Räume als den Vorraum.« Auf dem Absatz machte sie kehrt und schritt voran ins Wohnzimmer.

Christian und Nick folgten ihr pflichtschuldig.

»Ihr könnt es euch schon am Esstisch bequem machen. Ich brauche noch circa zehn Minuten.« Melanies Vorschlag glich einem herzlich dargebrachten Befehl.

Nick sah sich um. Der langgestreckte Raum teilte sich fließend in drei Bereiche: wohnen, essen, kochen. Auf der linken Seite standen eine bequem wirkende Couchgarnitur sowie ein Schrank, an der Wand hing ein Fernseher. Gegenüberliegend befand sich die Küche mit einer separaten Kochinsel, und in einigem Abstand prangte ein wahrhaft riesiger Esstisch – Nick zählte zwölf Stühle. Die gesamte Frontseite des Zimmers war verglast und ging direkt in eine Terrasse über. Dahinter erkannte Nick eine Wiese, die von einer Hecke eingerahmt wurde.

»Wie gefällt es dir bei uns?«, fragte Christian und nahm Platz.

Nick antwortete frei heraus: »Hell, freundlich, zweckmäßig, ohne jeden Schnickschnack – sehr gut.«

»Bei einer Familie mit drei Kindern und zwei Hunden leben filigrane Möbel, Nippesfiguren und hauchzarte

Glasvasen nicht lange. Auch wenn die Kleinen groß sind und die Vierbeiner älter werden.«

»Zwei!«, rief Melanie aus der Küche. »Du vergisst, lieber Christian, dass unser Ältester ein eigenes Domizil hat.«

»Dafür hängt er ziemlich häufig bei uns ab.« An Nick gewandt erläuterte er: »Tommy ist achtundzwanzig Jahre alt und wohnt etwa zehn Minuten zu Fuß von uns entfernt. Im Zentrum der Stadt führt er eine Judo-Schule und tritt bei Wettkämpfen an. Er ist ein toller Sportler und hat einen Namen in der Szene. Privat allerdings ...« Christian rollte mit den Augen. »Wir haben in den vergangenen Jahren anlässlich unserer offiziellen Familienessen sehr viele verschiedene Frauen kennengelernt.«

»Er wechselt sie wie seine Boxershorts und wehe dem, der ein Wort darüber verliert«, brachte es Melanie auf den Punkt, während sie den Inhalt eines Topfes umrührte. »Der erhält dann eine Standpauke, dass er für eine feste Bindung noch zu jung wäre und keine Lust hätte, diese unbeschwerten Jahre zu vergeuden. In seinem Alter war ich bereits zweifache Mutter. Was meinst du dazu, Nick?«

»Nun ...« Was sollte er erwidern? Erst dank Luisa hatte er es geschafft, eine normale Beziehung zu führen. Was davor geschehen war, entsprach eher Tommys Lebensstil als dem von Melanie und Christian. Das Geräusch der zufallenden Eingangstür und aufgebrachte Stimmen ersparten Nick eine Entgegnung. Wenige Sekunden darauf flitzten zwei winzig kleine Hunde ins Wohnzimmer.

»Unsere Mädchen – zwei mal zwei.« Christian beugte sich vor und streichelte die beiden vierbeinigen Wildfänge. »Coco und Chanel. Die Namen habe nicht ich ausgesucht. Und die Streithähne in der Diele heißen Tabea und Chiara.« Er richtete sich wieder auf und flüsterte Nick zu: »Sie zanken sich rund um die Uhr. Tabea ist zweiundzwanzig, studiert und meint, alles besser zu wissen. Chiara hat ihr Abiturjahr und nimmt ihrerseits an, die schlauere zu sein.«

Auch jetzt kam Nick um eine Antwort herum. Zwei schlanke, junge Frauen betraten den Wohnraum und hielten abrupt inne, als sie ihn bemerkten.

Nick hätte nicht eruieren können, wer die ältere der beiden war, von ihrem Aussehen jedoch unterschieden sie sich gravierend: blond und hellhäutig mit wasserblauen Augen wie Christian einerseits, dunkles dichtes Haar und ein olivfarbener Teint andererseits – eine Ausgabe Melanies.

Das dunkle Mädchen fasste sich zuerst. Sie machte einen Schritt auf Nick zu und streckte die Hand aus. »Entschuldigung. In der Hektik hatte ich vergessen, dass wir heute Besuch haben. Dabei war ich sehr gespannt auf Sie, Herr Stein. Den Namen habe ich mir richtig gemerkt, oder? Ich bin Tabea.«

Die studierende Tochter also, dachte Nick und ergriff ihre Hand. »Nenn mich bitte Nick.«

Schon drängte sich Chiara in den Vordergrund. Sie war zweifellos die quirlige der beiden. »Wir haben im Internet nachgeschaut, Tabea und ich, weil Papa erneut den Schweigsamen spielt. Es war nicht schwer, etwas über dich und diesen Typ, der ermordet wurde, zu finden.«

Nick warf einen hilfesuchenden Blick zu Christian, der sofort einsprang. »Ich habe zwei äußerst vorwitzige Töchter. Du möchtest nicht von ihnen verhört werden. Sie setzen unlautere Mittel ein, um ihre Neugierde zu stillen – jede auf ihre Art.«

Melanie trat aus dem Küchenbereich. »Ich bin mindestens so wissbegierig wie die Mädchen, also hat Christian es mit drei wahren Schwergewichtigen zu tun – im übertragenen Sinn.« Sie zwinkerte ihm zu. »So schrecklich sind wir nicht, wie Christian uns hinstellt. Es ist uns bewusst, dass er über manches aus der Arbeit nicht reden darf. Ein *Stopp* von ihm und wir hören auf.«

Wenngleich es hier turbulenter ablief als bei ihm zu Hause, fühlte sich Nick von Minute zu Minute wohler. »Ich bin gerade dabei, mich zu akklimatisieren und verspreche, mich im Nu angepasst zu haben.«

Melanie lächelte. »Das gefällt mir. Tabi, Chiara, helft ihr mir? Das Essen ist fertig.«

»Was gibt es denn?«, fragte Chiara.

»Hühnerbrüste mit Rosmarin, Reis und Gemüse. Jede von euch nimmt bitte eine Schüssel.« Mit einer schwungvollen Drehung ging Melanie wieder in die Küche, zog hitzebeständige Handschuhe über und holte das Geflügel aus dem Ofen. Indessen trugen die Mädchen den Reis und das Gemüse zum Tisch.

Nachdem sich alle gesetzt hatten, wandte sich Melanie an Nick: »Da du ab nun öfter Gast in unserem Haus sein wirst, greif einfach zu.«

Christian nickte zustimmend. »Wir lassen nicht zu, dass du die Abende in dem Hotelzimmer absitzt oder in irgendeinem Restaurant allein essen musst.«

Nick blickte in die Runde. »Das ist sehr nett von euch, ich will mich aber keinesfalls aufdrängen.«

»Darf ich erzählen, was ihr gestern Abend besprochen habt?«, platzte Chiara heraus.

Christian lachte auf. »Das erledige ich lieber selbst. Als Melanie überlegt hat, was sie anlässlich deines Besuchs kochen könnte, kam sie mit gutem Grund auf Hühnerbrüste.«

»Wärest du Christian unsympathisch gewesen, hätte er dich nicht eingeladen und Coco und Chanel wären die Nutznießer gewesen – sie lieben Hühnchen und hätten deinen Anteil bekommen«, vollendete Melanie den Satz.

Nick stimmte in Christians Lachen ein. »Dann bin ich mal froh, dass ich nicht als Widerling abgestempelt wurde. Was für eine Rasse sind die beiden eigentlich?«

»Yorkshire Terrier«, sagte Tabea und räusperte sich. Offensichtlich wollte sie das Thema wechseln. »Auf der Uni sind alle aufgeregt wegen des Mordes.«

»Was studierst du?«, erkundigte sich Nick.

»Ich habe den Schwerpunkt Medienwissenschaften gewählt. Er gehört zum Fachbereich Literatur-, Kunst- und eben Medienwissenschaften. Mitten drinnen im Geschehen. Hat dir Papa das nicht erzählt?«

»So weit sind wir heute nicht gekommen. Es gab wichtigere Themen als dein Studium an der Literatur-Fakultät.« Christian zog die Brauen hoch. »Was wird denn so geredet?«

»Na ja, das Zweig-Projekt ist allen Studenten im Fachbereich natürlich ein Begriff, und dass dieser David Kingsley umgebracht wurde, ist ein Riesending. Einige tun so, als wüssten sie mehr, andere sind entsetzt, und die dritte Gruppe ist fasziniert.«

»Und zu welcher gehörst du, Tabea?«, forschte Melanie nach.

»Irgendwie zu allen dreien, Ersteres dank Papa. Ein Mord ist furchtbar und ich bin erschüttert, aber die Angelegenheit ist auch spannend – ein gesuchter Verbrecher unter falschem Namen, das alte Manuskript, die Verwicklung der Uni in das Ganze.«

Nick legte die Gabel und das Messer auf dem Tellerrand ab und musterte Tabea. In aller Kürze hatte sie eine Zusammenfassung aus ihrer persönlichen Sicht geliefert, die zu seiner deutlich differierte. Sein eigener Fokus lag auf David König und dessen früheren Machenschaften. Mischte man die Karten neu, entstand ein gänzlich anderes Bild. In diesem stand König nicht im Mittelpunkt, sondern war ein einfacher Statist gewesen.

Nicks Blick schwenkte zu Christian, der seinerseits Augenkontakt suchte und ihm eine Nachricht sandte: Lider senken, kaum merklich den Kopf schütteln.

Nick verstand die Botschaft. Dies war der von Melanie zuvor beschriebene *Stopp*.

Kapitel 8

Bevor Nick die Klingel betätigte, hielt er inne und sammelte sich. Das alte, herrschaftliche Gebäude weckte Erinnerungen, die ihn für eine geraume Zeit schwer belastet hatten.

Samantha zupfte am Ärmel seines Sakkos. »Ist alles okay?«

»Jaja, keine Sorge«, entgegnete Nick und versuchte ein klägliches Lächeln.

»Verflucht sei in manchen Momenten das gute Gedächtnis. Correct?«

»Du kennst die Antwort.« Nick stieß einen Seufzer aus. »Auch heute werde ich nicht um jeden Preis ein Interview mit Franziska Küner führen.« Während er endlich die Hand hob und klingelte, sprach er weiter: »Wir reden nur mit ihr, wenn sie stabil genug ist – genau genommen redest du mit ihr. Dafür habe ich dich mitgenommen. Auf Männer reagiert sie doppelt sensibel.«

Nicks letztes Wort war noch nicht verklungen, als die Tür von einem Mann in weißer Kleidung aufgezogen wurde. »Ja, bitte?«

»Guten Tag. Mein Name ist Nick Stein. Wir haben einen Termin wegen Frau Küner.«

Der Mann nickte und ließ sie eintreten. Anders als bei Nicks erstem Besuch blieb er neben ihnen stehen und zog ein Handy aus der Hosentasche. »Stein für Richter«, murmelte er.

Bei der Erwähnung des Namens Richter horchte Nick auf. Wurde Franziska von derselben Ärztin wie damals betreut? Ihr Gesicht mit den honigfarbenen Augen – nie zuvor hatte er eine solche Kolorierung gesehen – und den unzähligen Lachfalten hatte er vor sich, daran, wie sie hieß, konnte er sich allerdings nicht mehr exakt erinnern.

Nicks Frage wurde jäh beantwortet, als eine Frau im Arztmantel mit rosafarbenen Crocs auf sie zulief. Auch die Schuhe hatte er nicht vergessen.

Einige Meter, bevor sie bei ihnen ankam, verlangsamte sie ihre Schritte, und schließlich erschien der Ausdruck der Erleuchtung. »Herr Doktor Stein, hallo. Sie sind es tatsächlich.«

»Mir ist es gerade ähnlich ergangen.« Nick wies auf Samantha. »Das ist meine langjährige Kollegin Samantha Smith. Ich habe sie mitgenommen, falls wir persönlich mit Franziska –«

»Keine Chance«, blockte die Ärztin unverzüglich ab. »Setzen wir uns in mein Büro. Dann erkläre ich Ihnen alles.« Sie wies in die Richtung, aus der sie gekommen war, und ging los.

Samantha und Nick folgten ihr.

»Sie dürfen nicht erschrecken«, bemerkte Doktor Richter, als sie vor einer Tür anhielt und diese aufzog. »Bei mir herrscht das sogenannte geordnete Chaos.«

Sie betraten den Raum und Nick wusste sofort, was die Ärztin damit meinte. Das Zimmer maß nicht mehr als fünfzehn Quadratmeter und war im wahrsten

Sinne des Wortes mit Papierstapeln, Ordnern in verschiedenen Farben, Schachteln und Büchern vollgestopft. Selbst auf den drei Stühlen, die knapp nebeneinander vor dem Schreibtisch standen, lagerte etwas.

»Legen Sie am besten alles zusammen auf den dritten Stuhl«, sagte Doktor Richter und setzte sich. Sie wartete, bis auch Samantha und Nick Platz genommen hatten. »Es ist eine Weile her, seit Sie Franziska besucht haben.« Mit ausgestrecktem Finger zeigte sie auf eine braune Pappschachtel, die oben in einem Regal stand. »In der Folge habe ich alles gesammelt, was diesbezüglich durch die Medien geisterte. Erst da konnte ich das volle Ausmaß von Franziskas Pein erfassen – so viel psychisches wie physisches Leid.« Sie biss sich auf die Unterlippe.

Nick blickte sie unumwunden an. »Um die Angelegenheit endgültig abzuschließen, fehlt ein letzter Punkt.«

»Franziskas Halbbruder? Ich habe davon gelesen und mit einem Besuch gerechnet, aber nicht von Ihnen«, antwortete Doktor Richter ohne Umschweife.

Nick hatte die Ärztin damals von Anfang an gemocht. Dieser zweite Termin bestätigte sein Gefühl. Trotz ihres anstrengenden und sicherlich belastenden Berufs stand sie offenbar mit beiden Beinen im Leben, verstand es zu lachen und brachte die Dinge auf den Punkt. Nichts Verborgenes schwang in ihrem Verhalten mit, sie wirkte wie die pure Klarheit. »Ich arbeite in diesem Fall als externer Berater für die deutsche Polizei«, erklärte er.

»Ah, ich verstehe. Sie sind freigestellt.«

»Nicht ganz. Ich habe mich generell aus dem aktiven Dienst zurückgezogen und fungiere nur noch als freier Analytiker.« Nick hob die Schultern. »Sozusagen sitze ich in der zweiten Reihe.«

»Beachtenswert, dass Sie offensichtlich auf Ihre innere Stimme gehört haben. Wir sind Menschen, keine Roboter. Keiner versteht Sie besser als ich, glauben Sie mir.« Doktor Richter beugte sich vor. »Wie kann ich Ihnen weiterhelfen?«

Nick wollte nicht um den heißen Brei herumreden, also brachte er sein Anliegen auf den Punkt. »Zwei Informationen benötige ich: Hat Franziska kürzlich Besuch erhalten und wer bezahlt für ihren Aufenthalt?«

Die Ärztin reagierte prompt. »Die komplette Verrechnung wurde außer Haus gegeben. Ich habe keinen Einblick mehr, aber die erste Frage kann ich Ihnen auf Anhieb beantworten: Ja, Franziska hatte einen Gast.« Sie drehte sich zur Seite und blätterte in einem großen Buchkalender. »Vor fünf Wochen.«

»War es ihr Bruder?«

»Nein, ich kenne David König von früher.« Doktor Richter schüttelte erst den Kopf, dann zog sie die Stirn in Falten. »Die Formalitäten liefen nicht über mich, sondern über unsere Holding. Personen, die nicht zur Familie gehören beziehungsweise nicht auf der Besucherliste stehen, müssen sich zentral dort anmelden, und gegebenenfalls wird Rücksprache mit dem jeweiligen Vormund gehalten – das ist auch neu. Sie sind wahrscheinlich genauso zu diesem Termin gekommen.«

Samantha nickte zustimmend, erwiderte jedoch nichts.

Nick wusste, dass sie das Gespräch nicht durch unwichtige Einwürfe unterbrechen wollte. Er selbst ging ebenso wenig auf das Anmeldeprozedere ein, sondern auf die prägnante Reaktion der Ärztin vor ihrer Antwort. »Sind Sie nicht sicher, wer Franziska besucht hat?«

»Jetzt, im Nachhinein ... schwierig«, entgegnete sie nachdenklich. »Der Mann hatte einen Bart und trug eine Brille. Der altmodische Anzug passte auch nicht zu David König – der war immer tipptopp gekleidet. Außerdem sprach er mit einem starken amerikanischen Akzent. Würde ich das alles wegnehmen, hätte es durchaus David König sein können – die Größe war richtig, das Haar, Stirn und Wangenknochen. Zu dumm, dass ich mir seinen Namen nicht am Kalender notiert habe. Wie hieß er gleich?«

»Vielleicht Kingsley?«, meldete sich Samantha erstmals zu Wort.

»Kingsley? Ja, gut möglich, dass er sich so vorgestellt hat.« Jäh weiteten sich ihre Augen. »Mein Gott. Natürlich! Es muss David König gewesen sein. Warum war ich dermaßen verblendet?«

»Inwiefern?«, erkundigte sich Nick.

Die Ärztin faltete die Hände. »Franziskas Zustand hat sich in den vergangenen beiden Jahren sukzessive dahingehend verschlechtert, dass sie sich weiter zurückgezogen hat. Sie nahm kaum noch etwas von ihrem Umfeld wahr. Erkannte ich früher ein Verständnis in ihrem Verhalten, befand sie sich am Ende in einer komplett eigenen Welt. Der einzige Reflex, den sie heute zeigt, ist ein massiv negativer bei Menschen, die sie nicht oder nicht gut kennt. Sofort versucht sie, sich irgendwo zu verstecken – hinter einem Stuhl, unter dem Bett –, und rollt sich zusammen. Mittlerweile findet ihre Betreuung inklusive mir ausschließlich durch vier Personen statt.« Kurz pausierte sie. »Eigentlich hätte sie auf den Mann mit Angst und dieser speziellen Form des Rückzugs reagieren sollen, doch sie blieb in ihrem üblichen Zustand der Starre. Ob sie ihren Halbbruder trotz der Verkleidung identifiziert hat?«

Nick erinnerte sich an Franziskas Verhalten. Es lag außerhalb seiner Vorstellungskraft, dass ihre Lage schlimmer geworden war. »Waren Sie während des gesamten Gesprächs anwesend?«

»Ja, bei Franziska ist das verpflichtend. *Gespräch* ist aber das falsche Wort. Sie kauerte auf ihrem Platz, der Mann saß ihr in einigem Abstand gegenüber und sah sie an – das war's.«

»Und er hat nichts zu ihr gesagt?«, hakte Nick nach.

»Maximal eingangs wenige Worte. Leider erinnere ich mich nicht mehr daran.« Unvermittelt griff Doktor Richter nach einem Stift und schrieb etwas in einen Notizblock. Sie riss den Zettel heraus und reichte ihn Nick. »Das sind Name, Telefonnummer und E-Mail-Adresse der zuständigen Person in der Zentrale. Mit einem Beschluss erhalten Sie sowohl den eingetragenen Namen des Besuchers mit sämtlichen Daten als auch die Kontoinformationen. Ich frage mich, ob die Verschärfung unserer Sicherheitsmaßnahmen etwas damit zu tun hatte, weil ein Verbrecher in unserem Haus ein- und ausgegangen war.« Sie neigte den Kopf. »Entschuldigung, das hat nichts mit Ihnen und der Sache zu tun, ich habe nur laut gedacht.«

Nick faltete das Papier zusammen und steckte es in seine Sakkotasche. »Vielen Dank, Eveline.« Im Laufe der Unterhaltung war ihm ihr Vorname eingefallen. Längst hatte er bemerkt, dass sich die Ärztin Vorwürfe machte. Die persönliche Anrede stellte keine Anmaßung dar, sondern diente dazu, ihr das schlechte Gewissen zu nehmen.

Doktor Richter stieß einen Seufzer aus. »Danken Sie mir nicht. Wäre ich aufmerksamer gewesen, hätte ich womöglich einiges verhindert. Als Psychiaterin sollte man meinen, Menschen besser einschätzen und damit erkennen zu können.«

»Hätten wir damals im Zuge der Ermittlungen einige Schritte anders gesetzt und wären schneller gewesen, hätte David König vermutlich keine Gelegenheit zur Flucht gehabt. Hinterher ist man klüger«, erwiderte Nick mit sanfter Stimme. »Wie sagten Sie vorhin? Wir sind Menschen, keine Roboter.«

Kapitel 9

Tabea betrat die Mensa und sah sich um. Wenngleich sie nicht hungrig war, wollte sie eine Kleinigkeit essen. Ihr Körper funktionierte wie ein Uhrwerk – spätestens gegen drei Uhr nachmittags fiel ohne Nahrung ihre Aufnahmefähigkeit ab und ihr wurde übel. Kein optimaler Zustand, wenn man vorhatte, in der Bibliothek zu lernen.

Der große Schub war gegangen und nur noch wenige Tische waren besetzt. Ließen es die Vorlesungen zu, wartete Tabea auf diese Zeitspanne. Sie musste nicht Schlange stehen, es gab kein Gedränge, und sie konnte sich einen Platz ihrer Wahl suchen. Dass manche Gerichte nicht mehr zur Verfügung standen, machte ihr nichts aus. Ohnehin aß sie am liebsten einen Salat mit Gebäck oder Spaghetti mit Soße.

Zielstrebig steuerte sie auf die Salattheke zu und zog ein Tablett aus dem Regal. Vom grünen Salat war kaum etwas übrig, aber Tomaten, Gurken und Mais gab es genug. Sie befüllte eine Schüssel und goss Dressing darüber. Auf einen Teller legte sie zwei Schwarzbrotscheiben.

Während sie zur Kasse ging, schwenkte ihr Blick zur Fensterfront. Nur ein Tisch dort war von einer Gruppe junger Frauen besetzt. Eine von ihnen weinte bitterlich und die anderen versuchten sichtlich, sie zu trösten. Tabea erkannte unter ihnen zwei Mädchen, die sich – wie sie es bei dem gemeinsamen Abendessen mit Nick Stein beschrieben hatte – als Wissende hervorhoben und so taten, als stünden sie über den Dingen.

Spontan beschloss Tabea, am Nebentisch Platz zu nehmen. Vielleicht bekam sie etwas von dem Gespräch mit. Auch interessierte es sie, warum die Blondine dermaßen in Tränen aufgelöst war.

Mit gesenktem Kopf schlenderte sie wie zufällig auf ihr Ziel zu und setzte sich so, dass sie beobachten und mithören konnte. Sie holte ihr Handy aus dem Rucksack, öffnete Instagram und fixierte das Display. Keinesfalls wollte sie einen neugierigen Eindruck erwecken.

Bereits nach einer Minute war Tabea klar, dass die Weinende Liebeskummer hatte. Erstaunlicherweise fiel dabei kein abfälliges Wort über den Mann, der das Leid offensichtlich freigesetzt hatte.

Die Blondine schluchzte laut auf. »Ich werde ihn nie vergessen ... nie, nie.«

Eine andere sagte: »Er war ein wunderbarer Mensch. Wie kann jemand nur so grausam sein?«

»Wir werden ihn alle vermissen«, fügte eine dritte hinzu.

Wer ist grausam? Der Mann, über den sie reden, oder ein anderer?, überlegte Tabea. Es musste sich um eine weitere Person handeln, sonst würden sie nicht Worte wie wunderbar für den Ersten verwenden. *Und warum vermissen sie ihn? Ist er weggezogen?*

Erneut gab die Weinende einen tiefen Schluchzer von sich. »Habt ihr ein Taschentuch für mich?«

Ihre Freundinnen schüttelten einhellig den Kopf.

Intuitiv griff Tabea in das Seitenfach ihres Rucksacks und zog eine Packung Taschentücher heraus – sie hatte immer welche dabei. Mit einem entschuldigenden Schulterzucken drehte sie sich der Gruppe zu und streckte den Arm aus. »Sorry. Ich habe zwangsläufig mitgehört. Hier, bitte.«

Die blonde Frau blickte auf und betrachtete Tabea mit in Tränen schwimmenden Augen. »Das ist nett von dir, danke.«

»Bist du nicht auch aus unserem Fachbereich? Literatur?«, fragte eine andere.

Tabea nickte. »Ja, Schwerpunkt Medienwissenschaften. Seit drei Jahren.«

»Setz dich doch zu uns, oder möchtest du lieber allein sein?« Der Vorschlag kam von der mit den langen schwarzen Haaren – sie war eine der beiden Wichtigtuerinnen.

»Gern, wenn ich euch nicht störe.« Sofort stand Tabea auf und gesellte sich dazu. »Ich bin meistens für mich. Irgendwie hat sich das wider Willen ergeben. Ich heiße Tabea.«

Die Blondine, die sich indessen geschnäuzt und die Augen getrocknet hatte, lächelte zaghaft. »Monika. Und das sind Elli, Sabine, Theresa und Renate. Du musst entschuldigen, dass ich so verheult bin. Mir zerreißt es gerade das Herz, weil eine wichtige Person unvermutet aus meinem Leben gerissen wurde.«

»Das tut mir sehr leid«, entgegnete Tabea. »Ein Familienmitglied?« Auf keinen Fall wollte sie preisgeben, dass sie schon zuvor ansatzweise begriffen hatte, worum es ging. Zudem irritierte sie die Formulierung *aus dem Leben gerissen* – mit ihr assoziierte Tabea den Tod.

»Nein, meine große Liebe. Das heißt, er wäre meine große Liebe geworden, hätte man ihn nicht ...« Monika stockte. »Wir sind uns erst vor Kurzem begegnet, doch es fühlte sich an, als hätten wir bereits viele Daseinszyklen Seite an Seite bewältigt. Alles war so vertraut und aufregend, einzigartig. Wie ... Schicksal.« Abermals liefen Tränen über ihre Wangen.

»Was ist mit ihm geschehen?«, murmelte Tabea. Obwohl ihr die Frage unangebracht erschien, musste sie einfach heraus.

Theresa, die Schwarzhaarige, antwortete anstelle von Monika: »Er wurde getötet.«

Tabea hielt den Atem an. Handelte es sich bei dem Mann gar um David König? Konstanz war schließlich keine Stadt, in der gewohnheitsmäßig ein Mord nach dem anderen verübt wurde. »Sprecht ihr von ...?« Absichtlich unterließ sie es, seinen Namen zu nennen. Auf die Schnelle wäre ihr die Entscheidung schwergefallen, ihn als David Kingsley oder David König zu bezeichnen.

Elli räusperte sich. »Ja, David Kingsley, wenn du ihn meinst.«

Was sollte sie erwidern? Spontan beschloss Tabea, einen Schritt nach vorn zu wagen. »Ich habe gehört, dass er unter falschem Namen nach Konstanz gekommen ist und in Wahrheit ein gesuchter Verbrecher war.«

»So ein Schwachsinn!« Theresa fuhr auf. »Dieses Gerücht wurde aus unerfindlichen, boshaften Gründen in die Welt gesetzt.«

Wie auf Befehl nickten alle.

Tabea senkte die Lider. »Es tut mir leid. Ich wollte nichts Falsches sagen.« Einem Impuls folgend fügte sie trotz ihrer Kenntnisse hinzu: »Ich habe es mir auch nicht vorstellen können. Er war doch wissenschaftlicher Mitarbeiter der University of Georgia und noch dazu Beauftragter des Zweig-Projekts. Ich hatte mich als Mitarbeiterin beworben, wurde aber leider nicht angenommen.« *Wenigstens in diesem Punkt lüge ich nicht,* dachte Tabea. Wie viele andere an der Fakultät hatte sie ebenso auf die Ausschreibung reagiert. Tätigkeiten dieser Art machten sich hervorragend in der Vita.

»Ach, du kannst nichts dafür. Die meisten glauben, was sie aufschnappen. So funktioniert das System.« Theresa musterte sie prüfend. »Wir müssen jetzt los. Hast du nicht Lust, morgen mit uns Mittag zu essen? Um eins treffen wir uns hier in der Mensa.«

»Ich komme gerne«, antwortete Tabea und sah den jungen Frauen zu, wie sie ihre Taschen packten und der Reihe nach aufstanden.

Monika reichte ihr die restlichen Taschentücher. »Danke noch mal. Du warst meine Retterin in der Not.«

Entschieden schüttelte Tabea den Kopf. »Behalt sie, zur Sicherheit.«

»Das mach ich. Bestimmt heule ich bald wieder.« Monika hob die Hand zum Gruß. »Tschüss, bis morgen.«

Tabea blickte der Gruppe nach, bis sie außer Sichtweite geriet, dann erst lehnte sie sich zurück. Diese Studentinnen hatten unmittelbar mit David König zu tun gehabt. Und eine war trotz des Altersunterschieds sogar seine Freundin gewesen.

Natürlich war Tabea klar, was sie nun zu tun hatte: Sie musste ihrem Vater von dem Aufeinandertreffen erzählen. Oft waren es genau diese kleinen Hinweise, die einen Fall voranbrachten und die Polizei zur Lösung führten. Papa nannte sie Puzzleteile, die sich Stück für Stück zu einem Bild zusammenfügten.

Tabea verzog die Lippen. Von jeher hatte ihr Vater darauf geachtet, dass seine Familie Abstand zu der Polizeiarbeit und speziell zu seinen Fällen hielt. Gab sie ihm Bescheid, würde er sie wahrscheinlich anweisen, sich von der Gruppe fernzuhalten.

Was machte es schon aus, wenn sie mit Kolleginnen den Mittagstisch teilte? Es handelte sich um Studentinnen, wie sie eine war. Sie hatten sie herzlich empfangen und waren nett zu ihr gewesen. Auch das hatte gutgetan, endlich einmal war sie nicht allein gewesen. Außerdem gestand sie sich ein, dass die gesamte Situation aufregend gewesen war – das Zuhören, die Kontaktaufnahme und allem voran die Informationen, die sie erhalten hatte. Sie brannte regelrecht darauf, mehr herauszufinden.

Ein weiterer Gedanke schoss Tabea durch den Kopf. Die Verbindung zwischen der Gruppe und David König hatte sicherlich wegen des Zweig-Projekts bestanden. Vielleicht schaffte sie es durch diesen Kontakt doch noch, in die Untersuchung einbezogen zu werden. Die Chance war gering, hoffen durfte sie trotzdem.

Langsam stand Tabea auf, ging zu ihrem ursprünglichen Platz zurück und nahm das Tablett, das sie zuerst achtlos stehen gelassen hatte. Was sollte sie tun? Entgegen dem, was korrekt wäre – nämlich ihrem Vater Be-

scheid zu sagen –, gab es gleich mehrere Gründe, die da-
gegensprachen. Im Grunde war es für ihn ebenfalls von
Vorteil, das neue Wissen einstweilen nicht preiszuge-
ben. Je länger sie es hinauszögerte, desto mehr würde
sie erfahren und letztlich ihrem Vater bessere Hinweise liefern können als jetzt.

Kapitel 10

»Ich muss mich nochmals dafür entschuldigen, dass ich Ihnen beim letzten Mal nicht die nötige Aufmerksamkeit geschenkt habe.« Doktor Susanne Kohler bedachte Christian mit einem mildernden Blick, dann wandte sie sich an Nick. »Ich habe Ihr Buch ›Stille Schuld‹ gelesen und war von der Klarheit Ihres Ausdrucks angetan. Sie beschreiben anschaulich und allgemein verständlich.«

»Danke.« Nick lächelte. Derart geballt war er seit der Veröffentlichung nicht mehr auf das Werk angesprochen worden. »Ursprünglich hatte es ein Sachbuch für Personen in einschlägigen Berufen werden sollen. Dank des Verlags und einer ebenso akribischen wie neutralen Lektorin entstand letzten Endes ein Buch, das von allen interessierten Lesern verstanden wird, und genauso Informationen für Fachpersonal bietet.« Er ließ eine Pause folgen und sagte schließlich: »Ich hätte nicht gedacht, dass solche Bücher zu Ihrer Standardlektüre gehören.«

Ein leises, kokettes Schmunzeln umspielte ihre Lippen. »Um ehrlich zu sein, hat Herr Mayer Sie angekündigt, und ich war neugierig. Als ich begonnen hatte zu lesen, konnte ich nicht mehr aufhören.« Jäh wechselte sie zu einem ernsten Ausdruck. »Ich bin nicht nur über David Kingsleys wahre Identität informiert, sondern auch über seine gesamte Vorgeschichte. Dieser Fall, den Sie bearbeiten mussten ... wie schrecklich.«

Seit sie das Büro der Prodekanin betreten hatten, achtete Nick genau auf ihr Verhalten. Er nahm die kleinste Geste sowie ihr Mienenspiel wahr und ließ die Modulation ihrer Stimme auf sich wirken. Das Einzige, das er jedoch aus ihrem Gebaren eruierte, war Authentizität: Sie bedauerte es aufrichtig, anlässlich Christians Erstbesuch keine Zeit gehabt zu haben, sein Buch hatte ihr wirklich gefallen, und sie war erschüttert über David König.

Susanne Kohler zählte prinzipiell nicht zu Nicks Verdächtigen, doch durften sie keine einzige Person außer Acht lassen, die nachweislich engeren Kontakt mit David König gehabt hatte. Sie standen am Anfang der Ermittlungen und einen greifbaren Anhaltspunkt gab es nicht. In dieser Phase galt es, die Spreu vom Weizen zu trennen, und herauszufinden, welcher Beteiligte mehr wissen könnte, als er preisgab.

»Ich wünsche mir nichts sehnlicher, als die Sache endgültig ad acta zu legen. Und dazu gehört, David Königs Mörder zu finden«, erwiderte Nick wahrheitsgemäß.

Sie nickte. »Das verstehe ich sehr gut. Was kann ich tun? Haben Sie noch Fragen wegen des Gemeinschaftsprojekts oder über David Kingsley ... König?«

»Lea Karlson hat mich eingehend gebrieft, was das Manuskript und die Arbeit daran betrifft«, übernahm Christian. »Aber wir müssen Königs Schritte so exakt wie möglich nachvollziehen.«

»Natürlich. Über seine Aktivitäten an der Universität und seine offiziellen Reisen bin ich im Bilde. Was er privat getan hat, entzieht sich allerdings meiner Kenntnis – außer er war bei mir privat zu Gast.« Susanne Kohler legte die Hände flach auf die Tischplatte und erklärte: »In unregelmäßigen Abständen gebe ich bei mir zu Hause kleinere Empfänge. Sie stehen immer in Zusammenhang mit universitären Aktivitäten. Besucher sind Kollegen, Externe mit Bezug, Studenten – quer durch, je nach der Thematik.«

Bei Susanne Kohlers einleitendem Satz hatte Nick aufgehorcht. »Seine Reisen?«

»Für das Zweig-Projekt wurde er an einigen europäischen Universitäten vorstellig«, erläuterte die Prodekanin. »Die Analyse des Werks ist eine hochkomplexe Angelegenheit und je mehr Spezialisten daran arbeiten, desto größer ist die Chance, ein fundiertes Ergebnis zu erzielen. Wir alle, vor allem selbstverständlich die University of Georgia, sind an einem Resultat interessiert.«

»An welchen Unis ist er gewesen?«, fragte Nick weiter.

»Wien, München und Berlin. Letztere ist bereits aktiv. Eigentlich hatten Bochum und Dortmund auch auf seinem Plan gestanden, aber dazu ist er nicht mehr gekommen.« Kurz geriet Susanne Kohler wegen ihrer Wortwahl ins Stocken. »Außerdem hat er an der Grenze zu den Niederlanden einen Graphologen besucht.«

»Sie erwähnten, nichts über Königs Privatleben hier in Konstanz gewusst zu haben«, bemerkte Christian. »Oft nimmt man jedoch Kleinigkeiten wahr, über die man erst dann nachdenkt, wenn man direkt darauf angesprochen wird. Ist Ihnen vielleicht eine gewisse Vertrautheit zu einer bestimmten Person oder mehreren aufgefallen? Hat er sich bei jemandem herzlicher, intimer verhalten?«

»Das ist schwierig zu beantworten. Wir haben einige Studenten in das Projekt eingebunden. Das ist ein übliches Prozedere. Die jungen Herrschaften – in diesem Fall mehr Frauen als Männer – waren von David Kingsley überaus angetan.« Leise schnalzte die Prodekanin mit der Zunge. Noch schien sie mit ihrer Äußerung nicht zufrieden zu sein. »Im Grunde waren alle von ihm begeistert, inklusive mir. Seine Bildung war umfangreich, und wir haben anregende philosophische wie wissenschaftliche Gespräche geführt. Ich muss zugeben, dass man sich Davids Charme kaum entziehen konnte.«

»Es gab Menschen, die alles für ihn getan haben«, entgegnete Nick. »Er besaß eine Gabe. Wie der Rattenfänger von Hameln seine Flöte hatte – ihrem Spiel widerstand kein Kind.« Sowohl die Offenheit als auch die Ehrlichkeit der Prodekanin gefielen ihm immer besser, und dem trug er Rechnung. Darüber hinaus lockerten Einwürfe dieser Art die Unterhaltung auf, sodass der negative Eindruck eines Verhörs erst gar nicht aufkam.

Christian wartete geduldig und ließ Nicks Worte einige Sekunden nachwirken, bevor er seine Frage – anders formuliert – wiederholte: »Lassen Sie uns nochmals auf die Verhaltensbagatellen eingehen. Eine Berührung des Arms etwa, die man zufällig aufschnappt und auf der Stelle wieder vergisst.«

»Es ist mir bewusst, worauf Sie hinauswollen«, erwiderte Susanne Kohler. »Schwierig. Ich möchte niemanden denunzieren oder in eine unangenehme Lage bringen. Schließlich ist es nur ein subjektiver Eindruck.«

»Machen Sie sich darüber keine Gedanken«, beruhigte Christian sie. »Wir interpretieren nicht und behandeln Hinweise diskret. Es geht nicht darum, einer einzelnen Person etwas vorzuwerfen, sondern Betroffene zu finden.«

Die Prodekanin nickte. »Wenn ich mich für eine Studentin entscheiden müsste, die ihm näherstand, fiele meine Wahl auf Monika Schreier. In der Vergangenheit habe ich zwar nichts beobachtet oder spezielle Rückmeldungen erhalten, doch aktuell dürfte sie sich auffällig verhalten. Lea Karlson hat mir berichtet, wie sehr David Kingsleys beziehungsweise Königs Tod die junge Frau mitnimmt. Geschockt sind wir alle, sie jedoch – wie drückt man es salopp aus? – steht komplett neben der Spur.«

»Wir benötigen eine Liste der Studenten, die an dem Projekt beteiligt sind«, sagte Christian.

»Selbstverständlich. Sämtliche betreffende Studenten gehören einem eigenen Literaturkreis innerhalb des Fachbereichs an, den ich im Übrigen mit Enthusiasmus fördere. Wir bevorzugen diese Gruppe nicht, aber aufgrund ihrer Beschäftigung verfügen sie über explizites Zusatzwissen und sind deshalb am geeignetsten.« Susanne Kohler zog einen Kugelschreiber aus ihrem schwarzen Lederetui. »Ich notiere mir das und lasse Ihnen die Aufstellung umgehend zukommen. Einige Personen sind aufgrund der Ausschreibung offiziell beteiligt, andere helfen aus Interesse und Begeisterung mit.« Zweifellos kündigte sie damit auf höfliche Weise das Ende der Besprechung an.

»Sehr aufmerksam.« Christian schob seinen Stuhl zurück. Er hatte den Wink verstanden. »Wir wollen Sie nun nicht länger aufhalten. Ohnehin werden wir Sie noch das eine oder andere Mal aufsuchen müssen.«

Die Prodekanin erhob sich. »Meine Tür steht offen.« Unvermutet schien ihr etwas einzufallen. »Lea Karlson kann Ihnen über die Studenten und den Literaturkreis detailliertere Auskünfte geben als ich. Meine Zeit gestattet es leider nicht, aktiv teilzunehmen. Lea hingegen steht nahezu täglich mit allen in Verbindung – sie ist die bessere Informationsquelle.«

»Vielen Dank, wir werden uns an Frau Karlson wenden«, entgegnete Christian.

Auch Nick verabschiedete sich. Beim Verlassen des Büros überlegte er, ob Christian gerade das Gleiche durch den Kopf geisterte wie ihm.

Kapitel 11

Erst als Nick und Christian das Freigelände des Campus erreicht hatten, machte Nick seinem Gedanken Luft: »Zum zweiten Mal verweist Susanne Kohler auf Lea Karlson – bei deinem Besuch wegen des Zweig-Projekts und jetzt, um mehr über die betreffenden Studenten zu erfahren. Als hielte sie Lea Karlson für wichtiger als sich selbst, zumindest in diesem Fall.«

»Ich glaube, es liegt daran, dass sich die Prodekanin nicht wichtigmachen will. Als wissenschaftliche Assistentin ist Lea Karlson mit dem operativen Ablauf der Manuskriptuntersuchung betraut. Sie ist diejenige, die mittendrinnen steckt und die eigentliche Arbeit leistet. Zudem kann ich mich des Eindrucks nicht erwehren, dass Susanne Kohler ein Gespür dafür hat, nach welchen Infos wir suchen – und die liefert uns Lea Karlson.«

»Ein gutes Argument. Was hältst du vom Gegenteil?«, fragte Nick.

»Dass sich Susanne Kohler auf Basis der Situation bewusst vom Rampenlicht fernhält? Ich würde ihr den Winkelzug zutrauen, und könnte ihn sogar verstehen.« Christian zuckte mit den Schultern. »Das große Vorzeigeprojekt hat durch David Königs Tod einen gewaltigen schwarzen Fleck erhalten. Je weniger sie sich beschmutzt, desto besser für die Karriere. Konkurrenzkampf und Druck machen auch vor den Unis nicht halt – von den Studenten bis ganz nach oben.«

»Deshalb war ich etwas verwundert, dass du Tabea mit keinem Wort erwähnt hast. Dein Kontakt zur Prodekanin könnte für deine Tochter doch nützlich sein.«

»Arbeit und Privat trenne ich strikt, selbst wenn es durch unsere offenen Familiengespräche vermutlich anders erscheint. Ich halte es als Einbahnstraße: Zu Hause in gemäßigtem Rahmen über die Arbeit zu reden, ist unvermeidbar, andersrum ein No-Go. Obendrein ist Tabea zweiundzwanzig Jahre alt und verfolgt ihren eigenen Weg. Sie war schon immer eine Einzelgängerin und würde mir den Hals umdrehen, wenn ich mich einmischte. Du darfst nicht annehmen, dass Melanie und ich viel über ihr Studium wissen. Ich habe keine Ahnung, welchen Aktivitäten sie nachgeht, oder womit sie sich gerade beschäftigt.«

Kurz sinnierte Nick, wie er wohl handeln würde, hätte er eine Tochter – Christians Einstellung klang durch und durch vernünftig. Somit beließ er das Thema und kehrte zu Susanne Kohler zurück: »Beim ersten Termin warst du begeistert von der Prodekanin. Hat sich das durch die Überlegung, ob sie nun ehrenwert oder berechnend agiert, verändert?«

»Ehrlich? Überhaupt nicht. Für mich ist sie schlichtweg eine tolle Frau. Und wie ist dein Eindruck von ihr?«

Nick begann unverzüglich aufzuzählen: »Sie wirkt rundum glaubwürdig, ist höflich und zuvorkommend – kein Quäntchen Hochmut. Dabei verhält sie sich nahezu aristokratisch, wie alter Adel. Ich gebe dir recht: Eine *tolle* Frau und überaus interessante Person.«

»Unabhängig meiner persönlichen Meinung über einen Menschen, auf den ich im Zuge einer Ermittlung treffe – egal ob Mord, Raub oder Betrug –, stelle ich mir die Frage: Hatte er etwas damit zu tun? Was denkst du in diesem Fall? Eine Begründung hätte ich gern gleich mitgeliefert.«

Nick senkte den Kopf. »Kannst du haben, doch zuvor sollten wir die Tat endgültig zweiteilen: in Mord mit Motiv und Zufall. An die zweite Variante glaube ich nicht. Trifft sie dennoch zu, ist unser momentanes Vorgehen ohne jegliche Relevanz für die Lösung – wir lägen komplett falsch.«

»Rund fünfundachtzigtausend Einwohner leben in Konstanz und es trifft ausgerechnet den vermeintlichen Amerikaner David Kingsley? Ich zweifle wie du daran. Außerdem wurden Geld und Reisepass bei ihm gefunden. Nur sein Handy fehlt bis heute.«

Nick hob die Hand und schwenkte sie hin und her. »Derartige Argumente bergen stets Stolperfallen. Es wäre möglich, dass der Täter durch einen Spaziergänger gestört worden ist.«

»Es ist ja nicht mal zu eruieren, ob David König am Fundort erstochen wurde. Er hat verheddert im Ufergestrüpp halb im Wasser gelegen. Und zwischen der Ermordung und seinem Auffinden hat es mehrfach kräftig geregnet. Da sind Blutspuren und andere Anhaltspunkte weg.«

Nick hob die Hände. »Ich will bestimmt nichts ausschließen, versteh mich nicht falsch – genau das Gegenteil. Meine Aussage basiert rein auf Intuition. Man soll sich immer alle Wege freihalten und darf keinen ignorieren.«

Christian nickte. »Meine Rede. Wir schwimmen auf exakt derselben Welle, das weißt du. Meine Frage wegen der Prodekanin und einer etwaigen Beteiligung fällt ebenfalls da rein.«

»Susanne Kohler! Wir sind abgeschweift. Also: Mein gegenwärtiges Gefühl flüstert mir zu, dass sie nicht mehr als eine zufällig Beteiligte ist«, erwiderte Nick. »Die gezeigten Emotionen waren harmonisch und passten zu ihren Formulierungen. Doch das allein gibt nicht den Ausschlag. Hast du bemerkt, dass sie König im Gespräch ganz automatisch Kingsley nannte und sich korrigieren musste?«

»Ja, habe ich.«

»In ihrem Gehirn ist David König als jener Mann abgespeichert, der er nach seiner Flucht geworden war: David Kingsley. Es fällt schwer, das Bild zu übermalen – vor allem in einer schnell dahinfließenden Unterhaltung, die von anderen gesteuert wird«, erklärte Nick.

Christian spann den Faden weiter. »Wir können demnach davon ausgehen, dass sie Königs wahre Identität nicht gekannt hat.«

»So ist es. Und das führt mich gleich zur nächsten Splittung des Falls. Entweder wurde König aufgrund seiner früheren Machenschaften ermordet, oder man hat ihn als David Kingsley umgebracht. So und so wissen wir nicht, wie weit sein Netz reichte und wessen Hass er auf sich gezogen hat.« Dass ihm der Geistesblitz von Tabea eingeimpft worden war, sprach Nick wegen Christians vorheriger Anmerkung über die Familie nicht aus.

»Dann würde sich das Motiv unter Umständen in dem Zweig-Manuskript beziehungsweise in dem diesbezüglichen Projekt verbergen.« Christian schob die Unterlippe vor. »Offen gestanden ist mir der Gedanke auch schon gekommen. Aber erst, als meine schlaue Tochter beim Abendessen eine Zusammenfassung aus ihrer Sicht geliefert hat. Betriebsblindheit stellt sich in jedem Beruf ein.«

»Bei mir war es genau gleich. Ich wollte nur nicht extra darauf hinweisen.« Einen Augenblick lang schwieg Nick. »Leider scheinen wir – hauptsächlich ich – zu sehr mit Königs Vergangenheit verknüpft zu sein. Ich muss lernen, König und Kingsley als zwei Individuen anzusehen.«

»Selbst mir fällt das schwer. In Wahrheit haben wir gleich drei mögliche Opfer: David König, David Kingsley oder er als irgendein Mann, der bloß zur falschen Zeit am falschen Ort war. Die große Frage ist, welcher wurde ermordet?« Christian vollführte eine wegwerfende Handbewegung. »Genug mit der Hirnwichserei. Besuchst du uns heute? Das Wetter ist herrlich und ich grille auf der Terrasse.« Er verzog den Mund. »Chiara schläft bei ihrem Freund, und Tabea trifft sich mit irgendwelchen neuen Freundinnen – das hat Seltenheitswert. Ich würde mich freuen, fände sie Anschluss. Tommy wird allerdings dabei sein, so lernst du endlich meinen Sohn kennen. Eventuell bringt er seine aktuelle Begleitung mit. Die Wichtigeren schleppt er uns manchmal an.«

»Ja, gerne. Danke für die Einladung.« Nick lächelte. Er genoss die gemeinsamen Abende mit seinem Kollegen und dessen Familie. Dank Melanie und der Kinder verstand Christian es tatsächlich, abzuschalten und in sein Privatleben abzutauchen. Dafür bewunderte Nick ihn und wusste es zu schätzen, dass er an Christians Oase partizipieren durfte. Allein würde er es nicht schaffen, sich zu lösen.

Kapitel 12

»Nächste Runde?« Theresa klatschte in die Hände. »Wir müssen mal den Kopf freikriegen. Vor allem du, Monika.«

Die Angesprochene nickte. »Ja, das ist wirklich dringend nötig. Ich bin dabei. Was ist mit dir, Tabea?«

»Für mich nichts mehr. Normalerweise trinke ich kein Bier. Ich spüre den Alkohol schon.«

»Das ist der Sinn und Zweck der Übung«, erwiderte Elli grinsend und küsste den jungen Mann, der neben ihr saß, auf die Wange. »Du bringst mich doch später heim, Baby, oder? Egal in welchem Zustand ich mich befinde.«

Tabea überlegte, wie Ellis Freund hieß. Tobias? Noch schaffte sie es nicht, alle richtig zuzuordnen. Der kleinen Mädchenrunde hatten sich einige angeschlossen, die – das zumindest hatte sie herausgefunden – ebenfalls zu der engeren Clique gehörten. Manche kannte sie vom Sehen und bei einem Studenten war ihr regelrecht das Herz stehen geblieben: Er war ihr bereits im ersten Jahr an der Uni aufgefallen. Einige Male hatte sie in dieser Zeit sogar zaghaft versucht, sich ihm zu nähern. Von seiner Seite war allerdings keine Reaktion gekommen. Bis heute wusste Tabea nicht, ob sie sich ungeschickt angestellt oder Andreas kein Interesse gehabt hatte. Jetzt jedenfalls bemerkte er sie. Als sie in dem Gastgarten Platz genommen hatten, war er darauf bedacht gewesen, neben ihr zu sitzen, und ständig richtete er Fragen an sie.

»Na gut, eins trinke ich noch, aber dann ist Schluss.« Für nichts in der Welt wollte Tabea, dass die anderen sie als langweilig abstempelten.

Elli hob den Daumen. »Das nenne ich eine Ansage. Klasse, Tabea. Du gehörst zu uns.«

»Wahre Worte!« Andreas hob den Zeigefinger. »Ich erbiete mich auch hochoffiziell als dein Chauffeur. Anders als Elli bei Tobi musst du mich nicht mal darum bitten.«

»So steigst du ins Auto?« Tabea zog die Brauen hoch.

»Nein! Ich bin doch nicht verrückt. Mein Führerschein ist mir heilig. Es gibt Taxis.«

»Andreas braucht sich dank seiner Eltern keine Sorgen um Geld zu machen«, warf Sabine ein. »Ich muss laufen, wenn ich zu viel getrunken habe.«

Renate lachte auf. »Du wohnst fünf Minuten von hier entfernt.«

»Richtig. Aber wenn wir uns im Gewölbe treffen, habe ich einen deutlich längeren Weg. Bei schlechtem Wetter kann das echt mühsam sein.«

»Was ist *das Gewölbe*?«, erkundigte sich Tabea.

»Unweit der Uni gibt es ein Lokal – das Engelscafé. Die haben im Keller einen Raum, den sie hauptsächlich für Kleinkunstaufführungen nutzen. Wir mieten ihn für unsere Treffen.«

»Das ›Engels‹ kenne ich. Ich war zweimal dort.« Sollte sie weiterfragen, obwohl Monika nach ihrer Erklärung einen ausdrücklichen Punkt gesetzt hatte? Niemand schätzte übertrieben neugierige Menschen, doch der

Alkohol lockerte Tabeas Zunge. »Welche *Treffen* habt ihr dort?«

Theresa hüstelte. »Wir gehören alle dem Uni-Literaturclub an und haben innerhalb der Vereinigung einen kleinen Kreis gebildet. Es zählt zu unseren Hobbys, Texte zu analysieren.« Sie fixierte Tabea. »Vielleicht stößt du eines Tages zu uns.«

»Liebend gern! Ich bin eine Gleichgesinnte.« Tabeas Lächeln erstarb jäh. Alle starrten sie plötzlich an. War ihr ein Fehler unterlaufen? Hatte sie die falschen Worte gewählt? Auf einmal fühlte sie sich unwohl und Verlustangst kroch in ihr hoch. *Diese Cliquensache ist nichts für mich, war es noch nie. Ich bin unfähig, mich zu integrieren. Jetzt sind sie sauer auf mich, und ich habe keine Ahnung weswegen.*

Theresas Gesichtszüge entspannten sich zuerst. Sie beugte sich vor und flüsterte: »Folgst du dem weißen Kaninchen?«

»Wie bitte?« Tabea hob die Schultern. Nun verstand sie gar nichts mehr. »Was meinst du?«

»Theresa hat zeitweilig skurrile Geistesblitze«, erläuterte Andreas und warf Theresa einen undefinierbaren Blick zu. »Herkunft und Sinn erschließen sich niemandem von uns. Denk dir nichts.«

»Das ist wahr. Manches Mal bin ich einfach komisch. Vollends kreativ werde ich aber erst mit Schnaps«, bekräftige Theresa. »Entschuldige, Tabea.«

Um ihre Verlegenheit zu überspielen, griff Tabea nach dem Bierglas und trank einen Schluck. Das Chaos in ihrem Kopf rief nur der Alkohol hervor. »Mir ist ein wenig schwindlig«, murmelte sie. »Es ist besser, ich gehe.«

Andreas reagierte sofort. »Ich lass dich nicht allein, wie versprochen. Wo wohnst du?«

»Am Fürstenberg-Rand. In einer der neuen Siedlungen.«

»Was hältst du davon, wenn wir in die Richtung spazieren? Möchtest du nicht mehr laufen, fischen wir uns ein Taxi heraus – das war sowieso der Plan. Die Bewegung wird dir guttun.«

Tabea lächelte ihn dankbar an, sagte jedoch entgegen ihrem Empfinden: »Das musst du nicht. Bestimmt bleibst du lieber noch sitzen.«

Andreas legte den Arm um sie. »Wollte ich das, würde ich es tun.«

»Hört, hört!« Elli schmunzelte breit. »Nimm Andreas' Angebot an. Nicht alle Tage zeigt er sich dermaßen galant. Wir sehen einander morgen in der Mensa? Dreizehn Uhr dreißig.«

Tabea nickte. »Ich werde pünktlich sein.« Das unangenehme Gefühl, fehl am Platz zu sein, verschwand so schnell, wie es gekommen war. Dafür verspürte sie ein nervöses Ziehen, dessen Herkunft sie allerdings exakt zuordnen konnte: Andreas begleitete sie nach Hause.

Kapitel 13

Christian streckte die Hand aus und reichte Nick über den Tisch hinweg ein Stück Papier. »Die angeforderten Daten aus der psychiatrischen Klinik in Wien sind eingegangen. Dank der Intervention deines Freundes Arno Hammer haben die österreichischen Kollegen offensichtlich dafür gesorgt, dass es flott geht.«

Nick schnappte sich das Blatt und las. »Beides keine Überraschung: Die Besuchsanforderung für Franziska Küner stammt von David Kingsley, und die Überweisungen tätigt eine Bank aus Athens. Der Name des Auftraggebers fehlt. Der Vollständigkeit halber sollten wir wissen, wer die Rechnungen bezahlt.«

Christian wies auf das Telefon. »Ich habe den Sheriff schon angerufen und ihn gebeten, bei der Bank und gegebenenfalls bei Dorothy Franklin vorbeizuschauen. Den Bankbesuch hat er gelassen aufgenommen, bei der Professorin hingegen kam eine Schimpftirade, die ich selbst mit guten Englischkenntnissen nicht komplett verstanden habe. Herausgehört habe ich bullshit, bitch und viele fucks.«

»Das ist wenig verwunderlich. Dorothy Franklin hat ihn behandelt, als wäre er ein lästiges Ungeziefer.« Kurz schloss Nick in der Erinnerung an die Unterhaltung die Augen. Die Fakten und der persönliche Eindruck standen in seinem Bericht. Darüber hinaus hatten sich Christian und er noch nicht eingehender mit Dorothy Franklin beschäftigt, wenngleich sie ein wichtiges Element darstellte. Sie war ein Wendepunkt in David Königs Leben gewesen.

Mitten in Nicks Überlegungen hinein fragte Christian: »Wollen wir mal ein paar Takte über diese eigentümliche Dame reden?«

»Langsam wird es unheimlich. Du sprichst aus, worüber ich grüble.« Nick grinste und ging sofort auf das Thema ein. »Es war, als befände sich Franklin in einer anderen Sphäre, die aus konträren Elementen besteht. Paradox ist wohl der bessere Ausdruck als *eigentümlich.*«

»Du meinst die Vereinigung von Intellektualität, Klugheit, Arroganz und Rassismus in einem einzigen Menschen?« Bei jedem Aufzählungspunkt streckte Christian einen Finger in die Höhe. »Würde ich darüber sinnieren, fielen mir sicherlich weitere gegensätzliche Substantive ein – Liebenswürdigkeit und Eiseskälte zum Beispiel.«

Nick hob die Hand. »Die aufgezählten reichen aus. Ich habe registriert, dass du meinen Bericht aufmerksam gelesen hast.« Einen Augenblick besann er sich, um seinen fortführenden Gedankengang so exakt wie möglich zu formulieren. »Eigentlich weisen all die angeführten Eigenschaften auf eine gespaltene, zumindest wankelmütige Persönlichkeit hin. Salopp gesprochen: Mit und ohne Diagnose hat Dorothy Franklin einen Knall. Und wie wunderbar ließe sich damit ihre blinde Hingabe zu David König – also Kingsley – erklären. Das Problem ist nur, dass ich nicht die kleinste psychische

Auffälligkeit entdecken konnte. Zugegeben, im Laufe des Interviews ist eine sprunghafte Wandlung vonstattengegangen, doch die bezog sich ausschließlich auf mich – drastisch ausgedrückt wurde ich vom Freund zum Feind.«

»Und das findest du normal? Vergiss nicht die aus dem Nichts kommende Meldung über das weiße Kaninchen. Meines Erachtens ist diese Frau verrückt oder geistig krank – nenne es, wie du willst.« Christian kniff die Augen zusammen und nickte bekräftigend.

»In der Nacherzählung wirkt es tatsächlich konfus und deutet auf einen verwirrten Zustand hin. Direkt nach dem Gespräch war ich ebenso überzeugt davon. Je öfter ich es allerdings Revue passieren lasse, tritt etwas anderes hervor: Sie hat mir eine ernsthafte Frage gestellt. Ich habe nur nicht richtig gekontert.«

»Du meinst wie ein Codewort?«

»Entweder das oder eine Art von Prüfung, ob ich intelligent genug bin, etwas Adäquates zu erwidern. Vielleicht hätte ich ›Alice im Wunderland‹ oder ›der Zauberer zieht das Kaninchen aus dem Hut‹ sagen sollen. Ich habe sie jedoch verdutzt angestarrt und ziemlich einfältig reagiert.«

»Wenig verwunderlich«, entgegnete Christian. »Sie hat dich kalt erwischt. Wer rechnet schon damit? Denkst du, diese seltsame Äußerung steht in einem relevanten Zusammenhang mit unserer Sache?«

»Eine Bedeutung hat es auf jeden Fall. Ob die für uns wichtig ist, weiß ich nicht – noch nicht. Ich möchte mich nicht blenden lassen. Den Fokus darauf zu legen, wäre falsch, negieren genauso.« Nick wiegte den Kopf.

»Ich habe Samantha gebeten, zu recherchieren. Die Metapher wird aber zu häufig benutzt, um eine eindeutige Richtung zu wählen. Es gibt Lokale und Unternehmen, die ›das weiße Kaninchen‹ heißen. Geheimbünde und Verschwörungstheoretiker benutzen die Floskel, genauso findest du sie in Büchern und in Filmen wie ›Matrix‹ – es gibt sogar einen gleichnamigen deutschen Film aus dem Jahr 2016. Auch variieren die Bedeutungen. Ich habe es gerade erwähnt: Folge ich dem weißen Kaninchen aus ›Alice im Wunderland‹, tauche ich in eine fremde Welt ab. Ziehe ich ›ein weißes Kaninchen aus dem Hut‹ bin ich ein Zauberer auf der Bühne oder hole eine Lösung hervor. Das Kaninchen beziehungsweise den Hasen als Symbol gibt es darüber hinaus: Er ist ein Sinnbild für Wiedergeburt, Fruchtbarkeit, den Frühling.«

»Genug! Ich habe kapiert.« Christian stützte die Hände auf der Tischplatte ab. »Erst muss uns der Zufall etwas in die Hände spielen, um tiefer zu graben. Langweilig wird uns bis dahin nicht: die anderen Universitäten, das Zweig-Projekt, die Studenten und vieles mehr.«

Nick hakte sogleich ein. »Ich habe mir überlegt, bereits Donnerstag nach Hause zu fliegen und der Wiener Universität einen Besuch abzustatten. Ein persönliches Gespräch ist immer aufschlussreicher, als zu telefonieren. Und für München hätte ich ebenfalls einen effizienten Vorschlag.«

»*Effizienz* ist stets Musik in meinen Ohren. In diesem Sinne: Lass hören«, erwiderte Christian.

»Ich habe vor über einem Jahr in München an einer Mordermittlung mitgearbeitet und nach wie vor guten

Kontakt zu einer Kriminalbeamtin: Yvonne Engel. Sie könnte für uns das Gespräch an der LMU erledigen. Natürlich müsste ich sie einweihen. Meine eigene Vergangenheit mit David König kennt sie.«

»Die Idee ist gut, und sie spart uns Zeit. Berlin werde ich übernehmen. Susanne Kohler sagte, die zuständige Fakultät sei bei dem Projekt mit an Bord – die Situation dort will ich mir vor Ort anschauen. Mit dem Graphologen reicht hoffentlich ein Telefonat. Hat dein Rechtsmediziner eigentlich schon etwas zum Autopsiebericht losgelassen?«

Nick schüttelte den Kopf. »Samstag treffen wir uns alle bei mir zu Hause. Zu diesem Anlass werde ich ihm auf den Zahn fühlen. Wenn du für einen anderen aus meiner Gruppe eine Aufgabe hast, heraus damit. Alle sind heiß darauf, uns zu unterstützen.«

»Möchte keiner von ihnen in Athens Urlaub machen und ein wenig Südstaatenflair einsaugen?« Christian schmunzelte, dann wurde er ernst und sein Blick glitt über den Schreibtisch. »Treten wir auf der Stelle, Nick? Ich habe den Eindruck, als würde sich die Ermittlung dahinschleppen und wir fänden keinen Ansatz.«

»Der Schein trügt. Anfangs wirkt es immer so, als käme man kaum voran«, entgegnete Nick. »Dein Empfinden hat sicherlich auch mit den mannigfaltigen Varianten pro Element zu tun, egal ob ›das weiße Kaninchen‹ oder die Opferdreiteilung. So rasch werden wir die richtige Strecke nur da wie dort leider nicht finden. Was würdest du davon halten, die unwahrscheinliche Raubmordtheorie auszulagern? Kollegen könnten komplett isoliert in diese Richtung ermitteln und wir tragen es nicht mehr wie ein lästiges Anhängsel mit uns herum.«

Christian ließ einige Sekunden verstreichen, bevor er antwortete. »Das klingt durchaus vernünftig. Wir haben es mit einem hochkomplexen Fall zu tun und benötigen freie Gedanken für das Wesentliche. Ich leite das umgehend in die Wege.« Er drehte das Handgelenk und sah auf seine Uhr. »Umgehend ... bedeutet nach dem Gespräch mit Lea Karlson. Wir müssen los zur Uni, sonst kommen wir zu spät.«

Kapitel 14

Kurz hielt Nick den Atem an, als er Lea Karlson die Hand schüttelte. Er hatte nicht damit gerechnet, eine dermaßen attraktive Frau vor sich zu sehen. Frauen wie Männer bevorzugten unterschiedliche optische Eigenschaften. Es reichte von der Figur über die Haarfarbe und den Teint bis hin zu einzelnen Körperteilen wie den Händen, Füßen, Lippen oder der Nase. Selten traf man auf eine Person, die allgemeingültig einfach bildschön war. Das Model Cindy Crawford fiel für ihn in diese Kategorie. Anders hingegen Gisele Bündchen, die sehr wohl einen bestimmten Typ darstellte. »Es freut mich, Sie kennenzulernen, Frau Karlson«, murmelte er den Tick zu spät.

Sie lächelte. »Mich ebenso. Die Prodekanin hat mir bereits von Ihnen berichtet. Aber bitte ... nennen Sie mich Lea.« Sie schwenkte zu Christian und gab auch ihm die Hand. »Sie haben heute Fragen allgemeiner Natur an mich?«

»So ist es. Danke, dass Sie uns Ihre Zeit widmen.« Mit gespreizten Fingern fuhr sich Christian durchs Haar und strahlte sie an.

»Gern. Würde es Ihnen etwas ausmachen, wenn wir einen Spaziergang im Freien machen? Ich habe den ganzen Vormittag in der Bibliothek verbracht und könnte etwas frische Luft gebrauchen.«

»Natürlich. Gehen wir.« Christian eilte zur Tür und öffnete sie.

Während sie durch die Flure der Universität auf den Ausgang zuschritten, fand Nick ausreichend Zeit, Lea Karlson unbemerkt zu beobachten. Er hatte sich etwas zurückfallen lassen und überließ Christian den Smalltalk. Ausnehmend viele Studenten grüßten sie oder lächelten ihr zumindest zu – zweifellos war sie beliebt. Es schien Nick sogar, als suchten die jungen Leute ihre Aufmerksamkeit, indem sie die Gangseite wechselten.

Als sie endlich das Freigelände erreicht hatten, kam Christian unverzüglich zum Grund ihres Besuchs. »Frau Doktor Kohler erwähnte, dass Sie sowohl mit den Studenten, die an dem Gemeinschaftsprojekt beteiligt sind, als auch mit den Mitgliedern des Literaturclubs engen Kontakt pflegen.«

»Das ist eingeschränkt richtig. Der Literaturclub hat zahlreiche Mitglieder«, entgegnete Lea Karlson und drehte ihr Gesicht der Sonne zu. »Mit den Eifrigsten und Talentiertesten arbeite ich zusammen und kenne sie gut. Unter diesen befinden sich die Mitarbeiter des Zweig-Projekts.«

»Wir haben eine Namensliste erhalten«, übernahm Nick. Ihr die Aufstellung nicht auszuhändigen, diente allein dem Zweck, die Vollständigkeit der Personen zu eruieren.

»Theresa Blauensteiner, Monika Schreier und Sabine Breuer sind offiziell für die Manuskriptuntersuchung abgestellt. Einige Mitglieder des Literaturclubs beteiligen sich außerordentlich in unterschiedlichem Ausmaß«, gab Lea sofort bereitwillig Auskunft. »Besonders bewähren sich Tobias Krytzky, Renate Dom und Andreas Wendenberg. Ach ja, Elli Stein darf ich nicht vergessen.« Sie zog die Brauen hoch. »Daran hatte ich noch gar nicht gedacht: Elli trägt denselben Nachnamen wie Sie, Herr Doktor Stein.«

»Bitte: Nick.« Er deutete eine Verbeugung an. »Ich habe keine Verwandten in Konstanz, werde die junge Dame aber nach ihren Ahnen fragen.«

»Sie wollen mit ihr sprechen?«

»Nicht nur mit ihr, mit allen«, erwiderte Christian. »Und im Vorfeld dieser Interviews möchten wir Sie bitten, uns Ihre Eindrücke zu schildern. Eine Studentin etwa, Monika Schreier, scheint besonders betroffen von David Königs, Kingsleys Tod zu sein. Auch Ihre persönliche Wahrnehmung von David König ist uns wichtig.«

Lea stieß einen tiefen Seufzer aus und für einen Moment wirkte es, als würde sie zu weinen beginnen. Schließlich fing sie sich. »David war ein wunderbarer Mensch. In der kurzen Zeit, die ich mit ihm verbringen durfte, hat er mich auf eine Weise vorangebracht, die ich nie zu hoffen wagte. Es lag an seiner Einstellung zum Leben und wie er andere gesehen hat. Dieser Mann war nicht bloß ein Gelehrter. Er motivierte einen, neue Wege zu beschreiten und Perspektiven zu erweitern. In seiner Gegenwart war ich glücklich.« Ihr Blick wanderte zwischen Christian und Nick hin und her. »Was Sie ihm vorwerfen, ist nicht wahr. David Kingsley ist kein Lügner gewesen, und er hat in der Vergangenheit niemanden dazu gebracht, andere zu ermorden. Das schwöre ich Ihnen!«

»Inwiefern hat er Sie motiviert?« *Sie schwört! Ernsthaft?*, fuhr es Nick durch den Kopf. Förmlich spürte er, wie eine gewaltige Dosis Adrenalin durch seinen Körper peitschte. Aber er musste Haltung bewahren und sein Entsetzen über ihre inbrünstigen Worte verbergen. Bemerkte Lea Karlson seine Anspannung, würde sie sich bestimmt verschließen.

Tatsächlich schien ihr nichts aufzufallen. »Ich arbeite an meiner Dissertation und steckte an einem gewissen Punkt fest. In den vergangenen Monaten war ich nicht mehr sicher, die Arbeit erfolgreich abschließen zu können. David hat mich gestärkt und mir den Wert des Inhalts aufgezeigt – er wird alles verändern.«

»Wer? David? Das wird wohl nicht mehr möglich sein«, entgegnete Christian ungerührt.

»Nein!« Lea fuhr auf. »Der Inhalt meiner Dissertation.«

»Zu welchem Thema schreiben Sie Ihre Arbeit?«, fragte Christian im selben Tonfall weiter.

Nick ließ Lea Karlson nicht aus den Augen. Er ahnte, was sein Kollege vorhatte, befürchtete jedoch, dass der Schuss nach hinten losgehen würde. Sie war zu schlau, um in eine simple Provokationsfalle zu tappen.

Für eine Sekunde wirkte sie in der Tat unangenehm berührt, dann entspannten sich ihre Züge und sie lächelte. »Was meine Dissertation betrifft, möchte ich bitte keine Details preisgeben.«

»Das verstehe ich gut. Verzeihen Sie mein Vordringen«, reagierte Christian mit einem eleganten Rückzugsmanöver.

Wie Nick vermutet hatte, war Lea Karlson ruhig geblieben. *Schade, dass Christian es nicht geschafft hat, sie aus der Reserve zu locken – und gut, dass er sofort wieder umgeschwenkt ist.* Versetzte man Menschen in Aufregung, erhielt man mitunter Informationen, die sie andernfalls nicht ausgesprochen hätten. Dabei galt es allerdings darauf zu achten, den Bogen nicht zu überspannen.

Lea Karlson hob die Schultern. »Ich bin Ihnen nicht böse, Christian. Sie müssen Ihre Fragen stellen. Mir liegt nichts ferner, als Sie zu behindern – genau das Gegenteil. Jener Mensch, der David getötet hat, soll so rasch wie möglich zur Verantwortung gezogen werden. Von den Studenten werden Sie nichts anderes hören. Sie haben David angebetet.«

»Erzählen Sie uns vom Umgang David Kingsleys mit den Studenten«, bat Nick mit einfühlsamer Stimme. Dass er König bei seinem falschen Namen nannte, geschah bewusst. Lea Karlson würde nur dann reden, wenn er ihre Überzeugung akzeptierte. Das hatte Christians Vorstoß deutlich gezeigt.

»Er unterstützte sie, wo er konnte, und hatte immer ein offenes Ohr. Sein Wissen war herausragend, und er teilte es gern. Seine Hilfe beschränkte sich jedoch nicht auf die Arbeit an dem Manuskript. Wie selbstverständlich wurde er für alle zu einem Ratgeber in jeder Lebenslage. David zeigte ihnen Lösungswege auf und ermunterte sie, ihre Sichtweisen zu variieren. Diese jungen Menschen erhielten Perspektiven, die sie nicht zu erträumen gewagt hätten. Verstehen Sie, was ich meine? Er legte einem die Welt zu Füßen.«

»Diese junge Dame, Monika Schreier ...«, warf Christian wie nebenbei ein.

Lea Karlson strich sich durchs Haar. »Nun, Monika ist eine hübsche Frau und David hat auf sie reagiert. Nachspioniert habe ich ihnen nie, doch denke ich, dass sie sich privat angenähert haben.«

Christian nickte verständnisvoll. »Könnte jemand eifersüchtig auf Monika Schreier gewesen sein? Derartige Empfindungen sind mitunter sehr stark und richten sich bisweilen gegen die idealisierte Person.«

»Sie meinen: Bekomme ich ihn nicht, bekommt ihn keine?« Entschieden schüttelte Lea den Kopf. »Wir ... die anderen Studentinnen waren durchweg auch körperlich angetan von David, aber dank seiner besonderen Art, alle zu beachten, gab es keine negativen Emotionen.«

»Und die andere Variante?«, erkundigte sich Nick. »Vielleicht hatte Monika einen Freund, der sich zurückgesetzt und betrogen fühlte.«

»Nein, vor David war sie Single. Durch die gemeinsame Arbeit wissen wir viel voneinander. Elli Stein etwa ist mit Tobias Krytzky liiert.«

»Eifersucht trägt mitunter seltsame Früchte. Die männlichen Studenten könnten sich durch Davids Charisma und Wirkung gestört gefühlt haben«, hakte Christian nach.

»Sie sind auf dem falschen Weg. Gerade Tobias und Andreas waren hellauf begeistert von David. Jeder war das, egal welchen Geschlechts – aber das sagte ich bereits.«

Nick hob die Hand. »Wer war an der Auswahl der drei offiziell an dem Projekt beteiligten Studentinnen eigentlich beteiligt?«

Lea spitzte die Lippen. »Das waren in erster Linie David und ich, bestätigt durch die Prodekanin und den Dekan. Na ja, der Dekan hat im Grunde überhaupt nichts mit dem Zweig-Projekt zu tun, seine Zustimmung resultiert aus dem notwendigen Dienstweg.«

»David Kingsley war also aktiv an der Entscheidung beteiligt?« Nicks Frage diente rein der Erhaltung des Gesprächsflusses.

»Ja. Er war der Vertreter der University of Georgia und hatte ein Recht auf Mitsprache. Ich habe ihm meine Vorschläge unterbreitet, und er führte daraufhin Gespräche mit den betreffenden Studenten.«

Nicks Miene blieb neutral. »Wurden mit Absicht nur Studentinnen angenommen?«

»Natürlich nicht. Theresa ist eine überragende, hochangesehene Studentin. Monika und Sabine widmen sich der Sache mit vollem Enthusiasmus. Die zusätzlichen Mitglieder haben wir nachträglich eingebunden. Der Arbeitsaufwand ist enorm«, erklärte Lea Karlson und blickte – wie schon am Anfang der Unterhaltung – in die Sonne. »So sehr ich die angenehme Temperatur genieße, muss ich nun zurück. Melden Sie sich bei Bedarf – ich stehe Ihnen zur Verfügung.«

Nick reagierte prompt. »Vielen Dank, dass Sie uns Ihre Zeit geopfert haben. Nur noch eine letzte Frage: Waren Sie mit David Kingsleys Wahl vollauf zufrieden?«

Kurz schien es, als wüsste Lea nicht, was sie antworten sollte. Endlich erwiderte sie leise: »Theresa hat von vornherein festgestanden. Sabine ist eine Perfektionistin und demnach außerordentlich akribisch – enorm wichtige Eigenschaften. Bei Monika hätte ich mich anders entschieden.«

Nick betrachtete Lea Karlson aufmerksam. Zweifellos hatte sie die Wahrheit gesagt, auch wenn es ihr unangenehm gewesen war, diese auszusprechen. Warum aber hatte Theresa *von vornherein festgestanden*? Weil sie die Beste war?

Kapitel 15

Bewusst hatten sie es vermieden, sofort auf David König einzugehen. Schließlich trafen sie sich nicht nur wegen des Falls. Samantha und Robert etwa hatten einige Anekdoten aus dem Golfsport zum Besten gegeben, die zu Nicks Erstaunen wirklich amüsant gewesen waren. Peter war mit der Neuigkeit eingetroffen, dass er und sein Lebensgefährte sich eine Katze zulegen würden. Und selbst Arno, der ohne Begleitung gekommen war, hatte sich zum ersten Mal geöffnet und von seiner neuen Freundin erzählt. Nur Luisa verhielt sich entgegen ihrem sonstigen Verhalten auffällig schweigsam.

Die meiste Zeit über hielt sie seine Hand und ihr Blick wanderte unstetig umher. Betrübt oder gar traurig wirkte sie allerdings nicht. Nick hatte bemerkt, dass sie bei seiner Schilderung über Christian Mayer und dessen Familie unruhig geworden war, nichtsdestoweniger geschwiegen hatte – normalerweise wäre sie auf ihn mit unzähligen Fragen losgestürmt. Überhaupt benahm sie sich seit seiner Rückkehr merkwürdig. Müsste Nick ihren Zustand in Worte fassen, würde er die Formulierung *in sich gekehrt* verwenden. Wenn alle gegangen waren, würde er versuchen herauszufinden, was mit ihr los war. Seines Erachtens hatte Luisa lang genug Zeit gehabt, das Problem von sich aus ins Spiel zu bringen – er war seit Donnerstag zu Hause.

Nicks Gedanken wurden jäh von Robert unterbrochen, der in die Hände klatschte und viel zu laut verkündete: »Lasst uns endlich zur Tat schreiten. Ich meine, wir haben lang genug herumgetratscht.«

Obwohl Nick dem Rechtsmediziner grundsätzlich recht gab, störte ihn Roberts Aufforderung. Da er – das gestand er sich im Stillen ein – von jedem anderen an diesem Tisch den Appell mit Freude entgegengenommen hätte, verhielt er sich freundlich. »Hast du dir David Königs Autopsiebericht angesehen?«

»Selbstverständlich.« Sichtlich genoss Robert die ungeteilte Aufmerksamkeit und ließ eine Pause folgen, bevor er weitersprach. »Der Arzt in Konstanz hat gründlich gearbeitet. Es gibt nichts zu beanstanden. Die Kehrseite ist, dass ich demnach zwar alles bestätige, jedoch mit keiner Neuigkeit aufwarten kann. Eines ist in diesem Zusammenhang dennoch interessant ...« Erwartungsvoll blickte er in die Runde.

»Und was?« Nick hatte so viele Jahre mit Robert zusammengearbeitet, dass er genau wusste, wann er seine Ehrerbietung in Form von demonstrativer Wissbegierde einzubringen hatte. Eine knappe, prägnante Frage mit gespanntem Ausdruck reichte aus, zumal Robert ohnehin raschestmöglich fortfahren wollte.

Robert lächelte zufrieden und sagte: »Der Mörder war – wissentlich oder zufällig – ein Profi der alten, sehr alten Schule.«

Peter beugte sich vor. Er kannte den Rechtsmediziner genauso gut. »Wie meinst du das?«

Robert stand auf. »Ihr müsst euch das so vorstellen: Das Opfer kniet, der Oberkörper bleibt aufrecht. Nun wird mit einem Schwert oder Dolch mit langer Klinge hinter dem linken Schlüsselbein senkrecht eingestochen, bis die Waffe das Herz erreicht. Dabei werden logischerweise das Herz, sowie mit hoher Wahrscheinlichkeit die Lunge und angrenzende Arterien verletzt. Die Schwerpunktsblutung passiert innerhalb des Körpers. Deshalb wirkte der Leichnam Königs auch verhältnismäßig unversehrt. Trotz des Regens ist es nicht –«

Samantha zog an Roberts Ärmel. »Das wissen sie durch den Autopsiebericht, Darling – sie können lesen. Erzähl ihnen das andere.«

»Jaja, dazu komme ich jetzt.« Robert setzte eine gewichtige Miene auf. »Was ich gerade beschrieben habe, ist keine Darstellung unseres Mordes, sondern eine Form der Hinrichtung in der Antike. Es handelte sich um eine Tötungsart, die den Delinquenten nicht entehrt hat. Kein römischer Bürger wurde etwa ans Kreuz geschlagen – tot ist tot, allerdings gab es sehr wohl Unterschiede. Im Übrigen wurde die Methode weit über die Antike hinweg angewendet, das sei nur nebenbei erwähnt.« Er nahm wieder Platz und lehnte sich zurück. »Ich hoffe, ihr verfolgt denselben Gedankengang wie ich: Die schandvollen Kreuzigungen, die König damals inszeniert hat, im Gegensatz zu seinem eigenen, honorigen Tod ... Es klingelt doch bei euch?«

Entgegen Nicks dringendem Bedürfnis, eine Bemerkung über Roberts anmaßendes Gehabe fallen zu lassen, nickte er lediglich.

Arno sprang ein. »Die Parallele ist in der Tat auffällig.« Auf einmal wirkte er verdrossen. »Anstatt stufenweise Aspekte auszuschließen, kommen laufend welche hinzu. Nun ist sogar abermals die Antike im Spiel. Wie sollen wir da einen vernünftigen Ansatz finden?«

»With all respect, you're wrong. Roberts Erkenntnis erweitert nicht die Möglichkeiten, sondern weist auf eine hin: *König*«, warf Samantha ein und fügte hinzu: »Diese Einteilung nach dem Opfer – also König, Kingsley and so on – gefällt mir. Auf diese Weise kann man in strukturierten Bahnen denken.«

Nick stieß einen Seufzer aus. »Hört man auf das Gerede der Studenten, fokussiert sich hingegen alles auf *Kingsley*.«

»Ach ja, vor deinem Abflug hattet ihr noch die Studentenrunde. Du hast nichts erzählt«, antwortete Peter.

»Das habe ich mir für heute aufgespart. Der Tenor ist in aller Kürze zusammengefasst: David Kingsley war nicht David König. Die Polizei hat entweder geschlampt, etwas vertuscht oder eine Verschwörung ist im Gange. Mit den sinnwidrigen Details langweile ich euch nicht.«

»Das Gespräch hat also nichts gebracht?«

»Die Gespräche! Erst haben wir sie in der Gruppe befragt und uns dann die drei Interessantesten herausgepickt: Theresa, Monika und Elli Stein. Letztere wegen des Namensbezugs zu mir – so hatte ich einen persönlichen Einstieg.« Nick schob die Unterlippe vor. »Der große Anhaltspunkt ist ausgeblieben, aber es rundet das Bild ab und zeigt deutlich, wie manipulativ König tatsächlich vorzugehen vermochte. Er muss in seiner Rolle als David Kingsley völlig aufgegangen sein. Es zieht sich wie ein roter Faden durch. Von Dorothy Franklin über die Prodekanin und Lea Karlson bis hin zu den Studenten war jeder fasziniert von ihm. Ich habe es erst gestern bei meinem Besuch an der Wiener Uni erlebt. Die beiden Professoren – feine, ältere Herren –, mit denen König gesprochen hat, waren voll des Lobes.«

»So mancher könnte neidisch oder eifersüchtig gewesen sein«, bemerkte Robert und klopfte sich dabei auf die eigene Schulter, als wollte er auf sich hinweisen. »Nicht wenige reagieren negativ auf den Erfolg eines anderen.«

Wieder überbrückte Arno die unzweideutige Aussage des Rechtsmediziners, indem er einen neuen Bereich anschnitt. »Es wundert mich nach wie vor, dass König seine Bibelkenntnisse nicht eingesetzt hat.«

»Oh, er hat sie sehr wohl verwendet, allerdings auf einer unterschwelligen Ebene – das weiß ich aus dem Einzelgespräch mit Elli Stein. Im Übrigen eine mitteilsame, quirlige Frau«, erklärte Nick. »König ist nicht mehr auf der religiösen Schiene gefahren, sondern hat seine Kenntnisse als Textforschung auf hohem Niveau verkauft.«

»Wie waren Theresa und … Monika? Die Zweite war Königs Geliebte, oder?«, erkundigte sich Peter.

Nick senkte den Kopf. »Genau. Monika wirkt auf mich wie von ihm handverlesen – hübsch, sanftmütig, eine klassische Mitläuferin, die in dem Gefüge dennoch eine nicht unwesentliche Stimme hat. Ganz anders verhält es sich mit Theresa, in ihr steckt die geborene Anführerin. Dieser Umstand trat besonders während der

Gruppenunterredung hervor. Die anderen haben gewartet, wie sie sich benimmt, bevor sie sich selbst vorwagten – als wäre Theresa die Befehlshaberin.«

»Und wer hat die Verschwörung eingebracht? Diese Theresa?«, fragte Samantha.

»Nein, das war meine Namensvetterin, Elli Stein, aber erst, als wir allein waren. Gerade in ihrem Fall darf man dem jedoch nicht zu große Beachtung schenken. Wie ich bereits erwähnte, hat sie viel geredet – zu viel, um sie wirklich ernst zu nehmen.« Nick unterstrich seine Ansicht mit einer das Thema abschließenden Handbewegung. »Gibt es in Bezug auf ›das weiße Kaninchen‹ was Neues?«

»Nein, aber Robert und ich sind um eine Erfahrung reicher. Wir sind nämlich dem rabbit-tattoo in die ›Matrix‹ gefolgt. What a crazy story, but Keanu Reeves is a nice guy.« Samantha tätschelte Roberts Wange und wies parallel mit dem Kinn auf Arno. »Unsere Leseratte hat sich indessen ›Alice im Wunderland‹ vorgenommen.«

Der nickte. »Darüber hinaus habe ich einige Rahmeninformationen eingeholt. Erstmals erschien das Buch 1865, und der Autor ist – wahrscheinlich allgemein bekannt – Lewis Carroll. Es befindet sich sogar in der ›ZEIT-Bibliothek der 100 Bücher‹. Kein Wunder, ›Alice im Wunderland‹ zählt zu den Klassikern der Weltliteratur.« Arno verschränkte die Arme. »Sofern sich Dorothy Franklin mit ihrer Bemerkung auf etwas bezogen hat, dann auf dieses Werk – sie ist schließlich Literaturprofessorin an einer Universität.«

Samantha strich sich über die Stirn und stöhnte auf. »Antike Tötungsarten, white rabbits und ein altes Manuskript vor universitärer Kulisse. Es fühlt sich an, als befänden wir uns auf einer geheimnisvollen Schatzsuche. Ich glaube, ich brauche zwischendurch einen Drink.«

Luisa stand sofort auf. »Ich habe Prosecco eingekühlt.«

»Wie viele Gläser sollen wir holen?« Nick erhob sich ebenfalls.

Während Samantha, Robert und Peter zustimmend nickten, schüttelte Arno den Kopf. »Ich bleibe beim Wasser.«

»Ich schließe mich dir an, Arno«, sagte Luisa. »Oder hast du Lust auf kalten Pfefferminztee? In der Früh habe ich welchen gemacht, mit frischen Limetten, ohne Zucker.«

»O ja, fein! Danke.«

Luisa lächelte Arno zu und trat durch die geöffnete Terrassentür ins Haus. Nick warf ihr einen prüfenden Blick hinterher, dann setzte auch er sich in Bewegung. Vor einem Dienst trank Luisa zwar nie etwas Alkoholhaltiges, doch Pfefferminztee war gänzlich neu. Bei einem Espresso als Alternative hätte er sich keine Sorgen gemacht.

Kapitel 16

Nick öffnete den Geschirrspüler, zog den oberen Korb heraus und begann, die Gläser einzusortieren. Als Luisa in die Küche kam, richtete er sich auf und betrachtete sie eine Weile lang. »Seit ich aus Konstanz zurück bin, verhältst du dich eigenartig. Du wirkst nachdenklich und hast dich vorhin kaum an dem Gespräch beteiligt. Selbst wenn wir über die Arbeit reden, bist du normalerweise mit dabei. Irgendetwas stimmt nicht mit dir. Ist es der Fall, und wie uns die damaligen Geschehnisse beeinflusst haben?«

»Nein, Nick. Wir waren zu dieser Zeit getrennt, und ich habe alles mehr oder weniger nur aus den Medien erfahren. Zugegeben, es war schwierig für mich, weil du dich abgewandt hattest, aber im Nachhinein habe ich es verstanden.«

»Ich wollte unsere Beziehung aufrichtig und möglichst unbelastet reaktivieren – das weißt du.«

Luisa nickte. »Wir sind vermutlich das einzige Paar auf der Welt, das durch eine grausame Mordserie endgültig zueinandergefunden hat.«

»Woran liegt es dann, wenn nicht an der aktuellen Ermittlung?«, bohrte Nick weiter.

»Ach Liebling, ich –«

Das Klingeln von Nicks Handy, das auf der Küchentheke lag, veranlasste Luisa, sofort zu unterbrechen.

Er warf einen Blick auf das Display. »Entschuldige ... Yvonne Engel aus München. Ich warte seit zwei Tagen auf ihren Rückruf und muss rangehen.« Ohne eine Antwort abzuwarten, nahm er das Gespräch an und sagte zu Yvonne: »Beinahe hätte ich eine Vermisstenanzeige bei der bayerischen Polizei aufgegeben.«

»Die hätte nichts geholfen. Sie wäre an der Suche verzweifelt.« Yvonne lachte. »Ich habe einen neuen Freund. Er ist passionierter Bergsteiger. Also habe ich in Steilwänden an Seilen gehangen und irgendwo oben in einem Zelt geschlafen. Auf den Punkt gebracht: weit und breit keine Menschenseele, viel Natur, null Handyempfang. Mein erster Urlaub seit über einem Jahr und dann so was.«

»Du Arme! Das klingt schrecklich.«

Erneut ertönte Yvonnes Lachen. »Offensichtlich bin ich verliebt, und dafür tut man so manches. Unter uns: Obwohl ich sportbegeistert bin, kann ich dem Klettern nichts abgewinnen.«

»Nun, wenn du akzeptierst, dass der Berg gelegentlich laut nach ihm ruft, rechne im Gegenzug damit, die Arbeitszeiten deines Jobs nicht rechtfertigen zu müssen. Das sind die besten Grundvoraussetzungen für eine Beziehung.«

»Oh, da mache ich mir keine Sorgen. Er ist indirekt vom Fach: Assistenzarzt der Rechtsmedizin. Aber genug von meinem Liebesleben. Benjamin hat mir in groben Zügen erzählt, worum es geht.«

»Nachdem ich dich nicht erreicht hatte, habe ich ihn angerufen und ihm meine Bitte geschildert. Ich wusste nicht, dass ihr kein Team mehr seid. Er hat sich wirklich versetzen lassen?«, fragte Nick.

»Ja, in die EDV-Analyse. Der Chef dort ist auf seine Fähigkeiten aufmerksam geworden und hat ihm ein Angebot gemacht, das er nicht ausschlagen konnte. Ich glaube, es macht ihm richtig Spaß. Leider haben wir kaum noch Kontakt.« Yvonne räusperte sich. »Ich schweife schon wieder ab. Zurück zu deiner Bitte: Gleich Montag mache ich einen Termin an der LMU aus.«

»Super, danke. Ich schicke dir den Kontakt und eine knappe Zusammenfassung«, erwiderte Nick.

»Soll ich auf etwas Spezielles achten?«

»Vor allem darauf, wie sie auf David König als Person und auf seinen Tod reagieren. Wichtig wäre auch zu erfahren, wie sie zu dem Zweig-Projekt stehen und ob sie sich beteiligen wollen. Und – bring die Worte ›das weiße Kaninchen‹ ein, sofern es sich ergibt.«

»Was?«

Nick sah sich nach Luisa um. Inzwischen hatte sie den Geschirrspüler fertig eingeräumt und wusch sich gerade die Hände. »Yvonne, wäre es in Ordnung, wenn ich dich morgen Vormittag anrufe? In aller Ruhe.«

»Das Telefonat wird mir den Sonntag versüßen. Und stell dich auf meine uneingeschränkte Neugierde ein.«

»Dito. Ich möchte erfahren, warum ihr alle auf Rechtsmediziner steht«, konterte Nick. »Bis morgen.« Er unterbrach das Gespräch und legte das Handy zur Seite. »Luisa ...«

Übersorgfältig hängte sie das kleine Handtuch, mit dem sie sich die Hände abgetrocknet hatte, auf den waagrechten Griff des Küchenkastens unter der Spüle. Dann drehte sie sich ihm zu und flüsterte: »Du wirst Vater, Nick.«

Entgeistert starrte er sie an. »Du bist ... schwanger? Herrgott, und ich habe mir die schlimmsten Dinge ausgemalt: Dass du dich trennen willst oder krank bist – so was in der Art. Dabei überbringst du mir die beste Nachricht, die es gibt.«

Nun war es Luisa, die ihn überrascht anblickte. »Du freust dich?«

Mit zwei weiten Schritten war Nick bei ihr und zog sie in seine Arme. »Riesig!«

Kapitel 17

»Setzen wir uns, oder musst du nach Hause?«, fragte Andreas und zeigte auf eine Bank, die im diffusen Licht einer etwa drei Meter entfernten Laterne stand.

Tabea schmunzelte. »Ich bin zweiundzwanzig Jahre alt. Ein Ausgehlimit wird mir von meinen Eltern nicht mehr auferlegt.«

»Entschuldige. Ich hatte aufstehen, lernen, Uni und so ein Zeug gemeint. Du kennst den Spruch: Der frühe Vogel fängt den Wurm.«

»Um ehrlich zu sein, bin ich viel zu aufgekratzt, um jetzt zu schlafen. Der Literaturclub ist ein Wahnsinn! Ich bin voll fasziniert. Es hat mir gefehlt, mich mit jemandem auszutauschen. Meistens bin ich allein unterwegs. Und ihr alle seid so aufmerksam und bemüht.«

»Das freut mich. Ich hoffe, ich trage auch meinen Teil dazu bei.«

Sie nahmen Platz, und Andreas legte den Arm um Tabea.

Ein Schauer lief durch ihren Körper. Konnte es sein, dass sich Andreas wirklich ernsthaft für sie interessierte? *Hör auf zu grübeln und genieße! Morgen ist im Moment nicht wichtig*, dachte sie und schmiegte sich an ihn. Das Gefühl war atemberaubend. Es schien, als bestünde alles rund um sie herum aus Wolken – und auf diesen wollte sie einfach nur dahinschweben.

Das Aufeinandertreffen mit Monika, Theresa und den anderen hatte binnen kurzer Zeit ihr Leben komplett verändert. Noch nie war sie Teil einer Gruppe gewesen. Am Gymnasium hatte sie zwar eine beste Freundin gehabt, doch nach dem Abitur waren sie getrennte Wege gegangen. Im Grunde war sie seitdem isoliert, einen Freund gab es ebenfalls nicht. Obwohl ihr der Kontakt fehlte, war sie dennoch nicht unglücklich gewesen – ein Partner und Gesellschaft lenkten vom Studieren ab. Wie oft hatte sie sich im Stillen über ihre Schwester lustig gemacht, die ohne Trubel verkümmern würde. Jetzt erst merkte Tabea, wie sehr auch sie das genoss. Sie war kein Mittelpunktmensch, es war allerdings schön, ein Zugehörigkeitsgefühl zu verspüren.

Die Tatsache, dass sie ihrem Vater längst von den neuen Freunden hätte berichten müssen, schob sie strikt beiseite. Der Name David Kingsley fiel häufig und wenngleich es sich um allgemeine Aussagen handelte, könnte es ihm und Nick womöglich bei den Ermittlungen weiterhelfen. *Ich bin achtsam und bleibe bei meinem Plan. Vielleicht finde ich wider Erwarten etwas Wichtiges heraus, dann rede ich mit Papa.*

»Du bist so still. Während unseres Treffens hast du ständig gesprochen. Geht es dir gut?«, erkundigte sich Andreas.

»Ich komme gerade runter und genieße den Ausblick.«

»Den See siehst du in der Dunkelheit nicht. Es sei denn, deine Augen funktionieren anders als meine.«

Tabea lachte leise auf. »Hast du noch nie was vom *inneren Auge* gehört? Was ich nicht erkennen kann, stelle ich mir vor. Fantasie nennt man das.«

»Du passt wahrlich wunderbar zu uns ... und zu mir.«

Tabea hüstelte. Das Ziehen in der Magengegend wurde schlagartig stärker. »Seit wann gibt es den Literaturclub?«, fragte sie, weil ihr keine passende Entgegnung einfiel.

»Keine Ahnung. Nach einigen Monaten an der Uni habe ich von dem Club gehört und war interessiert. Irgendwann habe ich Theresa kennengelernt und sie hat mich eingeführt, erst in den allgemeinen, und dann Schritt für Schritt in den besonderen Kreis – das hat aber gedauert und war in meinem Fall doppelt schwierig. Fast jeder kennt meinen Vater, und das wirkt sich nicht immer positiv auf mein Leben aus. Dabei sollte man meinen, es sei umgekehrt.«

Obwohl andere Worte auf ihrer Zunge brannten, erwiderte sie: »Dein Vater ist oft im Südkurier abgebildet«.

»Weil er mediengeil ist. Wirtschaft, Politik, Kultur – überall muss er unbedingt mitmischen. Und mit seinem Geld kann er das auch.« Andreas winkte ab. »Lass uns über etwas Erfreulicheres sprechen.«

Tabea ergriff die Möglichkeit sofort. »Dieser besondere Kreis – ist das der, den Theresa unlängst erwähnt hat?« *Ich bin doch wahrlich die Tochter eines Kriminalkommissars,* schoss es ihr durch Kopf.

Jäh schien Andreas verlegen. »Ja. Wir beschäftigen uns mit ... speziellen Texten.« Abrupt drehte er sich Tabea zu. »Ich erzähle dir mal davon, versprochen.« Als würde er mit sich selbst reden, fügte er murmelnd hinzu: »Das werde ich, ganz bestimmt.« Dann beugte er sich vor und küsste sie.

Ein Hitzestrahl schoss durch ihren Körper und sie erzitterte. Sämtliche Muskeln spannten sich an und Aufregung kroch in ihr hoch. Nur langsam löste sich Tabea aus der Starre, und sie öffnete die Lippen. Andreas' Kuss war sanft und zugleich fordernd.

Als er sie nach einer gefühlten Ewigkeit wieder freigab, fragte er mit einem verschmitzten Lächeln: »Wie heißt du eigentlich mit vollem Namen? Ich weiß nämlich gerne, wen ich küsse.«

»Tabea Mayer.«

»Mayer also, welch seltener Name.« Andreas zwinkerte ihr zu. »›Y‹ oder ›i‹?«

»Mit einem Y.«

»›A‹ oder ›e‹?«

Was sollte das? Warum war Andreas die Schreibweise ihres Namens so wichtig? Einer plötzlichen Intuition folgend antwortete sie: »Mit einem ›e‹.« Das war nicht gelogen. Schließlich hatte er nicht definiert, ob er die zweite oder vierte Stelle meinte.

Als Andreas sie abermals küsste, verdrängte Tabea den Hauch von Misstrauen, und ließ sich auf den Wolken, die sie sich zuvor vorgestellt hatte, davontreiben.

Kapitel 18

Yvonne Engel betrat das Universitätsgebäude, orientierte sich und nahm den Gang zu ihrer Linken. Die Muskeln ihrer Oberschenkel schmerzten von der Klettertour. Sie musste sich auf jeden Schritt konzentrieren, um nicht zu humpeln. Obwohl sie regelmäßig Sport betrieb, hatten ihr die unüblichen Bewegungen gewaltig zugesetzt.

Als sie ihr Ziel erreichte, streckte sie die Wirbelsäule durch und klopfte. Nach einem gedämpften »Ja, bitte!« trat sie ein und sah sich mit einem schnellen Rundblick um. Der Raum war klein und penibel zusammengeräumt. Auf dem Fensterbrett und auf dem Schreibtisch standen Topfpflanzen. Selbst in einem Bücherregal entdeckte Yvonne ein blaublühendes Usambaraveilchen – sie kannte diese Pflanze von ihrer Großmutter.

Wüsste sie nicht, dass es sich bei der Frau hinter dem Schreibtisch um eine aktive Professorin der LMU handelte, hätte Yvonne sie, ohne zu zögern, genau der Altersgruppe ihrer Großeltern zugeteilt. Das schneeweiße Haar trug sie in Wellen gelegt und sowohl die altmodische Brille als auch die braune Rüschenbluse unterstrichen den Eindruck.

Yvonne räusperte sich. »Guten Tag. Wir haben telefoniert. Mein Name ist Yvonne Engel von der Kriminalpolizei München. Ich würde Ihnen gern einige Fragen über den Besuch von David Kingsley stellen.«

Die Frau zeigte auf den einzelnen Stuhl vor dem Schreibtisch. »Setzen Sie sich. Ich bin Professorin Wolff.«

Während Yvonne Platz nahm, erklärte sie: »David Kingsley beziehungsweise David König wurde in Konstanz ermordet aufgefunden. Die Kollegen dort haben mich gebeten, Ihnen einen Besuch abzustatten.«

»Mit diesem Vorleben hat sein Tod Aufsehen erregt.« Kurz schwieg die Professorin. »Ich kann Ihnen nicht viel über den Mann berichten, weil ich ihn an Kollegen weitergereicht habe. Derartige Unternehmungen des Fachbereichs befinden sich zwar grundsätzlich in meiner Obhut, ich delegiere sie jedoch bei Bedarf. Somit werde ich nur pro forma als Leiterin des Projekts geführt. Dieses Manuskript, das Kingsley aus den USA mitgebracht hat, ist durchaus interessant, aber ich wollte mich nicht persönlich involvieren.«

»Darf ich erfahren –«

»Warum ich mich nicht daran beteilige und anderen freiwillig die prophezeiten Lorbeeren überlasse?«

Yvonne nickte.

»In einem Jahr trete ich den Ruhestand an und habe noch einiges aufzuarbeiten. Es liegt mir fern, etwas aus den falschen Gründen an mich zu reißen – ich muss mir und anderen nichts mehr beweisen. So ist das mit *alten Hasen*. Jüngere haben den Vortritt, sofern sie dem Druck standhalten – was leider nicht immer der Fall ist. Das zeigen die Ereignisse deutlich.«

Yvonne horchte auf. Die Aussage barg gleich zwei Punkte, die es wert waren, sie zu hinterfragen. Nick hatte sie ersucht, *das weiße Kaninchen* zu erwähnen, und nun wurde sie bereits eingangs mit *dem alten Hasen* konfrontiert. Bestand ein Zusammenhang zwischen den Anspielungen? Ein *alter Hase* zu sein, war ein gebräuchlicher Begriff des Alltags. Hier die Verknüpfung zum *weißen Kaninchen* herzustellen, erschien Yvonne zu konstruiert. In Windeseile entschloss sie sich gegen diese Variante und ging auf die andere ein. »Welche Ereignisse meinen Sie?«

Ein Schatten huschte über Professorin Wolffs Gesicht. »Entschuldigen Sie, ich habe nur laut gedacht. Im vergangenen Jahr haben drei Studenten Selbstmord begangen. Ich kannte sie alle – sie waren im Buchclub unseres Fachbereichs. Wissbegierige, unermüdlich arbeitende junge Menschen. Durch Zufall bin ich gestern auf ein Essay eines der Betroffenen gestoßen. Aus diesem Grund ist es wahrscheinlich in meinem Kopf.«

»Das tut mir sehr leid«, entgegnete Yvonne. »War die psychische Belastung zu groß?«

Die Professorin zuckte mit den Schultern. »Was wissen wir schon über die Abgründe der Seele. Erst haben sich zwei Frauen gemeinsam das Leben genommen. Drei Monate darauf folgte Dominique Heinzer. Er war einer meiner vielversprechendsten Studenten.« Sie seufzte auf. »Seine Eltern haben mich mehrfach aufgesucht. Dominique hatte nach ihren Erzählungen offensichtlich plötzlich an Panikattacken und Angstzuständen gelitten. Sie waren fest der Meinung, dass mit seinem Tod etwas nicht stimmte. Es muss eine Akte bei Ihnen geben, sie haben mit der Polizei gesprochen –

ohne Erfolg, wie ich hörte.« Professorin Wolf öffnete den obersten Knopf ihrer Bluse. »Bei diesen traurigen Erinnerungen wird mir heiß. Ich schwelge darin, obwohl das nichts mit Ihrem Besuch zu tun hat. Verzeihen Sie, Frau Engel.«

»Können Sie mir bitte auch die Namen der beiden Studentinnen nennen? Ich werde mir das ansehen.« Yvonne hatte den Eindruck, dass Professorin Wolff Handlungen mehr schätzte als flüchtige Beteuerungen.

»Natürlich. Elisabeth Tabor und Aria Jennings, sie stammte aus England. Jennings verbrachte ein Auslandsjahr an der LMU, ich weiß aber nicht, von welcher Universität sie kam. Das erfragen Sie am besten im Büro.«

»Danke, das werde ich machen. Sie erwähnten, dass die drei Studenten Mitglieder des Buchclubs waren. Standen sie sich nahe?« Yvonne hätte nicht zu definieren vermocht, warum sie an dem Thema festhielt. Nicht Logik, sondern Instinkt und Gefühl verleiteten sie dazu.

»Ach, diese jungen Leute ...« Abermals stieß die Professorin einen Seufzer aus. »Naturgemäß bilden sich innerhalb einer großen Gruppe – der Buchclub wird von vielen Studenten frequentiert – kleine Verbindungen. Dominique, die beiden ebenfalls verstorbenen Frauen und einige andere saßen ständig beisammen und hatten ihre Nasen in Büchern vergraben.«

»Wissen Sie, woran sie gearbeitet haben?«

»Sie taten sehr geheimnisvoll, aber auch das ist nichts Unübliches. Es gehört sogar zum guten Ton. Die Organisation unseres Buchclubs hat Doktor Dieter Dietmans inne. Fragen Sie ihn nach den Leselisten. Manche

Studenten erstellen welche.« Professorin Wolff beugte sich vor. »Hat David Kingsley tatsächlich diese schreckliche Tat in Wien begangen?«

»Ja«, entgegnete Yvonne lakonisch.

Die Professorin stieß einen zischenden Laut aus. »Ich konnte ihn vom ersten Augenblick an nicht leiden. Meine Antennen funktionieren einwandfrei und die Empfindung hat mich nicht getäuscht.«

»Er soll ein äußerst charismatischer Mann gewesen sein.«

»Ach was! Zwei Sätze reichten aus, um ihn zu durchschauen. Er war ein Wichtigtuer erster Güte. Damals dachte ich jedoch nur: *ein Ami*, typisch.« Sie drehte den Kopf, als wollte sie sich vergewissern, dass außer Yvonne niemand zuhörte. »Ich habe ihn auf seine Kenntnisse abgeklopft. Als er nicht mehr weiterwusste, hat er mit Bibelsprüchen und Phrasen dagegenhalten – wie lächerlich.« Ein versonnener Ausdruck erschien auf dem Gesicht der Professorin. »Das ist nicht mehr meine Welt. Klugheit und Bildung haben ihre Wertigkeit verloren.«

»Ihre Welt ist die richtige, das versichere ich Ihnen. Ich bin jung, habe aber schon viel Schlimmes gesehen«, antwortete Yvonne. Die Worte kamen direkt aus ihrem Inneren. Abrupt schob sie den Stuhl zurück. »Ich habe einiges zu erledigen.«

»Das kann ich mir vorstellen. Ich wünsche Ihnen alles Gute.«

»Danke.« Yvonne verabschiedete sich und ging zur Tür, wo sie sich noch einmal umdrehte. Professorin Wolff hatte sich bereits wieder in ihre Unterlagen vertieft.

Yvonne verließ den Raum und machte ein paar Schritte den Gang entlang, dann zog sie ihr Handy aus der Handtasche und öffnete die Notizen-App. Ihr Kurzzeitgedächtnis funktionierte hervorragend, allerdings würde sie die verschiedenen Namen nicht lang behalten. Nachdem sie sich zusätzlich einige Anmerkungen gemacht hatte, wechselte sie in die Telefonliste und rief Benjamin an.

Als er sich meldete, sagte sie: »Hi Benji. Ich habe gerade diese Sache für Nick erledigt und bräuchte schnell ein paar Infos zu drei Suizidfällen von Studenten. Hilfst du mir? Du sitzt an der Quelle.«

»Falsch, ich bin die Quelle. Hat das Gespräch etwas gebracht?«

»Na ja, ich bin mir nicht sicher. Bevor ich Alarm schlage und Nicks Aufmerksamkeit in eine falsche Richtung lenke, möchte ich diese Akten einsehen. Womöglich trügt mich das Bauchgefühl. Vor allem, weil meine Gesprächspartnerin völlig anders reagiert hat, als ich angenommen hatte.«

Benjamin stieß einen Pfiff aus. »Interessant. Wie denn?«

»Sie fand David König unsympathisch und hat ihn als Angeber abgestempelt. Was Nick mir berichtet hat, waren alle anderen fasziniert von ihm.«

»Vielleicht war sie nicht empfänglich, weil sie frisch verliebt ist. Auch so was gibt es.«

»Oder ... sie freut sich auf die Rente.« Yvonne hüstelte. »Benji, ich muss ins Sekretariat und nach deiner Info zum Leiter des Buchclubs. Wenn ich zurück bin, besuche ich dich und schildere dir alles.«

»Ja, klar. Die Namen benötige ich noch.«

»Natürlich.« Yvonne nannte ihm die drei Studenten, die Selbstmord begangen hatten, und fügte hinzu: »Die Eltern des jungen Mannes sind extra bei uns gewesen.«

»Ich melde mich gleich mit den Rahmendaten. Details später – vice versa. Tschüss.«

Yvonne starrte auf das Handydisplay. *Beeil dich, Benji!*

Kapitel 19

Nick parkte den Leihwagen vor Christians Haus und stieg aus. In Konstanz war kein Termin fixiert gewesen, also hatte er seinen Morgenflug kurzerhand auf die Abendmaschine umgebucht. Dass ihn Christian daraufhin direkt vom Flughafen zum Abendessen bestellt hatte, war Nicks große Hoffnung gewesen. Unbedingt wollte er Melanie und Christian berichten, dass er Vater wurde.

Noch vermochte er nicht, Luisas Schwangerschaft in seiner Gesamtheit zu erfassen. Einzig verspürte er eine unbändige Freude gepaart mit einer beträchtlichen Portion Unsicherheit. Bis jetzt hatte er niemandem davon erzählt – nicht einmal Samantha. Unter Umständen würde sich der Knoten lösen, wenn er über Christians Schwelle trat und mitten im Trubel eines Familienlebens landete.

Bevor Nick klingeln konnte, öffnete sich die Eingangstür und Tabea erschien.

Sie strahlte ihn an und flötete: »Hallo, Nick. Geh gleich durch, sie sind auf der Terrasse. Ihr habt heute Ruhe. Chiara lernt bei einer Freundin und ich muss auch los. Schönen Abend!« Kaum hatte sie ausgesprochen, als ein schwarzer Porsche Macan vorfuhr und vor ihnen hielt. Tabea huschte an Nick vorbei und sprang in den Wagen.

Durch die Scheibe erkannte Nick das Gesicht eines jungen Mannes mit blondem Haar. Er trat ein, schloss die Haustür hinter sich und lief durch den Flur und das

Wohnzimmer auf die Terrasse hinaus. Melanie und Christian hatten es sich sichtlich gemütlich gemacht. Während Melanie in einem Loungestuhl mit angezogenen Beinen ruhte, saß Christian zurückgelehnt auf der Bank.

»Guten Abend«, begrüßte Nick die beiden. »Tabea hat mich hereingelassen.«

Christian nickte. »Sie ist seit Kurzem in einem Literaturclub an der Uni. Setz dich.«

Nick nahm Platz. »Ein junger Mann hat sie abgeholt, in einem Macan.«

Melanie schnalzte mit der Zunge und grinste breit. »Sagte ich es dir nicht, Christian? Dahinter steckt ein Junge. Plötzlich greift sie zu Lippenstift und Mascara, lässt die Schlabberpullis im Schrank und hantiert mit dem Lockenstab herum. Das sind untrügliche Zeichen.«

Christian hob die Arme und legte die Hände demonstrativ über die Ohren. »Ich will das nicht hören, egal ob sie sechzehn, zweiundzwanzig oder vierzig ist. Solange sie keinen Namen erwähnt oder uns einen Mann vorstellt, existiert er für mich nicht.«

»Das ist eine verbohrte Ansicht, Schatz. Vielleicht ist die sogar schuld daran, dass Tabea kein Wort loslässt.« Melanie wandte sich an Nick. »Ich finde es seltsam, dass sie nicht einmal mir, ihrer Mutter, etwas erzählt. Chiara vertraut mir Dinge an, die teilweise zu persönlich sind.«

»Lass den armen Nick aus dem Spiel«, entgegnete Christian. »Ich meinte das natürlich nicht ernst – nur ein makabrer Vaterscherz. Meine Neugierde ist genauso groß wie deine. Und Tabeas Schweigen verstehe ich ebenso wenig. Aber sicher hat sie gute Gründe für ihr Handeln. Wir hatten noch nie Schwierigkeiten mit ihr. Sie ist vernünftig und käme nicht auf den Gedanken, etwas Unüberlegtes zu tun.« Er musterte Nick. »Was ist denn mit dir los? Dein Blick ist … eigenartig. Als würdest du versuchen, uns zu hypnotisieren.«

»Luisa ist schwanger. Ich werde Vater«, platzte Nick heraus und atmete tief durch. »Ihr seid die Ersten, die es erfahren.«

Jäh sprang Melanie auf, umrundete den Tisch und umarmte Nick. »Das sind ja wunderbare Neuigkeiten! Alles Gute.«

Christian stimmte ein: »Herzliche Gratulation. Deshalb die heutige Verzögerung.«

»Ganz genau. Wir sind ins Krankenhaus gefahren, in dem Luisa arbeitet, und eine befreundete Kollegin aus der Gynäkologie hat einen Ultraschall gemacht – damit ich das Pünktchen sehe. Ehrlich? Trotzdem habe ich es noch gar nicht so richtig realisiert.«

Melanie, die sich indessen wieder gesetzt hatte, lächelte. »Selbst bei Chiara waren Christian und ich durch den Wind. Dabei ist sie unsere Dritte. Wir hätten uns längst daran gewöhnen müssen. Stellt euch auf eine gewaltige, aber wunderschöne Veränderung ein – ein paar Monate habt ihr Zeit.«

»Ach, hör auf. Du machst ihm Angst«, antwortete Christian. »Glaube mir, Nick, das läuft von allein und du wirst ein toller Vater.« Er erhob sich. »Darauf stoßen wir an.«

Melanie gebot ihm mit einer strikten Handbewegung, Platz zu behalten. »Ich erledige das, dann könnt ihr reden. Außerdem habe ich den Champagner im Keller versteckt, damit Chiara ihn nicht findet. Du kennst sie und ihre Clique. Erinnere dich an damals.« Sie verzog den Mund.

Nachdem Melanie im Haus verschwunden war, erklärte Christian: »Vor zwei Jahren hat Chiara im Haus eine Party veranstaltet. Dabei sind die Mädchen auf die dumme Idee gekommen, unseren Weinvorrat zu plündern. Wir waren extra ins Kino gegangen, um ihnen etwas Freiraum zu gewähren. Das war ein schwerer Fehler.« Er winkte ab. »Gibt es Neuigkeiten von deiner Beamtin aus München?«

»Vorläufig nicht. Yvonne hat ein sehr gutes Gespür und mittlerweile offensichtlich gelernt, ihre Vermutungen zu hinterfragen, bevor sie handelt – sofern es notwendig ist. Diese Zeit möchte ich ihr geben. Als wir zusammengearbeitet haben, war sie noch ein Wildfang. Ist etwas aus den USA zu uns übergeschwappt?«, erkundigte sich Nick im Gegenzug.

»Nein, aber die Leute dort sind endlich dran. Der Sheriff hat mir eine Mail geschickt. Ich verstehe, dass ein Typ wie David König für die keine Priorität hat, doch ein wenig sollten sie schon tun. Langsam stehen wir nämlich an.«

»Tja, mit den Basisinterviews sind wir durch, die Viktimologie ist fertig, und nun warten wir auf die anderen Unis«, entgegnete Nick. »Leider ergibt sich aus der ersten Analyse ein riesiger Pool an Tätervarianten ohne Hinweis. Mit jedem Anhaltspunkt werden wir die Möglichkeiten allerdings reduzieren.«

»Viktimologie ist die Opferforschung, oder?«

»Genau. Man sieht sich die Persönlichkeitsstruktur des Opfers an, wie und warum es zu der Straftat gekommen ist.« Nachdenklich wiegte Nick den Kopf. »Im

Grunde hat mich genau das hierhergebracht: Mein Wissen über den Täter David König, der zum Opfer geworden ist. Und wahrlich hat er diesbezüglich einiges zu bieten.«

Melanie trat auf die Terrasse. In der einen Hand hielt sie einen Sektkübel und zwischen den Fingern der anderen hatte sie die Stiele von drei Gläsern eingeklemmt. »Ich habe euch bis in die Küche gehört, und verstehe das – es gibt viel zu erörtern und zu überlegen. Jetzt ist aber mal kurz Pause. Auf ein Baby anzustoßen, ist wichtiger. Wenn ich dann das Abendessen zubereite, könnt ihr weiter über die Arbeit philosophieren.«

Pflichtschuldig nickten Christian und Nick im Gleichtakt, standen auf und befreiten Melanie von dem Sektkübel und den Gläsern.

Kapitel 20

»Vielen Dank, dass Sie mich so rasch empfangen.« Yvonne lächelte und fuhr fort: »Ich habe mir die Akte Ihres Sohnes angesehen und würde Ihnen gerne einige Fragen dazu stellen.«

Der Mann zog die Brauen zusammen. »Wir waren damals bei der Polizei und haben Sie angefleht, Dominiques Tod zu untersuchen. Aber niemand hat sich um uns geschert. Wie Idioten sind wir abgewimmelt worden. Monate danach kommen Sie und wollen etwas darüber erfahren?«

Yvonne hatte bereits geahnt, auf Gegenwehr zu stoßen. Aus den Unterlagen ging hervor, dass Alfred Heinzer, Dominiques Vater, mehrfach die Polizei aufgesucht und um Hilfe gebeten hatte – er war jedes Mal abgewiesen worden. Nun riss sie die Wunde wieder auf, sofern sie überhaupt verheilt war. »Ich bin Mitarbeiterin der Kriminalpolizei und durch einen anderen Fall auf Ihren Sohn aufmerksam geworden.«

»Ein Fall, der es wert ist? Anders als bei meinem Dominique ...«

Die Frau griff nach der Hand ihres Mannes. »Lass Frau Engel doch erst einmal ausreden. Vielleicht unterstützt sie uns. Besser spät als nie.«

Er gab einen Brummton von sich und sagte: »Was möchten Sie wissen?«

Yvonne senkte die Lider und bemühte sich, ihre Stimme so sanft wie möglich klingen zu lassen. »Dass Dominique Suizid begangen hat, gilt als gesichert. Ich habe den Autopsiebericht gelesen. Aber darum scheint es Ihnen nicht zu gehen.« Förmlich sah sie, wie ihre Worte das Leid dieser beiden Menschen hochtrieben. Die alles beherrschende Traurigkeit manifestierte sich in ihrem gesamten Gebaren. Zu Yvonnes Erstaunen reagierte die Mutter zuerst.

»Dominique war ein besonnener junger Mann. Schon als Kind lief er lieber durch die Gänge eines Museums, als auf dem Fußballplatz einem Ball hinterherzurennen. Dennoch war er kein Außenseiter. Immer hatte er zwei, drei Freunde um sich – und er war meistens gut gelaunt. Eine Frohnatur, jedoch nicht von der lauten Sorte. Das Studium machte ihn glücklich, und er wusste genau, was er später tun wollte. Dominiques Ziel war es, bei einem Verlag zu arbeiten. Bücher waren seine Leidenschaft und er hatte vor, ein Teil dieses kleinen Universums zu sein.«

Der Vater nickte. Er hatte sich so weit gefangen, um weiterzusprechen. »Dann freundete er sich an der Universität mit irgendwelchen Studenten an. Sie gehörten zu einer Gruppe. Dominique war richtig aufgekratzt in dieser Zeit und schwärmte von enormen Möglichkeiten, die sich ihm bieten würden. Dabei ging es nicht um Geld, sondern um das Stillen seines Wissensdurstes.«

Frau Heinzer übernahm. »Schließlich begann sich Dominique zu verändern.«

»Inwiefern?«, erkundigte sich Yvonne.

»Er fing an, die Nachrichten zu verfolgen, und ständig hing er im Internet. Eine Seite, die ›Telegram‹ heißt, hatte er oft geöffnet. Verstehen Sie mich nicht falsch, ein gesundes Interesse am Weltgeschehen ist normal. Bei ihm wurde es allerdings regelrecht zur Sucht.« Der Mann schluchzte auf. »Dominique hat sich verhalten, als wäre jemand hinter ihm her.«

»Haben Sie bemerkt, dass er verfolgt oder gestalkt wurde?«

Frau Heinzer hob die Schultern. »Nein, es war … anders. Dominique hatte nicht Angst vor einer einzelnen Person. Etwas Großes bereitete ihm Furcht, das nicht einmal ursächlich mit ihm zu tun hatte. Immer häufiger sprach er davon, dass die Menschheit den Atem anhalten würde, käme alles ans Tageslicht.«

»Was meinte er damit?«

»Wir haben keine Ahnung. Seine Aussagen waren aus unserer Sicht verworren«, erwiderte der Vater. »Die Paranoia wurde so stark, dass wir ihm empfohlen haben, einen Arzt zu konsultieren. Das hat er abgelehnt.«

»Und Sie denken, dieses Verhalten resultierte aus dem Zusammensein mit diesen Freunden?«

»Ja. Es klingt merkwürdig und so, als würden wir Dominiques Veränderung auf andere abwälzen, aber das ist falsch. Wir haben es hautnah miterlebt.«

»Wissen Sie, mit wem er Zeit verbracht hat?«
Einhellig schüttelten die beiden den Kopf.
Frau Heinzer antwortete: »Wenn wir ihn fragten, hat Dominique ausweichend reagiert. Es war, als hätte er es vermieden, jemand von außerhalb zu involvieren. Auch das wurde schlimmer. Er gab uns mehr und mehr das Gefühl, Fremde zu sein – Menschen, die nicht dazugehörten.«

Yvonne musste sich beherrschen, um nicht zu schnell voranzuschreiten. Obwohl Dominiques Eltern bereit waren zu reden, wollte sie mit Bedacht vorgehen. »Und bei der Clique, auf die Dominique gestoßen war, handelte es sich um Studenten der LMU?« Um den verhörartigen Rhythmus zu durchbrechen, ergänzte sie: »Bitte verzeihen Sie mir. Ich zweifle Ihre Meinung nicht an, sondern möchte alles nur so exakt wie möglich erfahren.«

»Wir sind ziemlich sicher, weil Dominique plötzlich noch verbissener gelernt hat als zuvor und anfänglich von Inspiration in der Literatur sprach.« Herr Heinzer lächelte verhalten. »Bitte rechtfertigen Sie sich nicht dafür, was Sie gerade tun. Sie sind die erste Person *bei der Polizei*, die uns zuhört. Dafür danken wir Ihnen.«

Yvonne hakte sofort nach. »Haben Sie auf andere Weise versucht, etwas zu erreichen? Etwa über eine Detektei.« Material aus solch einer Quelle konnte aussagekräftig und interessant sein.

»Nein, daran haben wir nicht gedacht.« Kurz blickte Alfred Heinzer seine Frau an, als wollte er sich entschuldigen, dann sagte er: »Aber ich habe mit zwei Psychologen gesprochen und aufgrund der Fakten um ihre fachliche Beurteilung gebeten.« Er seufzte. »Irgendwann zweifelt man an sich selbst. Haben wir etwas übersehen? Bilden wir uns das alles ein? Hatte Dominique in Wahrheit eine psychische Krankheit? Ständig kreisen diese Überlegungen in einem herum und schließlich ist man völlig überfordert.«

»Welche Antworten haben Sie von den Psychologen erhalten?«

Er räusperte sich. »Grundsätzlich redeten beide von verschiedenen Möglichkeiten, wie zum Beispiel einer Angststörung, Depression oder einem Burnout. Dagegen hielten sein gefestigter Allgemeinzustand von klein auf und das abrupte erste Aufflammen in Dominiques Alter, das offensichtlich nicht unbedingt typisch war. Nach deren Ansicht hätte es bereits früher Anzeichen dafür geben sollen, die uns angeblich aufgefallen wären. Der zweite Psychologe – er war weitaus offener und aufmerksamer als der andere – erwähnte noch etwas, das mich bis heute nicht loslässt. Er hat mir frei heraus gesagt, dass er ähnliche Persönlichkeitsveränderungen bei Menschen erlebt hätte, die in eine Sekte oder vergleichbare Gruppierung geraten waren.«

Yvonnes Kopf ruckte hoch. Beim Wort Sekte in Verbindung mit David König schlugen sämtliche Alarmglocken bei ihr an. Sie ermahnte sich zur Ruhe. »Haben Sie in Dominiques Sachen etwas gefunden, das auf eine Sekte hindeuten könnte?«

»Wir haben zwar nicht nach speziellen Hinweisen gesucht, aber jedes Blatt Papier in seinem Zimmer umgedreht. Und nicht nur das. Mein Mann hat die ganze Wohnung und auch unser Kellerabteil umgedreht. Gefunden haben wir nichts, nicht einmal eine Notiz oder irgendeinen winzigen Anhaltspunkt«, erwiderte die Mutter. »Frau Engel, unser Sohn war in irgendetwas Geheimnisvolles verwickelt, das ihm fürchterliche Angst bereitete. Es war so schlimm, dass er sich das Leben genommen hat. Bitte glauben Sie uns.«

Die flehentlichen Worte drangen tief in Yvonne vor. Diese beiden Menschen waren keine Traumtänzer, die sich die Vergangenheit mit ihrem Sohn schönredeten.

Sie folgten ihrer Überzeugung und wollten herausfinden, was mit Dominique geschehen war. »Das tue ich.« Sie faltete die Hände. »Ich kann Ihnen zum jetzigen Zeitpunkt nichts versprechen, außer dass ich dem nachgehe und mich verlässlich bei Ihnen melden werde – mit oder ohne Ergebnis. Ich vergesse Sie nicht.«

Der hoffnungsvolle und zugleich zweifelnde Blick, den Frau Heinzer ihr zuwarf, ließ Yvonne erschauern. In Gedanken wiederholte sie ihren letzten Satz: *Ich vergesse Sie nicht.*

Kapitel 21

Tabea schloss die Augen und schmiegte sich an Andreas. Sie spürte das Spiel seiner Muskeln und die tiefen, schnellen Atemzüge. Seine Haut war weich und noch feucht von seinem Schweiß. Unwillkürlich lächelte sie. Der Sex mit ihm war nicht der Akt eines alles verzaubernden Liebesromans gewesen. Viel besser passte er in ein heroisches Epos voller Leidenschaft und Kraft. Demgemäß trugen sie – anders als beim ersten Kuss – keine Wolken zu den Sternen und wieder zurück. Ihre Beine blieben fest mit der Erde verbunden, und sie stellte sich selbst als Bach vor, der hoch in den Bergen entsprang. Das Wasser sprudelte aus der Quelle, floss eine Weile lang gemächlich dahin, bis das Gelände steiler wurde und die Strömung stärker. Tabea sah eine Klippe vor sich, über die sie mit immenser Geschwindigkeit hinabstürzte und in einem weiten Becken landete. Flankiert von saftig grünen Wiesen ging es weiter, eine endlos scheinende Strecke, einmal ruhig und einmal schäumend, bis sie in einem Fluss mündete und sich mit diesem zu einem großen Ganzen verband.

»Was denkst du?«, flüsterte Andreas.

»Manches Mal transferiere ich Ereignisse in Symbole, die der Handlung entsprechen. Schräges, fast lyrisches Zeug, das du dir nicht anhören musst.«

»Ich möchte aber.« Andreas zog sich hoch und lehnte sich gegen das Kopfende des Betts. »Also los. Bitte.«

Tabea verdrehte die Augen und stöhnte auf. Niemand wusste von ihrer Fantasiewelt, und bis jetzt hatte sie noch nie das Bedürfnis gehabt, sich zu öffnen. Bei Andreas war das anders – überhaupt war alles anders. Mit leiser Stimme begann sie zu erzählen.

Als Tabea schließlich geendet hatte, bemerkte sie mit verkniffener Miene: »Wie gesagt, mein Gehirn schlägt bisweilen verrückte Kapriolen. Das ist echt peinlich.«

Andreas musterte sie von der Seite. »Genau das Gegenteil! Das ist grandios. Schreibst du das auf?«

»Ja, quer durch. Ich trage immer ein Heft bei mir. Es ist voll mit solchen Szenen, Betrachtungen und Überlegungen. Wenn ich etwas nicht verstehe, spannende und geheimnisvolle Dinge, deren Lösung ich gerne kennen würde, alles bringe ich zu Papier. Zu meinem sechzehnten Geburtstag habe ich von meiner Tante ein Tagebuch und einen Safe bekommen. Das gab den Anstoß. In den Jahren ist der Heftstapel beachtlich hoch geworden. Der Safe ist fast voll, bald werde ich einen zweiten brauchen.«

»Den schenke ich dir, mit einer roten Schleife drumherum.« Andreas küsste sie auf die Wange und fragte: Was meintest du mit *geheimnisvollen Dingen*?«

Rasch überlegte Tabea, was sie erwidern sollte. Die letzten Seiten in ihrem Heft beinhalteten hauptsächlich ihre Gedanken über Andreas, die neuen Freundinnen und den Literaturclub – auch David König und das Schweigen gegenüber ihrem Vater waren Thema. Sie beschloss, neutral zu antworten. »Ach, nichts Signifikantes. Ist man aufmerksam, hört und sieht man viel –

auf der Uni, im Fernsehen, Internet – von überall prasseln Infos auf einen herein. Dahinter verbirgt sich bestimmt einiges.« Tabea nagte an ihrer Unterlippe. »Wäre es nicht spannend, die Hintergründe so mancher Ereignisse zu erfahren?«

»Womöglich haben einige wenige das Wissen über die Zusammenhänge.« Andreas schenkte ihr einen eindringlichen Blick. »Was würdest du zu einer Theorie sagen, die beinhaltet, dass besondere Wesen mit spezifischen Eigenschaften von einer höheren Macht auserwählt wurden? Sie halten das Werkzeug in Händen, die Zeit komplett auszuschalten und nach vorne wie nach hinten zu sehen.«

»Sprichst du von Wahrsagern und Propheten à la Nostradamus?«

Andreas schüttelte den Kopf. »Es gibt andere Berufsgruppen, die Mysterien darbringen und damit der Menschheit den Schlüssel zur Wahrheit überreichen. Sie weisen uns jedoch nicht plakativ und plump auf das Wesentliche hin. Wir müssen es suchen und aufspüren.« Jäh hielt er inne.

Von selbst lief ein Schauer über Tabeas Rücken – der Moment war merkwürdig. Hatte Andreas seinen Gedanken freien Lauf gelassen oder gerade versucht, ihr etwas Wichtiges mitzuteilen? Jedenfalls hatte er sich plötzlich Einhalt geboten. Doch aus welchem Grund? Ohnehin hatte sie nicht verstanden, was er meinte. »Erklärst du mir das bitte genauer«, flüsterte sie angespannt.

Andreas lachte auf und klatschte in die Hände. »Sei nicht so ernst. Ich wollte nur etwas Gescheites einwerfen, um neben dir und deiner Bachmetapher nicht dumm dazustehen.«

Unmerklich atmete Tabea auf und schalt sich im Stillen für ihre übertriebene Achtsamkeit. Warum befand sie sich ständig in Alarmbereitschaft? Sie kannte die Antwort auf ihre Frage und wusste, dass sie endlich aufhören sollte, sie permanent mit sich herumzutragen. Die aktuelle Ermittlung ihres Vaters war eine Sache, die Liebe eine völlig andere. *Reiß dich zusammen, sonst verlierst du Andreas schneller, als der Traum begonnen hat,* ermahnte sie sich.

»Stehe ich nun erst recht dumm da?«, hakte Andreas nach.

»Aber nein! Ich suche bloß nach einer genialen Entgegnung.« Tabea schmunzelte und hob den Zeigefinger. »Könnte jemand die Realität aus meiner Bach-Fantasie herauslesen, wüsste er, wie gut es mir gefallen hat.«

»An dem sanften Dahinfließen zwischen den Wiesen möchte ich unbedingt arbeiten. Am liebsten wäre mir, du bestündest in meinen Armen nur aus Wasserfällen.« Andreas beugte sich über sie. Dabei glitt seine Hand zwischen ihre Beine.

Bereitwillig öffnete Tabea Mund und Schenkel. Vor ihrem inneren Auge erschien eine Welle, die sich schlagartig zu einer Wasserwand auftürmte.

Kapitel 22

Christian stieg aus dem Taxi und ging auf den Eingang der Universität zu. Während der Fahrt vom Flughafen hierher hatte er mit Nick telefoniert und Berlin keine einzige Minute seiner Aufmerksamkeit geschenkt. Er mochte die Stadt und hätte sie gern aus dem Wagenfenster vorbeiziehen sehen, doch die Konzentration auf Nicks Informationen war wichtiger gewesen. Gerade noch rechtzeitig vor seinem Termin hatte Yvonne Engel aus München sie geliefert. Für das bevorstehende Gespräch würde er improvisieren und die richtigen Worte finden. Generell hätte Christian die Neuigkeiten allerdings lieber gewissenhaft beleuchtet.

In der Kürze wagten Nick und er es nicht, diesen auffälligen Selbstmord – respektive die drei Selbstmorde – in München zumindest indirekt ihrem Fall zuzuordnen. Der Begriff Sekte in Zusammenhang mit David König war nichtsdestoweniger alarmierend. Hinzu kamen Dominique Heinzers getätigte Aussagen sowie die Beobachtungen der Eltern. Isoliert betrachtet ergaben die Elemente einen verwirrten jungen Mann, der wahrscheinlich in falsche Kreise geraten war. Eingebunden in das Szenario der König-Untersuchung uferte es aus – das Ausmaß war undefinierbar. Allein der Hinweis auf den Messengerdienst Telegram, der unter anderem als Plattform zur Verbreitung von verschiedensten Thesen diente, ließ einen Ermittler aufhorchen.

Handelte es sich um Zufälle? Dies abzuklären, hatte im Augenblick oberste Priorität. In Konstanz kümmerte sich Nick mit einem von Christians Mitarbeitern bereits darum, etwaige Selbstmorde von Studenten vor Ort auszuheben. Nicks Team sollte indessen in Wien nachforschen, und er selbst nahm sich Berlin vor.

Christian holte tief Luft. Unweigerlich dachte er an Tabea. Sie war im selben Alter wie diese Studenten, die sich das Leben genommen hatten. Was konnte einen aufstrebenden Menschen dazu bringen, solch einen unvorstellbaren Schritt zu tun? Welche Verzweiflung und Ausweglosigkeit mussten dahinterstecken?

Während er noch über diese Fragen sinnierte, erreichte Christian sein Ziel. Er klopfte an die Sekretariatstür und trat ein.

Zwei Frauen saßen an gegenüberliegenden Schreibtischen und blickten ihn an.

Er nickte ihnen grüßend zu. »Guten Tag. Mein Name ist Christian Mayer von der Kriminalpolizei Konstanz. Ich habe einen Termin bei Dekan Reihensberg.«

Die linke der beiden zeigte auf eine Tür hinter sich. »Er wartet auf Sie. Einfach durchgehen.«

»Danke.« Christian setzte sich in Bewegung und zog die angelehnte Tür auf. Ein wahrer Bär von einem Mann kniete mit dem Rücken zum Eingang auf dem Boden und hantierte am Tower seines Computers.

Als er Christian eintreten hörte, richtete er sich zu seiner vollen Größe auf und drehte sich um. Ein dichter schwarzer Vollbart unterstrich den riesenhaften Eindruck. Er machte zwei Schritte auf Christian zu und streckte ihm die Hand entgegen. »Ich bin Dekan Reihensberg. Entschuldigen Sie meine Pose eben, aber ich habe versucht, einen freien Platz für ein externes Laufwerk zu finden. Setzen wir uns an den Tisch, da ist es gemütlicher.« Er wies auf einen kleinen runden Besprechungstisch mit vier Stühlen.

»Ja, gern.« Neben seinem stattlichen Aussehen fiel Christian die zwar außergewöhnlich tiefe, jedoch angenehm melodische Stimme des Mannes auf. Es musste inspirierend sein, ihm in einem Hörsaal zu lauschen.

Nachdem sie Platz genommen hatten, eröffnete der Dekan das Gespräch. »Sie sind hier wegen des Amerikaners, David Kingsley, der in Wahrheit ein gesuchter Verbrecher aus Österreich war und David König hieß.«

Er bringt die Dinge auf den Punkt, dachte Christian und antwortete: »So ist es. Wir verfolgen seine Schritte durch Europa, also auch seinen Besuch bei Ihnen in Berlin.«

»Ich befürchte, dass ich Ihnen nicht viel über ihn sagen kann. Wir haben uns an diesem Tisch unterhalten. Er zeigte mir das Exposé des vermutlichen Zweig-Manuskripts sowie eine Übersicht der ersten Erkenntnisse, dann waren wir Mittagessen und haben über die Bibel philosophiert. Seine Kenntnisse waren beeindruckend. Danach habe ich mit einigen Kollegen die Unterlagen geprüft, und wir haben uns sofort entschlossen, mitzumachen.«

»Wer hat die Leitung bei Ihnen inne?«, erkundigte sich Christian.

»Ich. Als leidenschaftlicher Forscher lasse ich mir eine solche Gelegenheit nicht entgehen, Dekansaufgaben hin oder her. Es reicht schon, dass ich durch diese Position gezwungen werde, das Unterrichten erheblich zu reduzieren. Drei Kollegen sind beteiligt, die jeweils zwei Studenten als Adlaten ernannt haben. Dabei bleibt es vorläufig.«

»Mich interessiert Ihr persönlicher Eindruck von David König.« Christian hatte nicht das Gefühl, bei diesem Mann langsam und mit Bedacht voranrücken zu müssen.

»Sie meinen, ob ich irgendetwas an ihm wunderlich fand?« Der Dekan zupfte an seinem Bart. »Nein. Er war kompetent, höflich, normal. Als ich erfahren hatte, wer er war, habe ich mir ernsthaft die Frage gestellt: Warum habe ich *es* nicht erkannt? *Es* wie Pennywise aus Stephen Kings Roman.«

Unwillkürlich zuckte Christian wegen des Vergleichs zusammen. Der Clown aus der Erstverfilmung hatte ihm in seiner Kindheit einige Albträume beschert. »Tim Currys geniale Fratze werde ich nie vergessen, aber die Parabel ist nicht übel und bringt mich gleich zur nächsten Sache: Gibt es in Ihrem Fachbereich spezielle Clubs oder Gruppen?«

Professor Reihensberg nickte. »Wir haben einige. Drei davon sind größer. Ich würde sie als Literaturlernvereinigungen bezeichnen. Die Studenten sitzen zusammen, helfen sich gegenseitig, üben und diskutieren über bestimmte Werke. Das ist durchaus förderlich. Früher habe ich mich gelegentlich involviert, das ist jedoch Jahre her. Ich ziehe gern Erkundigungen für Sie ein, ob es in diesem Sektor Auffälligkeiten gibt. Worauf sollen wir achten?«

»Auf alles Unübliche.« Christian hüstelte. Egal wie er das nächste Thema einleitete, glich es einem spitzen Pfeil, der direkt ins Herz traf. »Wissen Sie von Suizidfällen an der Universität?«

Der Dekan reagierte, wie Christian es erwartet hatte: mit einer betroffenen Miene und kurzem Schweigen.

Schließlich antwortete er: »Leider immer wieder in jeder Fakultät. Studenten fixieren sich zu sehr auf den Erfolg und geraten unter Leistungsdruck. Die meisten tauchen durch und stärken ihren Charakter, einige wenige zerbrechen daran. Vor rund zwei Jahren haben wir ein Gremium gebildet, um dem entgegenzuwirken. Bei der Vielzahl an Studenten muss einer erheblich aus der Norm fallen, dass wir es überhaupt wahrnehmen. Also setzen wir auf Prävention.«

»Und speziell in Ihrem Fachbereich?«

»Das letzte Mal fällt mit der Gründung des Gremiums zusammen, nicht ohne Grund.« Der Dekan neigte den Kopf und betrachtete sein Gegenüber aufmerksam. »Besteht ein Zusammenhang zwischen David Kingsley und dem freiwilligen Ableben von Studenten?«

»Es gibt einen vagen Hinweis«, entgegnete Christian ehrlich.

»Ich verstehe. Als bekennender Fan von Thrillern und Kriminalromanen sehe ich dem Protagonisten besonders gerne beim Ermitteln über die Schulter und finde es äußerst spannend, wenn solche *vagen Hinweise* ins Spiel kommen. Ich gehe davon aus, dass nicht alles der Fantasie des Autors entspringt.«

»Auf jeden Fall sind es stark gekürzte Versionen der Realität. Ein Buch über den echten Alltag eines Kriminalkommissars wäre das beste Schlafmittel.« Christian lächelte. Der kurze Themenschwenk des Dekans tat ihnen beiden gut. »Von Agatha Christie bis Stephen King?«

Doktor Reihensberg erwiderte das Lächeln. »Natürlich. Ich habe Pennywise erwähnt! Egal welches Jahrhundert und welches Genre, einem Meister hat man Anerkennung zu zollen.« Abermals machte er sich an seinem Bart zu schaffen. »Bei dem Suizid in unserer Fachabteilung handelte es sich nicht um einen Studenten, sondern um eine wissenschaftliche Mitarbeiterin – Maria ... Schetter? Ja, ich glaube, so hieß sie. Maria war neu an der Fakultät, und ich hatte kaum mit ihr zu tun. Kollegen haben nach dem schrecklichen Vorfall darüber gesprochen, wie verbissen sie sich in die Arbeit vergraben hat.« Noch einmal hielt der Bart her. »Ich lasse Ihnen Marias Daten und eine Übersicht unserer Clubs zusammenstellen. Schwerpunkte et cetera. Mit Namenslisten kann ich allerdings nicht dienen, es sind keine universitär geführten Vereinigungen.«

»Danke.« Christian bemerkte eine plötzliche Unruhe im Verhalten des Dekans. »Ist Ihnen etwas eingefallen?«, hakte er umgehend ein.

»Nein, ich muss nur leider zur nächsten Besprechung.« Er hob die Hände. »Mein Los von morgens bis abends. Dabei würde ich mich liebend gern weiter mit Ihnen unterhalten. Nicht alle Tage habe ich einen Kriminalkommissar vor mir sitzen. Als Hobbyliterat im Krimigenre hätte auch ich massenhaft Fragen.«

»Wünschen Sie sich nicht zu viele Besuche von uns. Nie steckt etwas Positives dahinter.« Christian zückte eine Visitenkarte und legte sie auf den Tisch. »Wäre es möglich, die Daten von Maria Schetter sofort zu bekommen?«

»Selbstverständlich.« Der Dekan stand auf und ging zur Tür. »Ich gebe Doris Bescheid – die linke der beiden Damen. Sie verwaltet die Personalien.«

Christian erhob sich ebenfalls und erneut staunte er über die riesenhafte Gestalt des Mannes. Er selbst war weder klein noch schmächtig, doch neben ihm kam er sich winzig vor.

Kapitel 23

»Sie wollen unter vier Augen mit mir reden?« Lea Karlson zog sich einen Stuhl heran und nahm neben Andreas Platz, der an einem abgelegenen Tisch im Studierbereich saß. Ihr Blick wanderte über die vor ihm ausgebreiteten Bücher. »Betrifft es die anstehende Arbeit? Haben Sie Probleme damit? Ich helfe Ihnen.«

»Danke, Lea, aber die Aufgabe bereitet mir keine Schwierigkeiten. Auf Anhieb könnte ich einen halbstündigen Monolog halten.« Andreas beugte sich näher zu ihr. »Es geht um ... uns – ich meine, die Sache.«

Die Veränderung ihrer Miene erfolgte blitzartig. Er kannte dieses andere Gesicht und das Verhalten dazu. Die Herzlichkeit wich einem hoheitsvollen Gebaren und ihr ganzer Körper geriet in Spannung. Das Kinn schob sich nach vorn und die Augen wirkten wie durch Zauberhand größer und dunkler. Selbst ihre Stimme wurde imposanter. Es schien, als stünde sie meilenweit entfernt auf einem Podest und betrachtete die Welt aus dieser erhöhten Perspektive.

Lea faltete die Hände und wechselte in die persönliche Anrede. »Was kann ich für dich tun, Andreas?«

Er tat es ihr gleich. »Du weißt, dass sich Theresa, Monika und einige andere aktuell einer Studentin annehmen – ich bin ebenfalls dabei und finde, sie würde perfekt zu uns passen. Das sage ich nicht wegen des eigenen Vorteils, sondern aus Überzeugung für uns alle.«

»Ich bin informiert. Theresa und ich haben darüber gesprochen.« Lea Karlson fixierte ihn. »Stellst du einen offiziellen Antrag?«

Andreas nickte. »Ja.«

»Gewahrst du die daraus resultierende Verantwortung?«

»Das tue ich. Ich bürge für sie, leite sie an und sorge dafür, dass sie sich angemessen verhält. Sie ist nicht mein erster Kandidat. Die Pflichten sind für mich –«

Lea Karlson hob die Hand und gebot Andreas zu schweigen. »Erzähl mir von ihr. Der übliche Prozess muss schließlich eingehalten werden.«

»Sie heißt Tabea Meyer, aber das ist dir natürlich bekannt«, antwortete Andreas. »Sie lebt noch bei ihren Eltern, ist zweiundzwanzig Jahre alt und hat zwei Geschwister. Einen älteren Bruder, er ist Judo-Trainer, und eine jüngere Schwester, die vor dem Abitur steht. Die Familie bewohnt ein Haus in einer der neuen Fürstenberg-Siedlungen. Normale Leute ...«

»Was machen die Eltern beruflich?«

»Die Mutter ist Hausfrau, die genaue Tätigkeit des Vaters kenne ich nicht. Tabea erwähnte einmal, er arbeite in einem Büro.«

»Das klingt gut, wir benötigen *normale Leute*. Psychische Probleme oder Auffälligkeiten?«

»Andreas schüttelte den Kopf. »Keinesfalls. Tabea ist ruhig und besonnen. Sie steht mit beiden Beinen fest auf dem Boden.«

»Ausgezeichnet. Sie heißt mit Nachnamen Meyer ...«

»Ja, Meyer mit einem ›E‹ und ›Y‹. Das habe ich erfragt – ich kann mir schwer einen Ausweis von ihr zeigen lassen, und das Haus ihrer Eltern ist nicht beschildert.«

Lea schob die Unterlippe vor. »Ich werde das prüfen. Überlege gut, Andreas. Bringt sie tatsächlich die erforderlichen Charaktereigenschaften mit? Vergleichbares darf nicht noch einmal geschehen. Es war ein schwerer Schlag für uns, als sich der junge Mann damals das Leben genommen hat. Kraft und geistige Gesundheit sind Grundvoraussetzung.«

»Sie ist wirklich maßgeschneidert, Lea. Wie ich gerade sagte: ruhig und besonnen, wissbegierig und fantasievoll, aber mitten im Leben. Es gibt keinen bestehenden, festen Freundeskreis und die Familienbande sind offensichtlich stark, jedoch versteht sie es, sich abzugrenzen. Das Studium ist ihr überaus wichtig.«

Kurz schien Lea Karlson abzuwägen. Versonnen strich sie mit den Fingerspitzen über die Seite des ihr am nächsten liegenden Buchs. »Nach dem schrecklichen Ereignis mit David Kingsley könnten wir frisches Blut, das unserer Sache mit Standhaftigkeit und Enthusiasmus begegnet, in der Tat gebrauchen.« Jäh verschwand der würdevolle Ausdruck auf ihrem Gesicht, und sie lächelte. »Ich glaube deinen Worten, Andreas. Du bist eines unserer wertvollsten und beachtenswertesten Mitglieder. Stell dich darauf ein, die junge Dame in die erste Stufe unserer Gemeinschaft einzuweihen.«

»Vielen Dank, Lea.« Andreas strahlte. Er hatte es geschafft! »Ich bin mir der Ehre deines Vertrauens und der Wichtigkeit unserer Mission bewusst. Du gibst mir Bescheid?«

»Das tue ich.« Lea schob den Stuhl zurück und stand auf. »Ich begebe mich sogleich ins Sekretariat, um die Angaben zu überprüfen. Bereits heute Abend bringe ich den Vorschlag ein.« Abrupt drehte sie sich um und machte einige Schritte auf den Ausgang zu. Unvermittelt hielt sie inne. »Du benimmst dich inzwischen angemessen. Man sieht dir die Verliebtheit an.« Sie tippte auf ihr linkes Handgelenk.

Andreas beeilte sich, die Geste zu erwidern und blickte ihr nach, bis sie den Raum verlassen hatte. Mit einem leisen Seufzer klappte er das Buch vor sich zu. Sein Vater hatte es von unten mit Alteisenhandel ganz nach oben geschafft – er zählte zu den reichsten Männern Konstanz'. Dafür waren harte Arbeit, ein verbissener Wille und Rücksichtslosigkeit notwendig gewesen.

Wie drückte sich sein Vater immer aus? »Schmiede das Eisen, solange es heiß ist.« Und genau das hatte Andreas vor, aber auf einer anderen Ebene. Geld war für ihn nicht mehr als die erforderliche Basis, um etwas viel Wichtigeres zu erlangen, nämlich Macht im Sinne von Weisheit und Erkenntnis – die reinste und edelste Form. Keine Schwiele auf den Handflächen und kein Schweißtropfen brachten ihn jedoch zu diesem Ziel: Intelligenz, Umsicht und gute Kontakte waren die Ingredienzien. Er befand sich genau in der richtigen Gruppierung, um schrittweise seine ganz persönliche Anhängerschaft aufzubauen. Und Tabea musste unter ihnen sein. Mehr noch. Sie sollte an seiner Seite stehen.

Schon als er sie zum ersten Mal gesehen hatte, war es ihm bewusst gewesen. Eine solche Hingezogenheit zu empfinden, war von großer Bedeutung und barg das eigentliche, wahre Mysterium der Liebe. Ihre Wärme und Schönheit, die Ruhe, die sie ausstrahlte, ließen ihn förmlich erschauern vor Glück. Es war wie ein Band, das von jeher bestand und sie nun zueinander führen würde. Keine Sekunde zweifelte er an ihr.

Kapitel 24

Lea betrat das Sekretariat und begrüßte die Bürokraft mit einem herzlichen »Hallo!«.

»Hi, Lea. Perfektes Timing.« Die Frau öffnete eine Schublade und zog eine blaue Tube mit silberfarbener Aufschrift heraus. »Vor einer halben Stunde ist die Lieferung mit den Biohandcremen gekommen. Ich habe meine gleich ausprobiert.« Sie streckte die Finger hoch. »Riecht fantastisch und die Haut ist wahnsinnsgeschmeidig.«

»Oh, toll. Danke, Jutta, du bist ein Goldschatz. Ich habe nur meine Geldbörse nicht dabei.«

»Ach, bring es mir später oder morgen.«

Lea nahm die Tube, öffnete sie und hielt sie sich unter die Nase. »Wow, sie riecht wirklich sensationell. Ein bisschen nach Lavendel.« Während sie eine kleine Menge auf ihre Hand tropfen ließ und mit kreisenden Bewegungen verteilte, sagte sie wie nebenbei: »Kannst du bitte bei einer unserer Studentinnen die Daten nachsehen? Tabea Meyer, wohnhaft in Konstanz. Die Straße weiß ich nicht.«

Sofort drehte sich Jutta dem Bildschirm zu. »Klar. Den Nachnamen brauche ich genauer, wir haben unzählige *Meyer* in allen Varianten – ›A‹ oder ›E‹? ›Y‹ oder ›I‹? Mit oder ohne ›E‹ vor dem ›R‹?«

»Y‹und mit ›E‹. Ich habe –« Jäh verstummte Lea, als die Prodekanin aus dem Kopierzimmer, das direkt an das Sekretariat grenzte, trat.

»Habe ich mich nicht getäuscht! Sie sind es, liebe Lea. Ihre Stimme ist unverwechselbar«, begrüßte Susanne Kohler sie. »Oh, was ist denn das?« Der Blick der Prodekanin wanderte zu der blauen Tube.

»Eine Handcreme, die Jutta für uns bestellt hat. Wollen Sie probieren? Sie soll wahre Wunder vollbringen.« *Warum muss sie ausgerechnet jetzt auftauchen? Ich habe immer das Gefühl, etwas falsch gemacht zu haben und ertappt worden zu sein.* Nervös strich sich Lea über das linke Handgelenk.

»Nein, danke. Das ist nett, aber ich möchte meine Kopien nicht mit fettigen Fingerabdrücken verzieren.« Susanne Kohler lächelte. »Ach, Lea, weil ich Sie hier treffe … Wie geht es den Studenten des Zweig-Projekts? Sind sie wohlauf? Seit Tagen habe ich mich mit keinem von ihnen unterhalten. Ich hoffe, die Besuche der Polizei sind nicht allzu verwirrend.«

»Nach wie vor sind sie bedrückt und versuchen, mit dem Unglück zurechtzukommen«, entgegnete Lea vorsichtig. »Einige verkraften es besser als andere.«

»Ich würde diese tapferen jungen Leute gern unterstützen. Was halten Sie davon, wenn ich einen Empfang in meinem Haus gebe? Nur ein reduzierter Kreis: die an dem Projekt beteiligten Studenten, Professor Billing sowie Professor Fürstenfeld, vielleicht findet sogar der Rektor Zeit, und Sie selbstverständlich. Das versteht sich.«

Lea nickte. »Das ist eine wunderbare Idee.«

»Fein, dann wollen wir das planen. Können Sie gegen achtzehn Uhr in mein Büro kommen?«

Lea wusste, dass es sich um keine Frage und auch um keine ungefähre Zeitangabe handelte. »Ich bin um achtzehn Uhr bei Ihnen.«

»Hervorragend, bis später.« Die Prodekanin drehte sich um und verschwand erneut im Kopierraum. Hinter sich zog sie die Tür zu.

Lea und Jutta wechselten einen bedeutungsvollen Blick.

»Tabea Mayer, Blumengasse 28. Schwerpunkt Medienwissenschaften. Zusatzanmerkungen sind nicht vorhanden, sie ist also vordergründig clean. Reicht das?«, flüsterte Jutta.

»Völlig, vielen Dank. Ich muss weiter, später bringe ich dir das Geld.«

Jutta hob den Daumen und widmete sich wieder ihrer Arbeit.

Eilig verließ Lea das Sekretariat. Juttas Auskunft hatte sie hinreichend beruhigt. Um Andreas' Wunsch zu entsprechen, galt es nun, einiges für den Abend vorzubereiten. Die Verbindung, die sie kurz in Erwägung gezogen hatte, war natürlich ein Zufall und zudem ein irrationaler Gedankengang von ihr gewesen – Andreas hätte Kenntnis darüber.

Meyer war ein gängiger Nachname, und es gab ihn tatsächlich in allen Abwandlungen. Knapp hintereinander auf zwei Personen dieses Namens ohne verwandtschaftliches Verhältnis zu treffen, war nicht außergewöhnlich. Außerdem schrieb sich Christian Mayer anders als Tabea. Beim ersten Gespräch hatte er ihr seine Visitenkarte überlassen.

Dennoch waren eine sachliche Prüfung und das Hinterfragen der Umstände stets sinnvoll. Wahrhaft guten Gewissens konnte Lea die notwendigen Schritte einleiten.

Kapitel 25

Auf der Autobahn vom Flughafen in Richtung Süden war viel Verkehr und Nick wechselte in die rechte Spur, obwohl die Abfahrt noch fast einen Kilometer entfernt lag. Er war zwei Tage früher als geplant aus Konstanz abgeflogen, um in Luisas Nähe zu sein. Im Augenblick gab es für ihn dort nichts zu tun – er und Christian standen vor einem Halteschild. Vorrangig warteten sie auf eine Rückmeldung aus den USA – endlich war das FBI eingeschaltet worden – sowie die ausstehenden Details aus Berlin. Beide waren sie erfahren genug, um zu wissen, dass es in jedem Fall diese Momente des Stillstands gab. Also hatten sie vereinbart, die Zeit zu nutzen und indessen ihre jeweiligen Hausaufgaben zu erledigen.

Während Christian die Universitäten Bochum und Dortmund kontaktierte – bei Bedarf auch andere, die nicht von der Universität Konstanz ins Spiel gebracht worden waren –, würde Nick eine Erweiterung der Täteranalyse in Angriff nehmen. Dabei ging es weniger um die Erstellung eines festen Profils, das war zum aktuellen Zeitpunkt unmöglich, sondern um die Ausarbeitung verschiedener Szenarien.

Motiviert durch Yvonne Engels Erkenntnisse hatte Christian Kollegen beauftragt, die in Konstanz und Umgebung ansässigen Sekten zu beleuchten. Vielleicht hatte David König mit einer von ihnen in Verbindung gestanden. Ob sie der Polizei davon berichteten, stand auf einem anderen Blatt Papier.

Wenngleich es sich bei den Informationen aus München definitiv um eine Spur handelte, war Nick skeptisch. Zu viele Fragen standen im Raum, um die Einzelheiten folgerichtig aneinanderzufügen. Schließlich beruhte der Ursprung der Annahme allein auf den Vermutungen dreier Personen: Dominique Heinzers Eltern und eines Psychologen. Vier, wenn er Yvonne dazurechnete.

Die von Christian und ihm vorläufig angefertigte Selbstmordliste war bedenklich und tragisch, jedoch keineswegs auffällig: drei an der Literaturfakultät der LMU in München, je einer in Berlin und Konstanz, Wien war sauber.

Alle fünf Suizide waren vor David Königs Ankunft in Konstanz geschehen – eine frühere Einreise nach Europa unter dem Namen Kingsley war nicht verzeichnet. Er hätte einen weiteren falschen Namen einsetzen müssen, und das schloss Nick kategorisch aus. Davids Eintrittskarte in die Universitäten war seine neue Identität gewesen. Ohne diese war er ein Niemand, und das führte Nick direkt zu Davids Persönlichkeitsstruktur. Nach dem mit Sicherheit schwierigen Loslösungsprozess des König-Ichs war er mit Leib und Seele zu David Kingsley geworden. Ein zusätzlicher Charakter hätte nicht in sein Schema gepasst.

Automatisch schüttelte Nick den Kopf. Je tiefer er in die Thematik vordrang, desto rätselhafter und undurchschaubarer wurde sie. Wenn er seinen Gedanken nicht bald strikt Einhalt gebot, würde er sich zu sehr darin verstricken. Andererseits fühlte sich die Richtung gut an. Auch Yvonne war nicht umsonst so aufgeregt – er spürte es genauso. Von jeher hatte er sich nicht ausnahmslos auf seine Ratio verlassen, sondern dem Empfinden ebenfalls eine Stimme gegeben – darauf beruhte im Grunde gepaart mit Wissen sein Erfolg.

Spontan beschloss Nick, Yvonne zu bitten, einen Termin mit dem Psychotherapeuten zu vereinbaren, der den Begriff Sekte ins Spiel und damit den Stein ins Rollen gebracht hatte. Er tippte auf das Wagendisplay, um ihre Nummer zu suchen, als ein Anruf einging – es war Christian.

»Mein Flug war okay«, sagte Nick zur Begrüßung und fügte hinzu: »Ich sitze bereits im Auto und fahre nach Hause. Dabei probiere ich, die Erkenntnisse mit den Möglichkeiten in Einklang zu bringen. Ich sage dir, wir stecken inmitten einer heftigen Angelegenheit.«

»Und es wird gleich noch *heftiger*«, entgegnete Christian. »Ich habe mit Dortmund sowie Bochum telefoniert und Athens hat sich gemeldet. Wo soll ich beginnen?«

»Bei den deutschen Unis, bitte.«

»Dein Wunsch ist mir Befehl. Also: In Bochum sind seit Jahren keine Suizide und Uniabgänge wegen einschlägiger psychischer Probleme bekannt. Was nichts zu bedeuten hat – so ungefähr war der Wortlaut meiner Kontaktperson. Dortmund allerdings hat einen beachtenswerten Vorfall mitgeteilt. Er wurde von der Uni gründlich dokumentiert.« Kurz pausierte Christian. »Vor einem halben Jahr haben zwei Literaturstudentinnen auf dem Campus eine Art Ausbruch erlitten. Sie dürften sich verfolgt gefühlt haben und sind komplett ausgeflippt. Beide sitzen bis heute mit der Diagnose Wahnvorstellungen und Halluzinationen in einer Geschlossenen. Ich werde die Kollegen in Dortmund ersuchen, den Eltern und der Anstalt einen Besuch abzustatten.«

»Gute Idee. Mich würde die Ursache der Psychose interessieren und ob es früher schon Anzeichen gab.« Zwei an Schizophrenie oder einer bipolaren Störung erkrankte Studentinnen, die synchron durchdrehten, klang seltsam. Befände sich Dominique Heinzer nicht in seinem Hinterkopf, würde Nick als Erstes übermäßigen Drogenkonsum vermuten. »Und der Hergang selbst?«, erkundigte er sich.

»Der hat es in sich. Augenzeugen haben berichtet, dass die beiden herumgeschrien hätten: Es gäbe keine lineare Zeit, alles stünde bereits niedergeschrieben, überall würde es lauern – all so Zeug. *Es* hat mich sofort an Professor Reihensberg in Berlin erinnert.«

»Na ja, die Metapher mit dem bösen Clown aus dem Untergrund, der Kinder stiehlt, birgt einen wahren Kern. Demzufolge wären wir *der Club der Verlierer* – das gefällt mir weniger.« Nick stieß einen Ton aus, der einem unzufriedenen Brummen gleichkam. »Jedenfalls muss Dortmund auf unsere Liste, obwohl die Studentinnen zum Glück leben. Sie sind für mich auffälliger als der junge Mann aus Konstanz, der sich umgebracht hat.«

»Stimmt. Kai Ramses war nachweislich seit vielen Jahren in psychologischer Behandlung«, bestätigte Christian. »Willst du jetzt erfahren, was der Sheriff beziehungsweise das FBI zu bieten hat? Nun wird es nämlich erst recht dubios.«

»Klar, schieß los.«

»QAnon.«

Christian hatte das Wort so leise ausgesprochen, dass Nick es mehr erahnte, als er es verstanden hatte. Kurz hielt er den Atem an. »Wie bitte?«

»Du hast richtig gehört«, erwiderte Christian mit kratziger Stimme. »Die Verschwörungstheoretiker mischen mit.«

Kapitel 26

Tabea drehte sich vor dem großen Spiegel im Schlafzimmer ihrer Eltern im Kreis und betrachtete sich prüfend. Ihr langes Haar hatte sie zu einem Zopf gebunden und dezent Schminke aufgelegt, nur etwas Wimperntusche und Lippenstift. Von ihrer Mutter trug sie zarte Diamantenohrstecker und eine dazu passende Kette. Das schwarze Kleid hatte sie extra für den Anlass gekauft und sich von Chiara beigefarbene Pumps ausgeliehen.

Zu ihrem Erstaunen gefiel sie sich. Sie wirkte elegant und ihre Figur kam wunderbar zur Geltung. Ganz anders als in Jeans, einem weiten Shirt und Turnschuhen. Wie wohl Andreas die Veränderung aufnehmen würde? Inständig wünschte sie sich, ihn zu beeindrucken. Schließlich sollte er stolz auf sie sein.

Mit einem zufriedenen Lächeln verließ Tabea das Schlafzimmer und ging auf die Terrasse hinaus, wo ihre Eltern und Chiara saßen. »Und, was meint ihr?«, fragte sie.

»Wow! Meine Tochter ist eine Dame und ich werde schlagartig zum alten Mann. Du bist bezaubernd, Tabi«, antwortete Christian.

»Papa hat recht. Bombe!« Chiara nickte anerkennend. »Das schreit nach einer gemeinsamen Shoppingtour. Ich habe unlängst ein Kleid probiert, das muss dir mit den endlos langen Beinen grenzgenial passen. Ich fühle mich darin wie in einem Sack.«

Tabeas Blick schwenkte zu ihrer Mutter, die noch keinen Kommentar abgegeben hatte. Nun wusste sie auch warum: Mama standen Tränen in den Augen. Rasch überlegte sie, was sie Auflockerndes sagen könnte, als es klingelte. »Ich werde abgeholt. Schönen Abend!« Auf dem Absatz machte Tabea kehrt, lief in den Vorraum und hielt für einen Moment inne. Dann griff sie nach der Handtasche, die sie zuvor bereitgelegt hatte, und verließ das Haus.

Andreas stand vor seinem Wagen und hatte bereits die Beifahrertür geöffnet. Er trug einen dunkelgrauen Anzug mit gleichfarbiger Krawatte, dazu ein weißes Hemd.

»Du schaust fantastisch aus«, platzte sie, ohne nachzudenken, heraus. Dabei hatte sie doch eigentlich auf eine Reaktion seinerseits gehofft.

Andreas breitete die Arme aus. »Ich bin nichts gegen dich. Du bist ... einfach wunderschön.« Er küsste sie. »Steig schnell ein. Ich will mit dir angeben.«

»Danke noch mal, dass du mich zu diesem Empfang bei der Prodekanin mitnimmst«, murmelte Tabea und spürte, wie sich Aufregung in ihr ausbreitete. »Plötzlich bin ich nervös.«

Andreas legte seine Hand auf ihr Knie. »Ich war schon dort. Es läuft für das, was es ist, ungezwungen ab. Ein bisschen Smalltalk, gutes Essen, Wein – sehen und gesehen werden. Das ist in unserer Situation wichtig. Irgendwie müssen wir uns von den anderen Studenten abheben.«

»Du hast Erfahrung mit so was, ich überhaupt nicht.«

Andreas stieß einen verächtlichen Ton aus. »Das ist allerdings wahr. Mein Vater liebt es, Cocktailpartys oder ähnliche Pseudoveranstaltungen zu geben. Und finde ich keine wirklich gute Ausrede, habe ich anzutreten. Ich werde dich mal zwingen, mitzugehen. Dort kannst du nach Herzenslust üben.«

»Zu deinen Eltern?«

»Ja, warum nicht? Ich sollte mich auch endlich vorstellen. Das gehört sich so. Denkst du etwa anders darüber?«

Jäh verkrampfte sich Tabeas Magen und ein Spruch flammte in ihrem Kopf auf, den Chiara früher häufig von den Eltern zu hören bekommen hatte: »Sag die Wahrheit. Du weißt, Lügen haben kurze Beine.« Nun erfuhr Tabea hautnah, was er bedeutete. Sie hatte Andreas wegen ihres Nachnamens angeschwindelt und bis heute mit keiner Silbe erwähnt, was ihr Vater beruflich machte. Aufgrund ihrer Bemerkungen nahm Andreas bestimmt an, dass er als normaler Angestellter in einem Büro arbeitete. Warum war sie so töricht gewesen?

Unbedingt hatte sie Detektiv spielen müssen, und jetzt saß sie mitten in der Misere. Hatte sie tatsächlich geglaubt, Theresa, Monika und die anderen hätten etwas mit David Königs Tod zu tun? Natürlich sprachen sie viel über diesen Mann und zweifelten an, dass er ein böser Mensch gewesen war – mittlerweile verstand Tabea sogar die Skepsis. David mochte schreckliche Dinge getan haben, aber sie war überzeugt, dass er ihre Freunde nicht aus manipulativen Gründen gefördert und unterstützt hatte. Solch eine Nächstenliebe und Einsatzbereitschaft täuschte man nicht dauerhaft vor.

Ihrem Vater vertraute Tabea blind – er war ein ebenso redlicher wie charakterfester Mensch. Allerdings gab es übergeordnete Stellen, die durchaus etwas inszeniert haben konnten. Veränderte DNA-Profile, manipulierte Zahnunterlagen – es war zumindest nicht unmöglich. *Bin in Wahrheit ich es, die im Dunklen tappt?*, fragte sich Tabea nicht zum ersten Mal.

»Wir sind da«, riss Andreas sie aus den wirren Gedanken.

Tabea blickte auf und betrachtete die Fassade des Hauses. »Beeindruckend.«

»Und ob. Mein Vater hat mir erzählt, dass die Villa seit ewigen Zeiten im Besitz der Familie der Prodekanin ist. Warte, bis du sie von innen siehst – ein richtiger historischer Schuppen. Ehrlich? Ich würde nicht da wohnen wollen, zu dunkel und erdrückend. Mir sind weite Glasfronten und helle große Räume lieber. Wenigstens in diesem Punkt hat mein Vater mit seinem Haus ins Schwarze getroffen, wobei ich das eher dem Geschmack seines Architekten zuschreibe.« Andreas grinste und öffnete die Wagentür. »Bist du bereit?«

Tabea nickte, hielt ihn jedoch am Arm fest. »Bleib bitte an meiner Seite, okay?«

»So lange, bis dich mir jemand entreißt, um dich abzuklopfen. Stell dich darauf ein und vergiss nicht, es ist fürs Studium.« Andreas zwinkerte ihr zu. »Komm.«

Kapitel 27

Nick war Christians abschließendem Rat am Telefon gefolgt, David König und die neuen Faktoren für einige Stunden bewusst auszublenden. Dank Luisas Anwesenheit funktionierte die Verdrängungstaktik erstaunlicherweise tatsächlich.

Sie hatten in einem italienischen Restaurant zu Abend gegessen und saßen nun auf der Wohnzimmercouch. Die Gespräche drehten sich auf lockere, angenehme Weise um Luisas Alltag im Krankenhaus, Christians Familie und natürlich um die Schwangerschaft. Melanie hatte Nick eine Reihe von lustigen wie rührenden Anekdoten mitgegeben, die das Leben als Eltern widerspiegelten.

»Wenn das Ganze abgeschlossen ist, müssen wir unbedingt nach Konstanz. Melanie und Christian haben bereits dreimal bekräftigt, dass wir nicht drum herumkommen werden, Urlaub am Bodensee zu machen. Sie haben ein Segelboot und wollen uns die Gegend zeigen«, erzählte Nick. »Auch Sam, Peter und Arno sind mit ihren Partnern eingeladen. Am Samstag, wenn uns alle besuchen, habe ich sie im Auftrag der Familie Mayer höchstoffiziell zu informieren.« Er streichelte über Luisas Haar. »Wann lassen wir die Bombe endlich platzen?«

»Du hast es gerade gesagt: Samstag.«

»Wir werden vorrangig mit der Arbeit beschäftigt sein«, gab Nick zu bedenken. Geflissentlich benutzte er Umschreibungen wie *das Ganze* und *die Arbeit*, um Reizwörter à la *König* oder *QAnon* zu vermeiden. Sein Gehirn würde reflexartig darauf reagieren.

»Ach, das passt schon. Wir planen den Tag einfach durch: Erst gibt es Kaffee und Kuchen, dann zieht ihr euch zurück, und ich kümmere mich indessen um Peters Freund und Arnos Neue, falls er sie mitnimmt. Später wird gegrillt und danach verkünden wir die große Neuigkeit.« Luisa ergriff Nicks Hand. »Danke, dass du es geschafft hast, dichtzuhalten. Vor allem bei Samantha ist es dir sicherlich schwergefallen.«

»Das war gar nicht so schlimm. Schließlich hatte ich Christian und Melanie – erfahrene Eltern«, entgegnete Nick. »Ich verstehe, dass du Sam und Peter die Neuigkeit gemeinsam mitteilen möchtest. Du bist genauso wie ich mit den beiden befreundet.«

Luisa schenkte ihm einen mitleidigen Blick. »Du nimmst doch nicht an, dass ich mich ausgeschlossen fühlen würde, hättest du die Nachricht allein überbracht? O Nick, wie kann ein Mann Psychologie studiert haben, die kompliziertesten Fälle lösen, und so daneben liegen?«

»Kriminalpsychologie – entschuldigt mich das?«

»Nein, Schatz, aber ich verzeihe dir. Ihr habt jahrelang eng zusammengearbeitet und vieles durchgestanden. Samantha und Peter sind meine Freunde wie deine, bloß auf einer anderen Ebene.«

»Und warum willst du es ihnen dann unbedingt zu zweit sagen?«

Luisa spitzte die Lippen. »Niemals lasse ich mir Samanthas Gesichtsausdruck entgehen, wenn sie hört, dass du Vater wirst.«

»Du bist nicht nur eine intelligente und wunderschöne Frau, sondern darüber hinaus ein richtiges Biest.« Nick schmunzelte. »Deshalb hat dich Sam auch so gern, und Peter liebt dich sowieso heiß und innig.«

»Was tun die beiden im Augenblick eigentlich in Bezug auf die König-Untersuchung? Nicht zu vergessen Arno und Robert«, erkundigte sich Luisa.

»Offen gestanden nichts. Sie befinden sich in Warteposition. Robert hat mit der Analyse des Autopsieberichts seine Aufgabe erledigt, und Arno ist grundsätzlich interessiert, was ich verstehe.« Nick hüstelte. »Lass uns über andere Dinge sprechen.«

Luisa hob den Kopf und musterte ihn prüfend. »Diesen Satz habe ich von dir noch nie gehört, wenn ich beginne, über deine Arbeit zu reden. Ist alles in Ordnung?«

»Ganz und gar nicht, aber den heutigen Abend möchte ich mit dir verbringen und die Ablenkung genießen.« Schuldbewusst senkte Nick die Lider. »Herrje, das klang nicht unbedingt charmant. Du bist keine Ablenkung, sondern das Zentrum meines Lebens – ist das besser?«

Luisa lächelte. »Viel, viel besser.« Sofort wurde sie wieder ernst. »Ich kenne dich und bin stolz. Du scheinst David König für kurze Zeit wirklich vergessen zu haben. Jetzt ist er durch meine Schuld in den Vordergrund gerückt. Also, was bereitet dir Sorge?«

»Der Inhalt eines Telefonats mit Christian. Er hat Informationen über König und dessen Lebensgefährtin aus den USA erhalten«, erwiderte Nick wahrheitsgemäß. Es widerstrebte ihm, seine düsteren und zugleich bedrückenden Gedanken vor Luisa auszubreiten.

»Ach, Nick. Ich bin schwanger, nicht krank. Bitte halte mich nicht von allem fern.«

Luisas Blick sprach Bände. Er nickte. »In seiner neuen Rolle als Kingsley ist David König äußerst achtsam vorgegangen und mit leisen Sohlen aufgetreten. Sein Verhalten grenzt an Tiefstapelei. Ordnungsgemäßer Wohnsitz bei Dorothy Franklin, wissenschaftlicher Assistent an der University of Georgia, ein Bankkonto, eine einzige Kreditkarte, keinerlei Hinweise auf die Beteiligung an irgendwelchen Vereinen – ein mustergültiger Bürger.«

»Dann liegt das Problem bei der sonderbaren, rassistischen Professorin mit dem Zaubergarten?«, fragte Luisa.

»So ist es, und Rassismus ist der springende Punkt. Dorothy Franklin kooperiert aktiv mit antisemitischen und rechtsradikalen Gruppierungen, die wiederum eng mit der QAnon-Bewegung verknüpft sind und nachgewiesen deren Ideologien folgen.«

»Moment ... QAnon? Die Verschwörungstheoretiker aus den USA?« Luisa richtete sich auf. »Zwei meiner Kollegen aus der Chirurgie sind fasziniert von denen. Ich weiß, dass auch einige Krankenschwestern manchmal darüber tuscheln – zwar hinter vorgehaltener Hand, jedoch nicht übermäßig diskret. Meistens ignoriere ich das Gerede – es ist mir zu albern.«

»Bedauerlicherweise ist das bei mir nicht möglich.« Nick rieb sich über das Kinn. »Ich schulde es meinem

Beruf, dass ich mich längst ausführlich mit der Bewegung beschäftigt habe. Nie wäre ich allerdings auf die Idee gekommen, QAnon mit Dorothy Franklin ex aequo David König in Verbindung zu bringen. Nachträglich ergeben nun viele Angaben einen Sinn und erlangen Bedeutung.« Allein die Beschreibungen der verirrten Studenten, die den einzigen Ausweg im Tod gesehen hatten oder in einer Anstalt saßen, ließen Nick erschauern. Für die richtige Gänsehaut aber sorgte die Dimension, der Christian und er offensichtlich gegenüberstanden. Zum ersten Mal hatte er das Gefühl im Ansatz verspürt, als ihm Yvonne von Dominique Heinzer und den Vermutungen seiner Eltern berichtet hatte. Damals war das Gebilde formlos gewesen, jetzt gab es einen Beweis und damit ein Fundament. Trotz dieser Grundlage störte Nick etwas. Was war es, dass die an sich perfekte Konstruktion fehlerhaft, ja regelrecht windschief darstellte?

»Du wärest ein Hellseher, hättest du diesen Zusammenhang vermutet«, entgegnete Luisa ungerührt. »In Zukunft werde ich meinen Kollegen aufmerksam lauschen. Und sprechen sie in Rätseln, habe ich dich, um diese zu entschlüsseln.«

Nick stieß einen Seufzer aus. »Schatz ...« Luisa konnte nicht ahnen, welche Gedanken er gerade in sich barg. »Ich hatte vor, David König und alles Drumherum auszublenden. Das ist mächtig fehlgeschlagen, wir stecken mitten im Gespräch darüber. Dennoch werde ich betreffend QAnon nicht weiter ausholen – aktuell nicht und auch zu keinem späteren Zeitpunkt.«

»Aha?«

Auf der Stelle registrierte Nick anhand Luisas Stimmlage, dass er die falsche Wortwahl getroffen hatte. »Versteh mich nicht falsch, das hat nichts mit dir zu tun. Ich will meine Sichtweise nicht verrücken.«

»Erklär mir das genauer.«

Nach wie vor schwang der skeptische Unterton mit. Nichts lag Nick ferner, als durch die Entwicklung der Unterhaltung eine Missstimmung heraufzubeschwören. Anstandslos erläuterte er: »Die einzelnen Theorien der QAnon-Bewegung sind irrelevant für die Ermittlungen. Ich muss das Gesamtbild im Fokus behalten. Es geht nicht darum, woran sie glauben und was sie mutmaßen, Sinn oder Unsinn ihrer Thesen, sondern um David Königs Beteiligung an einer Gruppierung, der weltweit Millionen Menschen folgen.«

Luisa nickte. »Das verstehe ich. Du möchtest dich in nichts verrennen, das letzten Endes deinen Fall verschleppt.«

»Korrekt. Es ist völlig egal, ob es sich um eine Sekte, politische Vereinigung oder eine Bruderschaft handelt. Wichtig ist die Frage, was eine Person wie David König innerhalb eines solchen Konstrukts bewirkt. Und in der Folge: Warum wurde er getötet?«

»Was wirst du als Nächstes tun?«

»Sobald du morgen früh zur Arbeit fährst, setze ich mich vor den Computer, lese alles, was ich über QAnon finden kann, und telefoniere mit ein paar Leuten, die mir hoffentlich weiterhelfen. Ich weiß einiges über die Q-Bewegung, sollte jedoch allumfassend informiert sein.«

»Am besten stellst du dir ein Hinweiskärtchen mit der Aufschrift ›neutral bleiben‹ neben den Bildschirm«, bemerkte Luisa.

»Die Objektivität zu wahren, wird in der Tat die größte Herausforderung.«

Nachdenklich wiegte Luisa den Kopf. »Lass dich von der Sache nicht genauso erdrücken wie damals. Sonst wird König am Ende zu deinem persönlichen Fallbeil.«

»Versprochen. Und exakt aus diesem Grund werden wir die Angelegenheit jetzt aufs Abstellgleis befördern.« Nick beugte sich über Luisa und küsste sie.

Kapitel 28

»Ich habe meine Notizen zu dem Termin mit Herrn Heinzer herausgesucht. Leider muss ich Ihnen sagen, dass ich mich nur noch dunkel daran erinnere – obwohl es nicht allzu lange her ist.« Der Psychotherapeut zuckte entschuldigend mit den Schultern. »Wir haben uns zwar drei Stunden unterhalten, aber er war bloß einmal hier.«

Yvonne griff in die Handtasche, zog eine dünne Akte heraus und überreichte sie ihm. »Ich habe die Unterlagen von Dominique Heinzer für Sie mitgenommen – zur Erinnerung und um daran anzuknüpfen.« Das Fehlen einer Barriere zwischen ihr und diesem Mann, zum Beispiel in Form eines Tischs, irritierte sie. Die Szene mutete mehr wie die eines alten Ehepaares an, das sich in bequemen Polsterstühlen mit weichen Armlehnen gegenübersaß. Doktor Schierhans anziehendes Äußere machte es nicht einfacher, zumal er sie mit seinen graublauen Augen ungeniert musterte.

Endlich senkte er die Lider, öffnete den Aktendeckel und las. Schließlich gab er ihr die Papiere zurück. »Danke. Gemeinsam mit meinen Aufzeichnungen kann ich Ihre Fragen hoffentlich erschöpfend beantworten.«

»Im Grunde ist es eine einzige: Sie haben darauf hingewiesen, dass Dominiques Verhalten zu dem eines

Sektenmitglieds gepasst haben könnte«, erwiderte Yvonne prompt.

Er hob die Hände. »Vorsicht, das ist aus dem Kontext gerissen. Ich habe den Verlauf notiert und diesbezüglich eine Notiz gemacht. Warum steht das Wort Sekte in Ihrem Fokus? Das ist doch die Quintessenz, oder nicht?«

Wenngleich Yvonne mit keiner Gegenfrage gerechnet hatte, brachte sie dieser Mann unverhältnismäßig durcheinander. Was sollte das? Es gehörte zu ihrem Beruf, entsprechend zu kontern. Nur zu nicken, wie sie es gerade tat, war wahrhaft eine dürftige Reaktion.

»Wenn ich weiß, worauf Sie hinauswollen, kann ich Ihnen besser helfen. Andernfalls referiere ich über allgemeingültige Fakten, die mit etwas Recherchegeschick bei Wikipedia und Co. nachzulesen sind.« Er grätschte die Beine, beugte sich vor und stützte die Ellbogen auf den Knien ab. »Zwei Dinge erzähle ich Ihnen über mich: Meine Patienten schätzen es, dass ich nicht um den Kern der Sache herumschleiche. Und ich bin Mediziner mit Zusatzausbildung zum Psychotherapeuten. Meine Schweigepflicht ist also quasi doppelt bestätigt.«

Yvonne schürzte die Lippen. »Sind das auch Ihre einleitenden Worte bei einem neuen Patienten?« *Welchen Blödsinn quatsche ich daher?*, dachte sie.

»So in etwa. Ich habe einige Abwandlungen parat.« Er lehnte sich wieder zurück. »Auf dieser Ebene komme ich in der Regel rasch weiter. Außerdem gehe ich zum Vornamen und zu einer persönlichen Anrede über. Ich heiße Willibald – bitte keine dummen Bemerkungen über *Willibald Schierhans.* Die meisten nennen mich Willi.«

»Yvonne.« Erst einmal hatte sie außerhalb des Polizeidienstes mit einem Psychologen zu tun gehabt. Nach der Ermordung ihres direkten Vorgesetzten im Zuge einer Mordermittlung – jene, bei der Nick als Berater fungiert hatte – war sie hilfesuchend in Therapie gegangen, hatte jedoch frühzeitig abgebrochen. Dass dieser Mann, der direkt vor ihr saß, völlig anders agierte und wahrscheinlich nicht dem Standard entsprach, war ihr dennoch klar. Kurzweg entschloss sie sich, seinem Rhythmus zu folgen. »Kollegen aus einer anderen Stadt untersuchen einen Mordfall. In der Vergangenheit des Opfers spielte das Thema Sekte eine Rolle. Möglicherweise gibt es eine Verbindung zum Selbstmord von Dominique Heinzer.«

»Danke für deine Offenheit.« Willi lächelte. »Dominiques Vater war – oder ist es nach wie vor – der Überzeugung, dass sich sein Sohn aus bestimmten Gründen, die neu in sein Leben getreten waren, umgebracht hat. Der junge Mann hatte weder einschlägige Vorerkrankungen noch war in der Vergangenheit ein Hinweis auf derartige Tendenzen wahrnehmbar.«

»War der Vater für Sie ... dich vertrauenswürdig?«, erkundigte sich Yvonne.

»Du hast mir am Telefon gesagt, du hättest die Eltern besucht. Welchen Eindruck hattest du?«

Und die nächste Gegenfrage. Benutzt er das als Stilmittel? Ich führe das Interview! Entgegen ihren Gedanken antwortete Yvonne neutral und ehrlich: »Sie haben auf mich traurig, aber nicht kopflos gewirkt. Was sie mir mitteilten, hatte Hand und Fuß – ich glaube ihnen.«

Willi nickte. »Meine Empfindungen waren genau gleich. Um Gewissheit zu erlangen, habe ich einige Kontrollschleifen eingebaut, die eine Realitätsverzerrung gezeigt hätten. Der Vater war allein aufgrund der Negierung der Polizei verunsichert – das ist kein Vorwurf.«

Yvonne winkte ab. Sie verstand selbst nicht, warum die Kollegen ihn abgewiesen hatten. »Das klingt nicht so, als könntest du dich an die Sitzung nur noch vage erinnern.« Wünschte er ein aufrichtiges Gespräch, sollte er es bekommen.

»Gut erkannt. Es handelt sich um eine Mischung aus präventiver Achtsamkeit – ich wusste eingangs nicht, was du von mir wolltest – und aufflammender Erinnerung. Beschäftigt man sich mit einer Sache, steigt langsam alles hoch. Wie eine Schublade, die man öffnet und darin kramt.«

»Das verstehe ich. Bitte weiter.«

»Herr Heinzer hat mir das Verhalten seines Sohnes genau beschrieben – wie er von klein auf gewesen ist und welche Veränderungen sich abrupt eingestellt haben. Eine der Möglichkeiten ist tatsächlich, dass er Kontakt zu einer Sekte oder vergleichbaren Gruppierung hatte, deren Einfluss das auslöste.« Wieder brachte sich Willi in die vorgebeugte Position. »Versetz dich mal in die Lage des jungen Mannes und stell dir vor, eine magnetische Person beginnt dir einzureden, dass der Teufel höchstpersönlich auf der Erde herumläuft. Du erhältst gute Beispiele für die Existenz Satans, deine Freunde glauben daran – und das Ganze ist darüber hinaus mit deiner Arbeit als Kriminalpolizistin verknüpft, die Kollegen sind also ebenfalls überzeugt.

Vielleicht bist du sogar in jemanden aus diesem Kreis verliebt und wirst dadurch zusätzlich beeinflusst. Die Manipulation geht nicht schlagartig vonstatten. Sie baut sich langsam auf und Schritt für Schritt wirst du auf die andere Seite gezogen. Schließlich hältst du es für wahr oder zumindest möglich. Was geschieht?«

Yvonne nickte und übernahm. »Ich bemerke plötzlich Dinge, die ich vorher nicht beziehungsweise differenziert gesehen habe. Das Gefühl kommt auf, dass der Teufel mich auf dem Kieker hat, weil ich nun eine Eingeweihte bin. Womöglich beziehe ich Nachrichten aus den Medien mit ein. So manches Rätsel, das mir in der Vergangenheit zu schaffen gemacht hat, klärt sich von allein. Das alles bereitet mir Angst und daraus resultieren Panikattacken und ich werde paranoid.«

»Detailliert skizziert, dennoch pure Fantasie«, entgegnete Willi. »Eine Mutmaßung. Es reicht aus, die Auswirkungen von Drogenkonsum ins Spiel zu bringen. Dir als Kriminalbeamtin brauche ich wahrscheinlich nichts über Flashbacks zu berichten. Die weißen Mäuse flitzen im Rudel durch den Raum – dabei drehen sie sich im Kreis und die Tutus, die sie tragen, sind rosafarben und himmelblau.«

»Nicht weniger fantasievoll, und genauso vorstellbar. Hast du das Herrn Heinzer auf dieselbe Weise nähergebracht?«

Willi schüttelte den Kopf. »Nein, um Himmels willen. Ihm habe ich mögliche Gründe aufgezeigt, dir erläutere ich sie.«

Yvonne senkte den Blick und unterdrückte das unangebrachte Bedürfnis, von sich zu erzählen – es gehörte nicht hierher. Wäre sie damals auf einen Therapeuten wie ihn gestoßen, hätte sie die Ereignisse bestimmt schneller verarbeitet. Einem spontanen Gedanken folgend, den Willi durch seine weißen Mäuse hervorgeholt hatte, fragte sie: »Was fällt dir als Psychologe in Zusammenhang mit dem Ausdruck ›das weiße Kaninchen‹ ein?«

»Ein seltsamer Übergang, der mich jetzt echt überrascht. Aber er geschieht mit Sicherheit nicht grundlos. Ich nehme an, dass du aus ermittlungstechnischen Gründen keine Details preisgibst – soll so sein.« Er legte die Hand auf das Kinn und brachte sich in die klassische Denkerposition. »Als Erstes kommt mir der Begriff des Alice-im-Wunderland-Syndroms in den Sinn. Natürlich, was sonst? Vereinfacht zusammengefasst nimmt die Person die Realität nicht mehr richtig wahr – dazu gehören Störungen des Körperschemas und Veränderungen des Zeitgefühls. Es ist relativ selten und geht zumeist mit Migräne oder Epilepsie einher.« Wieder veränderte Willi seine Haltung, indem er sich kerzengerade aufrichtete. »Symptome sind unter anderem Angst- und Panikzustände, Halluzinationen. Salopp gesagt glaubt der Patient, verrückt zu werden.«

»Meinst du, Dominique Heinzer könnte an diesem Syndrom gelitten haben?«

»Es wäre eine gute Erklärung, die ich leider verneinen muss.«

»Trotzdem danke. Das hat nicht mehr zum eigentlichen Interview gehört«, entgegnete Yvonne.

»Ich hoffe, ich konnte zumindest ein wenig Licht in die Dunkelheit bringen. Den Stein der Weisen wirst du durch mich nicht gefunden haben.«

Yvonne lächelte. »Ich bin froh, hergekommen zu sein.« Sie nahm ihren ganzen Mut zusammen und fragte: »Nimmst du noch Patienten auf?«

»Grundsätzlich ja. Wen betrifft es?«

Yvonne hob die Schultern. »Mich.«

Auf einmal schien Willi verlegen. »Das ist nicht möglich. Aber ich empfehle dir einen Kollegen, den ich persönlich sehr schätze.«

Den Hinweis auf einen anderen Psychotherapeuten ignorierte Yvonne. »Warum? Wegen meines heutigen, offiziellen Termins? Oder magst du keinem Polizisten zuhören?«

»Beides falsch – weil ich schon die ganze Zeit grüble, wie ich dich auf elegante Weise zum Abendessen einlade. Dich als Patientin zu haben, würde mich in einen Konflikt bringen.«

»Was?« Yvonne starrte ihn entgeistert an. Das stürmische Kribbeln in der Magengegend war untrüglich, sie konnte jedoch nicht einfach zusagen – schließlich hatte sie eine Beziehung. Es war unpassend, überhaupt auf Willi zu reagieren. Wenngleich ihr die einzig korrekte Antwort auf der Zunge lag, erwiderte sie: »Italienisch ist gut.«

Kapitel 29

Leise öffnete Tabea die Eingangstür und schlich in der Dunkelheit auf Zehenspitzen in ihr Zimmer. Die Schuhe hatte sie sich bereits vor dem Haus ausgezogen. Keinesfalls wollte sie Gefahr laufen, ihre Eltern zu wecken. Ein aufgezwungener, nächtlicher Smalltalk würde sie jetzt völlig aus der Fassung bringen. Es reichte, was sie heute Abend erlebt hatte.

Wie in Trance zog sich Tabea aus, legte sich auf das Bett und schloss die Augen. Noch hatte sie keine Ahnung, wie sie das heutige Erlebnis verarbeiten sollte. Ihre bestehende Welt war mit einem Schlag zusammengestürzt, dafür hatte sich die Tür zu einer anderen, völlig neuen geöffnet. Sie musste nur hindurchgehen – die Entscheidung lag allein bei ihr.

Unwillkürlich stöhnte Tabea auf. Wie war sie in diese schier unfassbare Situation geraten? Dabei hatte der Tag so romantisch begonnen: Andreas' Hinweis auf eine besondere Überraschung, ihre Überlegungen, worum es sich handeln könnte, und letztlich die Fahrt zu diesem Wald – sie war sicher gewesen, dass Andreas ein Picknick vorbereitet hatte.

Nie würde Tabea den Augenblick vergessen, als sie die Lichtung erreichten. Keine Decke und kein Korb hatten sie erwartet, aber Theresa war hinter einem Baum hervorgetreten. Tabea hatte den Ausdruck auf ihrem Gesicht nie zuvor gesehen: erhaben und voller Würde, doch im selben Zuge kalt und wie versteinert. Theresas Stimme – dunkel und fest – war wie aus weiter Ferne zu ihr vorgedrungen. Es hatte geklungen, als würde der ganze Wald sprechen. Die Modulation war eine Sache, was Theresa gesagt hatte eine andere. Erst der Inhalt des Vortrags hatte die Luft zum Schwingen gebracht.

Sie, Tabea, war eine Auserwählte? Man hatte sie auserkoren, das geheime Wissen zu erfahren und eine von ihnen zu werden. Nur in der Gemeinschaft würde sie in die Tiefen der absoluten Erleuchtung hinabsteigen und entdecken, was der große Vorhang verhüllte.

Drei Tage hatte Tabea Zeit, sich zu entscheiden. Ein »Nein« würde sie mit einem Schlag wieder aus dem Kreis katapultieren, ihr »Ja« sie an Andreas' Seite in etwas hineinführen, das noch im Verborgenen lag.

Was sollte sie tun?

In ihrem Kopf drehte sich alles und prallte förmlich spürbar gegeneinander. Es fühlte sich an wie tausend Minikollisionen, die zu einer einzigen gewaltigen verschmolzen. Da war ihr normales Leben – das Studium, ihre Familie, der Beruf ihres Vaters. Dann Andreas, in den sie unermesslich verliebt war. Dazu die neuen Freundschaften, die ihr immens viel bedeuteten. Und nun ... dieses Mysterium? Gegensätze, die plötzlich auf sie einstürmten und dennoch auf verdrehte, unkonventionelle Weise einen Sinn ergaben. Wie hatte Theresa es auf der Waldlichtung formuliert? »Vergangenheit, Gegenwart und Zukunft sind eine Illusion. Mit uns wirst du erkennen, was die Zeit als Einheit ohne Unterteilung entlarvt.«

War es als Metapher gemeint oder hatte Theresa die für sich faktische Wahrheit ausgesprochen? Womöglich benötigte die Menschheit tatsächlich die Vorspiegelung einer Linearität, um in der Spur zu bleiben. Das Wort Vorbestimmung flammte in Tabea auf. Sie dachte an das erste Aufeinandertreffen mit Theresa, Monika und den anderen.

Was hatte sie dazu bewogen, sich an jenem Tag in der Mensa an deren Nebentisch zu setzen und zu lauschen? *Ich war es, die Monika die Taschentücher gereicht hat,* überlegte Tabea. *Nicht sie haben den ersten Schritt getan.* War diese Handlung deshalb vonstattengegangen, weil sie in ihrem Inneren bereits die Verbindung gespürt hatte? *Ach, hör auf! Die Neugierde hat dich hingetrieben, sonst nichts.*

Tabea konzentrierte sich, um auf den Boden der Tatsachen zurückzukehren und die Situation in dem Wald in einem realen Licht zu betrachten.

Andreas' Augen waren ihr im Schein des Vollmonds wie glitzernde Edelsteine vorgekommen, die sie lenkten und beschützten. Während der ganzen Zeit hatte er ihre Hand gedrückt und keinen Ton von sich gegeben. Nur Theresa hatte gesprochen – sie war ohne Zweifel die Wortführerin gewesen. Auch bei ihren gewöhnlichen Treffen gab Theresa häufig den Ton an. Bis heute hatte Tabea sie als Frau mit Durchsetzungsvermögen eingeschätzt und ihre Vorgangsweise durchaus bewundert. Doch nun fragte sie sich, ob mehr dahintersteckte? War Theresa das Oberhaupt der Gruppe? Sie war noch so jung – vierundzwanzig Jahre. Es musste jemanden darüber geben. Konnte es Lea Karlson sein?

Die Assistentin war Beauftragte des Zweig-Projekts und stand mit allen in engem Kontakt.

Abermals stöhnte Tabea auf. Sie grübelte, wer diese Vereinigung dirigierte, und wusste nicht einmal, worum es sich eigentlich handelte. Eine Uniclique, die auf Schwestern- und Bruderschaft machte, oder so etwas wie einen Orden oder Geheimbund? War Letzteres auf Konstanz beschränkt oder spannte es sich über Deutschland, womöglich über mehrere Länder? Über Kontinente?

Darum drehte sich in Wahrheit alles. Die Antwort zu finden, erforderte allerdings weitere Informationen. Zu kryptisch und ungenau waren Theresas Hinweise auf der Waldlichtung gewesen. Wahrscheinlich war es bloß ein kleines Ritual ihres neuen Freundeskreises – eine Geste der Zugehörigkeit. Sie waren Literaturstudenten, lasen Bücher und sahen Filme. Unzählige amerikanische Serien zeigten das Verbindungsleben auf einer Uni vor. Und natürlich wurde die Aufnahme besonders inszeniert – in den USA wie in Europa.

Tabea öffnete die Augen. Untrüglich war auf dieser Waldlichtung etwas Bombastisches abgelaufen, das nicht mit einer unwichtigen Univerbindung zu vergleichen war – so hatte sie es zumindest empfunden. Hatte sie die virtuose Darbietung dermaßen geblendet, dass sie einer eigenfabrizierten Täuschung aufgesessen war? Nein, ihr Gefühl betrog Tabea selten. Dies war kein einfacher, gruppendynamischer Brauch gewesen.

Mit einem Ruck setzte sie sich auf. Verschaffte sie sich nicht auf der Stelle Klarheit, würde ihr Gehirn zerbersten. Es gab nur eine Person, der sie vertraute und die ihr weiterhelfen würde.

Entschlossen schwang sie die Beine über den Bettrand, zog ihr Handy aus der Handtasche und wählte Andreas' Nummer.

Er meldete sich sofort. »Ich hatte gehofft, dass du mich noch anrufst. Kannst du nicht einschlafen?«

»Wie denn?«, flüsterte Tabea. »Nach den Geschehnissen im Wald.«

»Ich weiß, wie aufwühlend es für dich gewesen ist. Mir ist es damals gleich ergangen. Verzeih mir, dass ich dich nicht vorgewarnt habe – das ist gegen die Regeln.«

»Ach, Andreas, ich bin hin- und hergerissen. Was hatte Theresas Auftritt zu bedeuten? Welches Ausmaß verbirgt sich dahinter?«

Er hüstelte. »Bitte, frag mich nicht. Ich darf dir nichts offenlegen.«

»War das eine Art Aufnahmeritual in eure Clique? Ich meine dich, Theresa, Monika, Elli … ein internes Ding unter euch? So eine Verbindungssache.« Tabea ließ nicht locker.

Eine Weile lang schwieg Andreas. Schließlich sagte er leise: »Es ist mir bewusst, worauf du anspielst. Nein, Tabea, es ist etwas Großes, das außerhalb deiner Vorstellungskraft liegt.«

»O mein Gott«, hauchte sie. Der Instinkt hatte ihr also doch nichts vorgegaukelt. »Bitte lass mich jetzt nicht allein.«

»Ich bin an deiner Seite. Kannst du unbemerkt das Haus verlassen? Dann hole ich dich ab. Ohne Verkehr auf der Straße brauche ich nicht länger als fünfzehn Minuten zu dir.«

»Ja, meine Eltern schlafen und meine Schwester übernachtet bei einer Freundin. Fahr nicht direkt vor, sondern warte an der Ecke auf mich.« Tabea holte Luft.
»Ich habe nur dich, was das betrifft.«

»Du darfst auch mit niemandem darüber sprechen,
mit keiner einzigen Menschenseele – das sind keine lee-
ren Worte. Bis gleich.«

Kapitel 30

Andreas reichte Tabea ein Longdrinkglas und setzte sich neben sie auf die Couch. »Das ist ein ziemlich steifer Gin Tonic. Trink ihn lieber langsam.«

Sie nickte und nippte daran. »Wow, der hat es echt in sich. Fünfzig, fünfzig?«

»Fast, ein Tropfen mehr Tonic als Gin. Ich dachte, die Überdosis Hochprozentiges würde dir guttun – mir übrigens ebenso. Du kannst ihn aber stehen lassen, und ich mache dir einen Kaffee. Ich trinke sowieso mindestens zwei.«

»Nein, er ist jetzt genau richtig für mich. Wenn du diesen und noch einen hinunterkippst, solltest du allerdings danach nicht mehr mit dem Auto fahren«, entgegnete Tabea.

»Entweder du schläfst bei mir oder ich rufe später ein Taxi.«

Tabea lächelte. Andreas' Nähe und das ungezwungene Gespräch taten ihr gut. Sie fühlte sich deutlich besser – fast war schon wieder alles normal. »Es wird wohl die Taxi-Variante werden. Ich gebe meinen Eltern immer vorher Bescheid, wenn ich ausbleibe. Das ist eine Art Hausordnung, und ich verstehe sie.« Einem Impuls folgend küsste sie ihn. »Warum willst du dich eigentlich betrinken? Ich bin doch die, deren Schädel am Platzen ist.«

»Es ist auch für mich aufregend, dass meine Freundin in den Bund aufgenommen wird. Du ahnst nicht, wie wichtig mir das ist.« Andreas nahm einen kräftigen Schluck und prostete ihr zu.

»Du gehörst dazu und weißt Bescheid, ich nicht. Zuerst – allein in meinem Zimmer – bin ich verrückt geworden. Ich war komplett durcheinander und hatte Angst.« Tabea lehnte sich zurück. »Verstehst du? Ich kann das alles nicht begreifen. Es ist, als hätte man mir ein Brett auf die Stirn geklebt. Theresa und ihre Worte ... Sie hat wie eine Hohepriesterin auf mich gewirkt.«

»Na ja, in gewisser Weise war sie das in diesem Moment.«

»Aber wovon? Du hast es gerade *Bund* genannt – welcher?« Tabea faltete die Hände. »Bitte, Andreas! Sag mir die Wahrheit.«

Er schüttelte den Kopf. »Es fällt mir schwer, dir etwas zu verheimlichen. Das ist keine Vereinigung von ein paar Literaturstudenten, die ein wenig Spannung in ihr Leben bringen.« Andreas trank das Glas in einem Zug aus.

»Das ist mir mittlerweile klar. Du warst am Telefon unzweideutig. Ich –«

Andreas ergriff ihre Hände. »Entscheide, ob du ein Mitglied sein willst oder nicht. Wenn ja, führen wir dich mit voller Achtung ein, und das Geheimnis wird dir offenbart. Ich bin an meinen Eid gebunden und darf einer Außenstehenden nichts verraten.« Abrupt ließ er ihre Hände los und stand auf. »Ich mixe mir einen Zweiten, gleiche Dosierung.«

»Warte.« Erstaunt betrachtete Tabea ihr fast leeres Glas – nur den ersten Schluck hatte sie realisiert. »Mir bitte auch.« Sie schaute Andreas nach, wie er in der Küche verschwand und hörte ihn hantieren.

Als er zurückgekehrt war und Platz genommen hatte, schwiegen sie. Kein einziges Geräusch durchbrach die nächtliche Stille.

»Ich möchte keine Außenstehende sein, Andreas«, flüsterte Tabea endlich. »Zwischen uns gäbe es einen breiten Graben, und das könnte ich nicht ertragen.«

»Ich genauso wenig. So etwas wie mit dir habe ich noch nie empfunden. Ich glaube, ich liebe dich, Tabea – wahrhaftig und tief, meine ich.«

»Dann befreie mich! Ich fühle das Gleiche für dich.« Sie stieß einen kläglichen Laut aus. »Wäre ich nur ein wagemutiger Mensch! Ohne Sicherheitsnetz traue ich mich jedoch nicht aufs Trapez. Ich prüfe alles fünfmal, bin vorsichtig und nachdenklich. O bitte, Andreas, klär mich auf – für unsere Liebe, unsere Zukunft. Wir haben eine ernsthafte Chance verdient, die gegenwärtig an einem seidenen Faden hängt.«

Eine Weile lang blickte er sie mit weit aufgerissenen Augen an. Der innere Kampf, den er ausfocht, spiegelte sich in seiner gesamten Haltung wider. Am liebsten hätte Tabea ihre Forderung zurückgezogen, doch sie blieb standhaft und wartete.

Schließlich nickte er. »Für unsere Liebe. Du weißt, dass ich damit alles in deine Hände lege?«

»Das ist mir bewusst und ich werde sorgsam damit umgehen. Unser Glück steht für mich an oberster Stelle«, entgegnete Tabea. Obwohl sie den Alkohol spürte, waren ihre Sinne ungetrübt und deutlich sah die den gemeinsamen Weg vor sich. Schon jetzt hatte sie sich entschieden – synchron mit Andreas: Ja. Für die Liebe.

Kapitel 31

Samantha knallte die Eingangstür zu und lief ins Wohnzimmer. Sie hörte Roberts Schritte hinter sich und drehte sich wutentbrannt zu ihm um. »Get lost!«

»Ich verschwinde sicherlich nicht. Wir müssen reden.« Beschwichtigend hob er die Hände. »Sam, Schatz, hör mir doch bitte endlich zu.«

»Du hast bereits alles gesagt – vor den anderen! You're one of them.« Samantha spie die Worte förmlich aus. »I can't believe it. Du bist verrückt. Was weiß ich noch nicht über dich?«

»Ich bin ganz und gar *keiner von denen*, nur weil ich mich für ihre Inhalte interessiere und erwähnt habe, die eine oder andere Theorie könne einen Funken Wahrheit in sich tragen. Mir ging es dabei um etwas völlig anderes, aber du hast mich nicht zum Punkt kommen lassen. Genau genommen durfte ich überhaupt nichts mehr kundtun. Ich wurde von dir wie ein kleiner schlimmer Junge abgekanzelt.«

»For sure!« Samantha verschränkte die Arme und musterte Robert abschätzig. Viele Male in der Vergangenheit hatte sie sich über ihn geärgert, dennoch bei anderen stets ein gutes Wort für ihn eingelegt. Nun reichte es allerdings. Sie war es müde, ihn zu verteidigen, und erst recht, mit ihm zu diskutieren. Robert barg tatsächlich alle Charakterzüge, die man ihm unterstellte. Wahrscheinlich hatte er sich wieder einmal bloß hervortun wollen.

Robert zeigte auf die Couch. »Bitte, nehmen wir Platz. Ich habe gewisse Bedenken auf Basis meiner Kenntnisse, und Nick sollte davon erfahren.«

Seine Kenntnisse? What a Poser! Samantha kochte dermaßen vor Wut, dass sie am liebsten irgendetwas nach ihm werfen – und ihn treffen – würde. Aber er hatte Nick erwähnt. Keinesfalls durften ihre Emotionen daran schuld sein, dass etwas schieflief. Mit einem Seufzer setzte sie sich.

Robert tat es ihr gleich, wobei er sich für einen Sicherheitsabstand zu Samantha entschied. »Nick nimmt QAnon nicht ernst genug. Sein Gerede, neutral zu bleiben und alles nur auf den Fall selbst bezogen zu betrachten, ist völliger –«

»Stop!« Samantha zog die Brauen zusammen. »Nicks Vorgangsweise ist absolut korrekt, und er unterschätzt die Bewegung keineswegs – you're completely in the dark, weil du nicht zuhörst. Wir sind nicht hinter QAnon her, sondern hinter Königs Mörder. Philosophische Überlegungen zur Substanz verschiedener Verschwörungstheorien sind unangebracht. Also: Hast du nichts Besseres vorzutragen, packe ich einige Sachen und schlafe in einem Hotel. I can't go on like that any longer.«

»Peter lag falsch mit seiner Aussage, dass QAnon als junge Bewegung mit der antiken Tötungsart nicht in Verbindung gebracht werden kann«, rief Robert aus und riss die Arme hoch. »Lauf nicht weg!«

Samantha fixierte ihn und bekam beinahe ein schlechtes Gewissen. Seine Augen waren weit aufgerissen und er wirkte nun in der Tat wie ein schlimmer Junge, der um die Gunst seiner Mutter buhlte. »Okay, let's calm down. Erläutere es mir.«

Er nickte. »Es gibt einen Hashtag QAnons, der sich auf Caesars Überquerung des Rubicon bezieht. Du musst wissen, dass der Fluss Rubicon die Grenze zwischen Gallien und dem römischen Kernland bezeichnete. Indem Caesar nach einem gallischen Feldzug diese Linie missachtete, griff er Rom faktisch an und zwang Pompejus zum Handeln. Daher rührt übrigens der Spruch *alea iacta est*. Die Geschichtsschreiber haben ihn zwar unterschiedlich wiedergegeben, aber dieser hat sich bis heute durchgesetzt. *Alea* ist in diesem Fall das Würfelspiel als solches und –«

»Robert, too much information. Komm zum Kern der Sache.«

»Entschuldige, ich wollte nur erklären, dass es sehr wohl eine Brücke zur Antike gibt.« Er streckte Zeige- und Mittelfinger in die Höhe, um einen weiteren Hinweis anzukündigen. »Mit QAnon ist Nicks Suche nach der Bedeutung ›des weißen Kaninchens‹ abgeschlossen. ›The white rabbit‹ oder ›down the rabbit hole‹ sind gängige Phrasen der Bewegung. Sie meinen damit, man solle in den Bau des –«

Abermals unterbrach Samantha ihn. »The white rabbit‹ haben wir erörtert, als du zwanzig Minuten auf der Toilette verschwunden warst.«

Robert senkte den Kopf. »Du hast versucht, deinen Zorn vor den anderen zu verbergen, doch ich habe ihn bemerkt. Deine Kälte hat sich durch Mark und Bein gezogen. Ich musste allein sein und mich beruhigen. Ach, Sam, ich wollte dich nicht verärgern. Keine Ahnung, was ich ohne dich täte. Du bist das Wichtigste in meinem Leben. Einen Moment bitte ...« Robert erhob sich und ging zu seinem Schreibtisch, der schräg hinter der Couch an der Wand stand.

Samantha drehte sich zwar nicht um, aber sie achtete auf jedes Geräusch: Gerade zog er die untere linke Schublade auf, sie klemmte und quietschte beim Öffnen. Dann raschelte es leise. Erneut ertönte das Quietschen.

Erst als er sich direkt vor sie hinstellte, sah sie hoch. Er hielt eine kleine schwarze Schatulle fest umklammert. Seine Hände zitterten.

»Samantha Smith. Schon vor einiger Zeit habe ich ihn gekauft. Eigentlich hatte ich vor, das Charity-Golfturnier in Salzburg zum Anlass zu nehmen, um dir beim Galadinner vor allen –«

»Again: too much information.«

»Selbstverständlich, ich verstehe«, entgegnete Robert rasch. Ungelenk kniete er sich nieder und öffnete das Kästchen. »Ja ... gut. Meine Frage, kurz und bündig: Samantha Smith, willst du meine Frau werden?«

Samantha starrte auf den Ring. »O my god!« Mehr brachte sie nicht über die Lippen.

»Sag bitte nicht Nein.«

Natürlich nicht, du dummer, lieber Wichtigtuer. Leiden sollst du dennoch, dachte sie und lächelte. »Wenn du auf der Stelle Nick anrufst, dich entschuldigst und ihm die Rubicon-Story erzählst, dann ... Ja.«

Mit einem Ächzen richtete sich Robert auf. »Mein Handy ist im Vorraum. Ich hole es.«

Bevor er das Wohnzimmer verließ, drehte er sich um. »Weil Luisa und Nick doch ein Kind bekommen, heiraten sie vielleicht auch. Meinst du wir könnten womöglich eine –«

Energisch schüttelte Samantha den Kopf. »Sorry, Darling. Für eine Doppelhochzeit habe ich den falschen Mann erwählt. Eher springt Nick mitten im Winter in die Donau.«

Kapitel 32

»Gibt es bereits Anweisungen, wie wir weiter zu verfahren haben?«, fragte Nick.

»Und ob. Die sind prompt gekommen, im Grunde ändert sich allerdings nichts für uns. Wie gehabt ermitteln wir im Mordfall David König.« Christian verzog die Lippen. »Der einzige Unterschied liegt darin, dass ich laufend Bericht zu erstatten habe. Solltest du meinen, das geschieht vice versa, hast du dich zu früh gefreut. Die Informationsflut läuft in eine Richtung. Vom Verfassungsschutz und anderen Behörden erhalten wir nichts, müssen im Gegenzug jedoch den kleinsten Furz melden. Der Kontakt mit den USA liegt nun ebenfalls in deren Händen.«

»Ärgere dich nicht«, erwiderte Nick. »Das ist normal. David König interessiert sie nicht. Er dient bloß als Ausgangspunkt. Wenn sie durch Zufall auf etwas für uns Relevantes stoßen, werden wir es erfahren – gefiltert wahrscheinlich, aber das ist besser als nichts.«

Christian blickte Nick eindringlich an. »Ab sofort werden wir unsere offiziellen Handlungen von den persönlichen Überlegungen strikt trennen.«

»Willst du unsere Arbeitsweise verändern?«, erkundigte sich Nick der Form halber. Seit Beginn agierten sie als Team. Gleichwohl vergaß Nick nicht, dass Christian der leitende Ermittler war und er selbst nur als Berater fungierte.

Christian stieß einen trockenen Lacher aus. »Sicher nicht. Erinnerst du dich an meine Worte, als wir uns kennengelernt haben? Wegen denen trittst du bestimmt nicht in den Schatten. Und schnappen wir Königs Mörder, teilen wir die Lorbeeren. Müßig, weitere Zeit mit dem Thema zu vergeuden.« Nach einer kurzen Pause sagte er: »Ich bin offen gestanden noch immer platt, dass QAnon mit an Bord ist. Trotz ›des weißen Kaninchens‹ hätte ich das niemals in Erwägung gezogen – unfassbar.«

»Mir macht die Involvierung der Bewegung genauso zu schaffen«, entgegnete Nick zurückhaltend. Seine Zweifel waren zu unausgegoren, um sie überzeugend auszuformulieren.

»Während deines Wienaufenthalts habe ich mich eingehend mit QAnon beschäftigt«, fuhr Christian fort. »Ich bin regelrecht hineingekippt. Es ist schwer, sich davon zu lösen. Das Gehirn schlägt Kapriolen und sammelt Baustein für Baustein. Aber die Mühe wird doppelt und dreifach belohnt. Am Ende steht man vor einem riesigen Turm und weiß, das Resultat ist eindeutig.«

Christians Schlussfolgerung war zweifellos richtig. Wenngleich es einige Lücken zu füllen gab, stimmten die Ereignisse und Fakten überein und ließen sich einwandfrei in Zusammenhang bringen. Dennoch spürte Nick diese nagende Unruhe. Deutlich sagte ihm sein

Gefühl, dass sich in dem Gefüge eine gewaltige Disharmonie verbarg. Wie Zahnräder, die sich an einigen Stellen ineinander verkeilten.

»Wir sollten eine neuerliche Besuchsrunde an der Universität einleiten. Ich möchte mit der Prodekanin und Lea Karlson reden. Die Studenten können wir im Augenblick außen vor lassen«, schlug Nick schließlich vor.

»Genau zu *denen* will ich!«

Nick musterte Christian skeptisch. Mit den zusammengezogenen Brauen und dem verkniffenen Mund wirkte er jäh wie ein störrisches Kind. »Bestenfalls würden wir auf einige stoßen, die den Verschwörungstheorien zugetan sind. Und ehe wir uns versehen, stecken wir mitten in einer Diskussion über die Inhalte QAnons. In der Folge erginge es uns wie Aschenputtel: ›Die Guten ins Töpfchen, die Schlechten ins Kröpfchen.‹ Allerdings mit dem Unterschied, dass *gut oder schlecht* in unserem Fall nicht zu unterscheiden wäre.«

»Das weiß ich doch. Es ist etwas Persönliches, und dafür werde ich meine Position ausnutzen.« Obwohl sie allein in Christians Büro saßen, senkte er die Stimme. »Tabea ist ständig mit einem der beteiligten Studenten unterwegs. Er heißt Andreas Wendenberg. Ich habe vor, ihn mir anzuschauen.«

»Warum lädst du ihn nicht zum Abendessen ein? Melanie und du seid die gastfreundlichsten Menschen, die ich je kennengelernt habe.«

»Warte, bis es bei dir so weit ist, dann wirst du dich an mich erinnern – das ist alles nicht so einfach. Tabea spricht mit keiner Silbe über ihn. Ich habe heimlich das Autokennzeichen notiert, als er einmal vorgefahren ist, um sie abzuholen.« Christian lächelte verlegen. »Ich bin mir echt mies dabei vorgekommen. Die Sorge um die Kinder hört jedoch nicht auf, wenn sie ihren achtzehnten Geburtstag feiern. Da greift man schon mal zu unlauteren Mitteln.«

»Ich werde mir deine Worte bestimmt ins Gedächtnis rufen und ähnlich handeln, inklusive dem schlechten Gewissen meiner Tochter oder meinem Sohn gegenüber.« Nick seufzte auf. »Seit Luisas Schwangerschaft denke ich vermehrt über solche Dinge nach – etwa dieser tragische Selbstmord des jungen Mannes an der LMU. Yvonne hat mir das Leid der Eltern geschildert. Es muss schrecklich sein.« Kurz schwieg er. »Ich würde Yvonne gern über die neuen Erkenntnisse informieren. Ist das okay für dich? Sie ist aufgesprungen und wird nicht so schnell lockerlassen, weil sie etwas wittert. Außerdem rührt sie das Schicksal der Familie.«

»Natürlich, wir können jegliche Hilfe gebrauchen. Seit die Q-Bewegung im Spiel ist, sind wir sowieso gezwungen, andere Maßstäbe anzulegen. Die Zusammenhänge sind dank QAnon nicht mehr nur ein vager Gedanke. Wie ich zuerst sagte: Das Resultat ist eindeutig.«

»Ich weiß nicht ...« Nick schüttelte den Kopf. Christian seinen Argwohn zu verheimlichen und ihm durch ausweichende Äußerungen scheinbar beizupflichten, war in jeder Hinsicht schlichtweg falsch – beruflich wie persönlich.

Christian reagierte prompt. »Dachte ich mir doch, dass etwas nicht stimmt. Was missfällt dir an dem Bild?«

»Ich weiß nicht«, wiederholte Nick. »Irgendwann werde ich es herauskriegen. Bis dahin laufe ich über glühende Kohlen und bin von dem Empfinden getrieben, zu spät zu sein – wie der Märzhase aus ›Alice im Wunderland‹.«

Christian blies die Backen auf. »Solange du deine Ironie nicht verlierst, habe ich Hoffnung. Was ist? Gehen wir der Sache auf den Grund?« Er wartete keine Erwiderung ab, sondern sprach sofort weiter. »Der Sekten-Hinweis aus München war das erste Indiz und hat uns aufhorchen lassen. Siehst du nach wie vor die Verbindung zwischen den Selbstmorden und David König? Ja oder nein und warum?«

»Nein. Die Suizide mögen etwas mit dem mysteriösen Ganzen zu tun haben, aber nicht direkt mit David König. Als Kingsley war grundsätzlich keine Brücke nach Europa vorhanden, und als König kein Kontakt zu den Universitäten.«

Christian nickte. »In Ordnung, zum Nächsten. Die Symptome der Suizidopfer sowie der jungen Frauen in Behandlung decken sich: Geheimniskrämerei, Angstzustände, Panikattacken, Paranoia. Ich füge nun die Verschwörungstheorien der Q-Bewegung hinzu. Ergibt diese Kombination Sinn für dich? Bitte selbes Prozedere: Ja, nein, warum.«

»Beides«, entgegnete Nick. »Seit das Wort QAnon gefallen ist, stürzen sich alle darauf – aus gutem Grund. Bis hinunter zu Roberts antiker Tötungsart passen die Einzelheiten zueinander. Also ›ja‹.«

Christian beugte sich vor und musterte Nick gespannt. »Und das ›Nein‹?«

»Der Zusammenschluss von David König, Dorothy Franklin und QAnon funktioniert nicht. Vielleicht verkehrten sie in diesen Kreisen, aber den Thesen zu folgen, entspricht ihnen nicht. Schiebe ich Königs Machthunger beiseite, war sein Tun von einer mythischen Gerechtigkeit bestimmt. Und Franklin schwebt sowieso in anderen Sphären. Sie erhebt sich nicht aus Wut oder Hass über andere. Überspitzt dargestellt ist sie wie eine griechische Göttin auf dem Olymp.«

»Wenn König und Franklin in Wahrheit keine Anhänger der Q-Bewegung waren, warum hat sie dich wegen ›des weißen Kaninchens‹ angesprochen?« Christian blieb unbeirrt.

»Das steht in den Sternen geschrieben.« Jäh leuchtete in Nicks Erinnerung etwas auf. Er legte die flache Hand auf die Stirn und blinzelte. Die Redewendung, die er gerade benutzt hatte, und Christians Frage riefen eine Sequenz der Unterhaltung mit Dorothy Franklin in ihm wach. Knapp bevor sie ›the white rabbit‹ erwähnt hatte, war sie auf die Besonderheit ihrer Beziehung zu David eingegangen und hatte plötzlich gestoppt. Den genauen Wortlaut brachte Nick nicht mehr zusammen. Zu sehr war er auf ›das weiße Kaninchen‹ fokussiert gewesen. *Wie hat sie es formuliert? Geheimnisse stehen in Büchern, das Mysterium ihrer Liebe in den Sternen?* Hätte er sein Interesse auf diese Aussage richten sollen, anstatt dem Kaninchen nachzujagen? Entschlossen fixierte er Christian. »Es existiert ein wesentliches Element, das alles vereint. Ich glaube, es hat etwas mit Büchern oder global mit Literatur zu tun.«

Für eine Weile wirkte Christians Miene wie versteinert. Dann klatschte er unvermittelt in die Hände. »Auf zur Uni! Heizen wir allen gehörig ein! *Dein Element* wird doch irgendwo zu finden sein.« Weniger enthusiastisch setzte er nach: »Ich fühle mich zwar, als hätte ich eben das Kreuz auf einer Schatzkarte entdeckt, dennoch möchte ich erfahren, worauf die Erleuchtung beruht.«

Kapitel 33

Tabea schob die Bratwurst in ihrem Mund hin und her, dann zwang sie sich, das Stück hinunterzuschlucken und schnitt ein weiteres ab. Ohne ein Geräusch zu verursachen, legte sie die Gabel am Tellerrand ab und trank einen Schluck.

»Hast du keinen Hunger?«, erkundigte sich ihre Mutter.

Genau das hatte Tabea befürchtet. Seit jeher galt es in ihrer Familie als verpönt, auf das Abendessen zu verzichten – besonders wenn Papa grillte. Also setzte man sich an den Tisch und versuchte alle möglichen Tricks, um das Fehlen von Appetit zu verschleiern. Dass ihre Mutter sie darauf ansprach, wenn Nick Stein zu Gast war, ging ihr doppelt gegen den Strich. Wie peinlich! Trotzdem versuchte sie ein Lächeln und sagte: »Ich habe mittags in der Mensa zu viel gegessen und bin noch immer satt.« Eigentlich hatte sie der Familienrunde fernbleiben wollen – die beste und stets akzeptierte Ausrede war, zu lernen –, Nicks Anwesenheit jedoch bedeutete, dass über den Fall David König gesprochen wurde. Mehr denn je interessierte sie sich nun dafür.

Ihre Bedenkzeit war gestern um zwei Uhr morgens abgelaufen – und pünktlich hatte sie Theresa Bescheid gegeben: Es war ein *Ja* gewesen. Nach wie vor drehte

sich alles in Tabeas Kopf, doch mittlerweile hatten ihre
Füße wieder den Boden erreicht. Was ihr Andreas offenbart hatte, war wie ein Wirbelsturm über sie herein-
gebrochen und hatte ihre bisherigen Überzeugungen
mit einem Schlag durcheinandergeworfen – dabei handelte es sich um die Spitze des Eisbergs.

Obwohl Tabea versucht hatte, Andreas zusätzliche
Informationen zu entlocken, hatte er ab einem gewissen Punkt strikt abgewunken und sie gebeten, sich zu
gedulden. Sein Blick war voller Sorge und Angst gewesen. Um sich, weil er zu viel erzählt hatte? Um sie, weil
sie zu viel erfahren hatte? So und so würde sie schweigen. Außerdem war sie ohnehin bald ein Mitglied des
erlauchten Kreises – und damit eine Eingeweihte.

Angst – nicht nur Andreas verspürte sie. Seit jener
Nacht im Wald war sie Tabeas ständiger Begleiter. Der
Weg, den sie beschritt, leitete einen neuen Lebensabschnitt ein, und sie wagte keine Prognose, wohin er
führte. Jedenfalls würde sie auf zwei komplett voneinander getrennten Ebenen agieren – der verborgenen
des Ordens und der offiziellen, gemeinsam mit ihrer
Familie, dem Studium, später ihrem Beruf, all den arg-
losen Geschöpfen, die nichts von dem Geheimnis ahn-
ten.

Tabea blickte auf ihren Teller. Versunken in ihren
Grübeleien hatte sie fast alles aufgegessen. *Wenigstens
ist Mama zufrieden.* Zum Glück hatte niemand entdeckt,
dass sie kurzzeitig abgedriftet war. Verstohlen betrachtete sie die Anwesenden und fragte sich, worüber sie
sprachen.

Chiara lachte gerade, schüttelte ihr langes Haar und
sagte: »Wenn ich dich und Papa reden höre, bekomme

ich richtig Lust, in eure Fußstapfen zu treten. Bombe! Ich liebe es zu kombinieren, Rätsel zu lösen und bin gern mit Menschen zusammen – der geborene Cop.«

»Willst du in die USA auswandern? Nur dort werden Polizisten als Cops bezeichnet«, antwortete Christian. An Nick gewandt erläuterte er: »Du wirst soeben Zeuge der Spontanität meiner jüngeren Tochter. Vor zwei Wochen war sie Feuer und Flamme für Rechtswissenschaften, davor Wirtschaft, knapp gefolgt von einem Archäologie-Studium.« Wieder drehte er sich Chiara zu. »Wir verfolgen Einbrecher, Vergewaltiger und Mörder. Dabei haben wir es einerseits mit Verdächtigen und andererseits mit verzweifelten Opfern zu tun. Beide Gruppen stehen dir nicht zu Gesicht. Du bist zu unbeschwert und fröhlich.«

Tabea bemerkte, wie sich Chiaras Stirn in Falten legte und sie die Unterlippe vorschob – das Angriffsgesicht ihrer Schwester. Schon als Kind hatte sie so ausgesehen, wenn sie wütend geworden war. Gleich würde es losgehen. Zu Tabeas Erstaunen war Nick die Veränderung offensichtlich auch aufgefallen.

Er lächelte, legte das Besteck beiseite und sagte: »Die Idee ist nicht so übel. Du beginnst mit dem normalen Psychologiestudium und schließt den Master zum Beispiel in Kriminalpsychologie ab – sofern es später noch in deinem Fokus steht. Psychologie ist eine gute Basis für viele Berufe. Was dein Vater über die Menschen in unserem Umfeld aufgezeigt hat, ist allerdings leider wahr. Die daraus resultierende physische wie psychische Belastung ist bisweilen enorm.«

Einen Augenblick lang starrte Chiara auf ihre Finger, dann sprang sie unvermittelt auf. »Die Idee ist Bombe:

Psychologie! Entschuldigt mich bitte, ich muss das gleich googeln. Danke Nick, total cool.« Sie umrundete den Tisch und lief ins Haus.

»Seit wann ist alles *Bombe*?«, erkundigte sich Christian.

»Seit rund einem Monat – aber nur, wenn etwas wirklich fantastisch ist«, erklärte Tabea ihrem Vater und schwenkte zu Nick: »Nach dem Einwurf des Psychologiestudiums hat Chiara abgedreht – so ist sie. Doch ich habe den Rest aufgenommen. War David König für dich eine solche Last?«

»Absolut. David Königs Fall war verstörend und vor allem für die Psyche eine Herausforderung. Dazu kam, dass er geflohen ist, bevor wir ihn verhaften konnten. Ich habe die Ermittlung nie abgeschlossen. Es ist wie ein Damoklesschwert, das ständig über einem schwebt.«

»Einige im Fachbereich glauben, dass David Kingsley nicht David König gewesen ist«, warf Tabea mit betont neutraler Plauderstimme ein.

Christian nickte. »Das wissen wir, Schatz. Mach dir keine Sorgen.« Er bedachte sie mit einem seltsamen Blick. »Am besten hältst du dich von diesen Leuten fern.«

»Sie sind der Meinung, entweder die Polizei hätte etwas gedreht oder eine geheime, höhere Macht wäre im Spiel.« Noch wollte sie nicht lockerlassen.

Christian reagierte sofort. »Was meinst du mit: *geheime, höhere Macht*?«

Tabea zuckte mit den Schultern. Nun musste sie genau darauf achten, was sie sagte. Keinesfalls durfte ihr

Vater Verdacht schöpfen, dass sie etwas verbarg. Mit einem Schlag würde er alles zunichtemachen. Hätte sie das Gespräch nur nicht in diese Richtung gelenkt! Manches Mal verfluchte sie ihre Neugierde. »Ach, keine Ahnung. Irgendjemand, der über den Gesetzen steht oder so – das ist dummes Geplapper. Wer sollte Interesse an David König haben? Der war doch unbedeutend, oder?« Tabea sah, wie ihr Vater und Nick Augenkontakt hielten – waren sie besorgt oder alarmiert?

»Tabea, die Ermittlungen haben eine brisante Neuentdeckung hervorgebracht, über die ich mit euch eigentlich nicht reden wollte. Aus gegebenem Anlass erscheint es mir allerdings vernünftig, dich zu informieren. Behalte es unbedingt für dich und sei bitte vorsichtig – das ist mein voller Ernst.« Christian räusperte sich. »Wir haben erfahren, dass David König in Kontakt mit der QAnon-Bewegung stand. König hat sich einige Wochen in deinem Fachbereich aufgehalten und war aktiv am Universitätsleben beteiligt. Was er abseits seines Auftrags hier getan hat, liegt im Dunklen.«

QAnon? Was haben die damit zu tun?, dachte Tabea irritiert und starrte ihren Vater an.

»Ich möchte dich nicht aushorchen, aber ist dir etwas in diese Richtung zu Ohren gekommen?«, fragte Christian.

An der Mimik ihres Vaters las Tabea, wie unangenehm es ihm war, sie darauf anzusprechen. Zum Glück konnte sie in diesem Fall frei und ohne schlechtes Gewissen antworten. Über QAnon hatte sie in ihren Kreisen tatsächlich nichts gehört. »Nein, Papa, gar nichts.« Während Tabea bekräftigend nickte, durchlief es sie heiß und kalt.

David König war ein Eingeweihter auf hoher Stufe gewesen – das wusste sie von Andreas. Hätte er als Einzelperson mit Verschwörungstheoretikern sympathisiert, wäre das sicher nicht unentdeckt geblieben. Eine globale Verbindung QAnons mit ihrem über alles erhabenen Bund war von vornherein auszuklammern – sie passten überhaupt nicht zusammen. Die Mitglieder der Q-Bewegung propagierten ihre Themen öffentlich, zeigten sich im Internet und marschierten mit Plakaten durch die Straßen. Außerdem hätte Andreas ihr solch einen Umstand doch nicht verschwiegen, oder?

Es war allgemein bekannt, dass QAnon den Slogan *follow the white rabbit* benutzte, genauso wie … Stopp! Sie durfte sich nicht in diese Endlosspirale der Zweifel hineingleiten, sondern musste handeln.

Kurz lauschte Tabea wieder dem Gesprächsverlauf. Ihre Eltern und Nick waren beim momentanen Lieblingsthema ihrer Mutter angelangt: Schwangerschaft und Geburt.

»Ich gehe zur Toilette«, murmelte sie, stand auf und betrat das Haus. Erst als sie außer Sichtweite war, rannte sie los in ihr Zimmer. *Wo habe ich das verdammte Handy hingelegt?* Tabea blickte sich um und erspähte es auf dem Schreibtisch, ordentlich gereiht neben dem Laptop und dem iPad. Mit zittrigen Fingern wählte sie Andreas' Nummer.

Er meldete sich sofort. »Hallo, Liebling …«

Trotz der Aufregung lächelte Tabea. Allein seine Stimme wirkte bereits beruhigend auf sie. »Ich habe leider nicht lang Zeit zum Plaudern – Besuch ist bei meinen Eltern und ich bin dabei.« Sie geriet ins Stocken. Wie sollte sie die Frage in angemessene Worte fassen?

Was war der beste Ton? Vordringlich, leger, wie nebenbei? Zögerlich sprach sie weiter: »Sag mal, habt ihr ... haben wir vielleicht etwas mit QAnon zu tun?«

»Wie kommst du darauf?«, erkundigte sich Andreas deutlich erstaunt.

Tabea biss sich auf die Unterlippe. *Lügen da wie dort, das kann nicht ewig so fortlaufen.* War ihr Aufnahmeritus vollzogen, würde sie zumindest Andreas gegenüber ehrlich sein. Selbst wenn die Oberen des Bundes mittels einer Prüfung alles über sie herausgefunden hatten, war Andreas gesichert nicht unterrichtet worden. Das mochte wegen hierarchischer Regeln reguliert sein und war in Ordnung. Ihr Umgang mit Andreas allerdings war unfair und mies – das hatte er nicht verdient. Es fühlte sich nicht nur an wie Betrug, es war Betrug. *Bald ist der Spuk vorbei, aber jetzt heißt es Augen zu und durch.* »Wegen eines Artikels, den ich gelesen habe. Es stand, dass QAnon den Begriff *follow the white* –«

»Vergiss den Spruch. Er ist beliebt.« Leiser führte Andreas aus: »Ich habe dir doch von dem Griff zum linken Handgelenk erzählt. Er weist auf die Zeit – die Geste ist einzigartig und ausschließlich uns eigen.«

Tabea atmete erleichtert auf. »Okay, danke. Ich melde mich später in Ruhe bei dir.«

Sie brachte das Handy zurück zum Schreibtisch und lief ins Badezimmer, um ihre glühenden Wangen mit Wasser abzukühlen. Die nassen Handflächen auf der Haut taten gut und Tabea spürte, wie ihr Puls langsamer wurde. Abwägend betrachtete sie sich im Spiegel – nicht einmal ihre Mutter würde bemerken, wie erregt sie gewesen war. Andreas' Worte hatten die Wogen geglättet. Automatisch furchte sie die Stirn. Was hatte er

eigentlich gesagt? Sie solle ›das weiße Kaninchen‹ vergessen, wichtig sei der Griff zum Handgelenk. Wo war
sein Dementi gewesen? Mit keiner Silbe hatte er eine
Verbindung zu QAnon abgestritten. Vielmehr war er
ausgewichen und hatte sie abgelenkt.

Kapitel 34

Deutlich spiegelte sich die Überraschung in Susanne Kohlers Blick wider. Nach einem Moment des Schweigens sagte sie: »Wüsste ich von rechtsextremen Tendenzen an der Fakultät, würde ich auf der Stelle rigoros dagegen vorgehen. Gleich verhält es sich mit Rassismus in jeglicher Ausprägung – Verschwörungstheoretiker gehören dazu.« Sie faltete die Hände und erklärte: »Haben Sie Kenntnis über derartige Vorgänge in meinem Fachbereich oder generell an der Universität, muss ich davon erfahren. Es ist wichtig, prompt einzuschreiten.«

»Bitte, machen Sie sich keine Gedanken. Der Hinweis stammt aus den USA und bezieht sich ausschließlich auf David König und Professor Dorothy Franklin«, erwiderte Christian freimütig.

Bevor sie etwas entgegnen konnte, meldete sich Nick zu Wort. »Ich nehme an, Sie haben Kontakt zu Doktor Franklin.« Es war ein jämmerlicher Versuch, die Prodekanin auszutesten, wenngleich sich an seinem Eindruck nichts geändert hatte: Sie war durch und durch authentisch – womöglich zu authentisch?

»Natürlich, auch Lea Karlson. Sie informiert Dorothy laufend über die Ergebnisse des Zweig-Projekts, in meinen Bereich fällt das Organisatorische – zum Beispiel die Einbindung einer neuen Universität. Unsere Korrespondenz erfolgt rein auf der beruflichen Ebene. Privat weiß ich nichts über Dorothy Franklin zu berichten.« Beinahe lautlos seufzte Susanne Kohler auf. »So manches an der University of Georgia wird anders gehandhabt und wahrgenommen als hier. Glücklicherweise lassen sich deren Gepflogenheiten nicht mit den unsrigen vergleichen. Verstehen Sie mich nicht falsch, ich bin für Meinungsfreiheit und geistige wie kulturelle Offenheit. Bei Gesinnungen, wie die von Ihnen zuerst angeführten, vertrete ich allerdings eine Null-Toleranz-Politik. Egal ob Student oder Lehrpersonal.«

Christian lächelte. »Das beruhigt mich, in beruflicher wie in familiärer Hinsicht. Meine Tochter studiert an Ihrer Fakultät Literatur und als Vater macht man sich unter diesen Umständen Sorgen.«

Susanne Kohler schenkte ihm einen mitfühlenden Blick. »Sie sind nicht allein. Nach dem schrecklichen Vorfall mit David Kingsley haben einige Eltern bei uns vorgesprochen und ihre Ängste kundgetan. Wir hatten sogar überlegt, eine schriftliche Information auszugeben. Um die Situation nicht weiter anzufachen, wurde die Idee verworfen. Wie heißt Ihre Tochter?«

»Tabea.«

»Der Name sagt mir leider nichts, aber wahrscheinlich kenne ich sie vom Sehen. Kann ich sonst etwas für Sie tun?«

»Ja.« Nick richtete sich auf. »Vor einigen Jahren beging einer Ihrer Studenten Selbstmord. Erinnern Sie sich daran?«

»Selbstverständlich tue ich das.« Sie senkte die Lider. »Der junge Mann hieß Kai Ramses. Er litt an einer bipolaren Störung und obwohl er sich in Behandlung befand und Medikamente nahm, war das Unheil ...« Susanne Kohlers Stimme wurde immer leiser, bis sie schließlich erstarb. Sie räusperte sich. »Entschuldigen Sie, nach wie vor bin ich schockiert, wenn ich daran denke. In welchem Zusammenhang steht das mit David König?«

»In keinem«, antwortete Christian, ohne mit der Wimper zu zucken. »Wir sind in den Akten darauf gestoßen und wollen uns nur ein Gesamtbild machen. Haben Sie Unterlagen darüber?«

»Im Zentralsekretariat liegt sicher etwas auf. Soll ich es für Sie anfordern?«

Christian nickte. »Das wäre sehr nett. Wir haben in Kürze eine Besprechung mit Lea Karlson und den Studenten. Danach holen wir es ab. Vielen Dank für Ihre Kooperation.« Er schob seinen Stuhl zurück und stand auf.

»Ich stehe Ihnen jederzeit gerne zur Verfügung. Es wäre dringend notwendig, dass langsam wieder Ruhe einkehrt und der Arbeitsalltag ungestört Fahrt aufnimmt.«

»Da haben Sie recht. Nochmals vielen Dank.« Über den Schreibtisch hinweg reichte Christian ihr die Hand.

Nick folgte seinem Beispiel. Er konnte es kaum erwarten, den Raum zu verlassen und Christian endlich die Frage zu stellen, die ihm auf der Zunge brannte.

Nachdem sie sich einige Schritte von Susanne Kohlers Büro entfernt hatten, war es so weit. »Ich dachte, du lässt deine Familie bewusst außen vor?«

»Und dabei bleibe ich«, entgegnete Christian. »Aber auf der Uni geht etwas vor, dessen Umfang und Gefahr nicht einschätzbar ist. Gut, wenn die Prodekanin weiß, wer Tabea ist, und ein wachsames Auge auf sie hat – niemand möchte es sich mit einem Kriminalkommissar verscherzen. Dafür breche ich gern eine Regel.« Er wies in Richtung des Ausgangs. »Lea Karlson und die Studenten sind erst in einer Stunde dran. Vertreiben wir uns die Wartezeit mit einem Kaffee?«

Nick hob den Daumen. »Ein *to go* plus Spaziergang über das Campusgelände wären mir am liebsten – zur Entspannung. Das Interview wird uns gewaltig herausfordern.«

Kapitel 35

Nick legte die Hand auf die Türklinke verharrte dort und bedachte Christian mit einem prüfenden Blick. »Du hegst doch keinen Groll gegen den jungen Mann, der sich mit Tabea trifft? Darauf müsste ich mich nämlich einstellen und als unparteiischer Held einspringen.«

Christian schmunzelte. »Keine Panik. Zu hundert Prozent wächst es auf Tabeas Mist, dass er uns noch nicht vorgestellt wurde. Vermutlich ist meine Tochter schlicht unsicher, ob sie ihn wirklich mag. Außerdem habe ich mir Andreas Wendenbergs Daten gestern im Büro erneut angesehen. Er ist kein drogensüchtiger Herumtreiber, verkappter Rockstar oder Verkehrsrowdy, sondern scheint ein ordentlicher Kerl zu sein. Sein Vater ist ein Konstanzer Wirtschaftsmagnat, der ständig in den Medien auftaucht. Die Mutter fliegt unter dem Radar. Das ist nicht selten: Mittelpunktmann mit zurückgezogener Frau.« Christian zuckte mit den Schultern. »Tabea ist zweiundzwanzig Jahre alt und eigentlich hatten Melanie und ich uns dahingehend gesorgt, dass sie niemanden kennenlernt. Endlich ist sie offenbar zumindest ein bisschen verliebt, und wäre die Situation nicht so vertrackt, gäbe es kein Problem.«

»Ich bin schon gespannt, ob Andreas Wendenberg überhaupt weiß, dass du Tabeas Vater bist«, entgegnete Nick.

»Ich tippe auf ›Nein‹ und würde nicht dagegen wetten. Dennoch hält sich mein Mitgefühl für ihn in Grenzen. Die kleine Überraschung ist nichts gegen den Schock, den wir Monika Schreier zufügen werden. Aber es ist an der Zeit, umzurühren.«

»Ja, leider.« Auch Nick betrübte es, der jungen Frau zusätzlich Kummer zu bereiten. Andererseits half es ihr womöglich, schneller über die Trauer hinwegzukommen. »Dann schwingen wir mal den Kochlöffel.« Er zog die Tür auf und betrat den Raum.

Rund um das Podium saßen und standen einige Personen. Die riesige Leinwand zeigte das Bild eines vergilbten, handbeschriebenen Blatt Papiers.

Um die Unterhaltung auf einer lockeren und angenehmen Basis zu beginnen, wies Nick auf die Projektion. »Ist das eine Seite aus dem Zweig-Manuskript? Ich hatte nicht zu fragen gewagt, ob ich einen Blick auf das Buch werfen darf. Das erübrigt sich nun. Eine Seite ist besser als keine.«

»Die Sie hier sehen, ist die einundzwanzigste. Langsam kämpfen wir uns von Textstelle zu Textstelle.« Lea Karlson vollführte eine halbkreisförmige Armbewegung. »Die Studenten haben Sie bereits kennengelernt.«

Christian hob die Hand zum Gruß. »Hallo zusammen. Danke, dass ihr euch nochmals Zeit für uns nehmt. Ich hoffe, wir stören nicht allzu sehr bei der Arbeit.«

Die schwarzhaarige Studentin reagierte. »Wir wollen ebenfalls erfahren, wer David ermordet hat. Er liegt uns am Herzen, und wir helfen Ihnen voller Enthusiasmus.«

»So ist es«, bekräftigte der hochgewachsene junge Mann. »Haben Sie neue Erkenntnisse gewinnen können?«

In Windeseile sortierte Nick die einzelnen Personen. Bei der Frau mit dem rabenschwarzen Haar handelte es sich um Theresa Blauensteiner. Der Student, der gerade gesprochen hatte, hieß Tobias Krytzky. Elli Stein, die neben ihm saß, war seine Freundin. Sabine Breuer und Renate Dom standen etwas abseits, und Monika Schreier – David Königs Geliebte – lehnte an einem Schreibpult, an ihrer Seite: Andreas Wendenberg.

»Deshalb sind wir da«, erwiderte Christian. »Die Polizei hat Hinweise erhalten, dass sich David ... Kingsley in radikalen antisemitischen Kreisen aufgehalten haben soll.«

»So ein Schwachsinn!«, platzte Theresa heraus. »David war ein Menschenfreund. Hautfarbe und Herkunft zählten für ihn nicht – und für uns gilt im Übrigen genau das Gleiche.«

Monika löste sich von ihrem Platz und tat einen Schritt nach vorn. »Theresa hat recht. David war durch und durch gut. Er verachtete unwürdiges Verhalten gegenüber jeglichem Lebewesen. Sein Gerechtigkeitssinn hätte den Kontakt zu solchen Personen nicht zugelassen.« Ein wehmütiger Ausdruck erschien auf ihrem Gesicht. »Bei einem Spaziergang am Seeufer entdeckten wir einmal ein Hakenkreuz, das jemand auf eine Bank gekritzelt hatte. Er war betroffen und hat versucht, das

Kreuz wegzuwischen. Dafür ist er extra zum Wasser gelaufen. David verstand nicht, warum Menschen anderen, vor allem Schwächeren, ein Leid zufügen.«

Automatisch musste Nick an David Königs Halbschwester, Franziska Küner, denken – und was er Unfassbares für sie getan hatte. Die Worte Monikas entsprachen auf jeden Fall der Wahrheit.

»In unserem Fachbereich kenne ich keinen einzigen Rechtsradikalen«, sagte Andreas Wendenberg. »Der Typ wäre ziemlich einsam. Man kann nicht alles über jeden wissen, aber irgendwann gäbe es von der betreffenden Person eine leichtfertige Andeutung oder sonst einen Hinweis.«

»Der Campus ist groß und vielleicht gibt es an der Universität Studenten mit derartigen Tendenzen – bei uns mit Sicherheit nicht. Die diesbezügliche Einstellung des Dekans und der Prodekanin ist unzweideutig definiert«, fasste Lea Karlson strikt zusammen und verschränkte die Arme.

»Wie kommen Sie überhaupt darauf, dass David mit solchen Leuten in Verbindung gestanden haben soll?«, erkundigte sich Theresa. »Abwegiger geht's nicht. Ist das wieder so eine berechnende Falschmeldung?«

Nick war klar, dass sie die Zweifel in Zusammenhang mit David Kingsleys wahrer Identität ansprach. Damit lieferte sie ihm einen perfekten Übergang. »Die Behörden in den USA haben die Information an uns weitergeleitet. Wissentlich betrifft sie also rein seine Aktivitäten in Athens«, erklärte er und ließ mit einem Seitenblick auf Lea Karlson, die mit Dorothy Franklin in Kontakt stand, einfließen: »Im Grunde ist es Doktor

Dorothy Franklin von der University of Georgia, die offenkundig sympathisiert.« Auch Monika Schreier behielt er im Auge. War ihr der Name geläufig und kannte sie die Hintergründe?

Lea Karlson reagierte prompt. »Doktor Franklin ist die übergeordnete Leiterin und Organisatorin des Zweig-Projekts. Wir tauschen uns laufend aus. Sie scheint etwas exzentrisch zu sein, ist aber nett, hochmotiviert und verfügt über ein weitreichendes Knowhow. Noch immer staune ich außerdem über ihre ausgezeichneten Deutschkenntnisse, die mir vieles erleichtern.«

Nick war neugierig, ob zusätzlich ein Dementi in Bezug auf Franklins Beteiligung an radikalen Kreisen folgen würde. Lea Karlson hatte ihre Ausführungen jedoch abgeschlossen.

»Warum wird eigentlich David unterstellt, in antisemitischen Kreisen verkehrt zu haben, wenn es tatsächlich die Leiterin des Projekts betrifft – das habe ich doch richtig verstanden?«, fragte Theresa Blauensteiner. »Das ist nicht logisch. Entschuldigen Sie, Lea, dass ich den Vergleich heranziehe: Ich stehe trotzdem nicht auf Jazzmusik, auch wenn Sie Jazz heiß lieben. Und Sie spielen nicht Golf, nur weil die Prodekanin jede freie Minute am Golfplatz verbringt.«

»Nun, es bestand eine persönliche Beziehung zwischen Doktor Franklin und David Kingsley«, antwortete Christian seelenruhig und fügte hinzu: »Sie lebten zusammen«.

Auf einmal herrschte völlige Stille. Das Erstaunen war nicht gespielt. Monika Schreier zeigte dazu unverhohlene Betroffenheit.

Lea Karlson fing sich als Erste. »Wir wissen nichts über David Kingsleys Privatleben in Athens und ebenso wenig über das Doktor Franklins.«

Monika schluchzte auf. »Das stimmt nicht! Noch so eine Lüge, die man uns auftischt.«

Abrupt sprang Elli Stein auf, lief zu ihr und legte den Arm um sie. Wütend taxierte sie Christian. »Woher stammt dieses gemeine Gerücht?«

Obwohl Elli die Frage gestellt und an Christian gerichtet hatte, reagierte Nick, indem er Monika fixierte und sagte: »Es tut mir sehr leid, Frau Schreier, ich kann es bestätigen. Ich habe Doktor Dorothy Franklin nach Davids Tod in Athens aufgesucht. Sie war seine Partnerin.« Nicks Bedauern war aufrichtig, doch der Einschnitt war notwendig: Misstrauen zu säen bedeutete, in der Folge Informationen zu ernten. Das Risiko, dem Überbringer der Botschaft die Schuld zuzuschieben, hatten Christian und er kalkuliert – das Barometer konnte in jede Richtung ausschlagen.

Theresa richtete sich kerzengerade auf. »Entschuldigen Sie unser Entsetzen. Es ist kein Geheimnis, dass Monika und David ein Paar gewesen sind. Wir alle hatten keine Ahnung von Davids Beziehung zu Doktor Franklin.«

»*Unter uns Männern* hat David ständig von Monika geschwärmt und uns über sie ausgehorcht: Was mag sie? Worüber freut sie sich? Wovor hat sie Angst? Die ganze Palette durch. Nicht wahr, Andreas?«, bemerkte Tobias.

Andreas nickte. »So ein Heuchler. Nie hätte ich das von ihm gedacht. Ein solches Verhalten ist unfair und gehört sich nicht. Warum erfahren wir erst jetzt davon, Herr Doktor Stein?«

Da war sie, die Umkehr. Schnell warf Nick einen Blick zu Christian, der sich mit einem einnehmenden Lächeln Andreas zuwandte.

»Es freut mich, dass Sie diese Meinung vertreten, Herr Wendenberg – ganz persönlich. Ich habe erfahren, dass Sie mit meiner Tochter ausgehen.«

»Ich ... was?«

»Tabea«, half ihm Christian auf die Sprünge.

Zum zweiten Mal innerhalb kurzer Zeit herrschte Stille. Auch dieses Erstaunen war nicht vorgetäuscht.

»Wir alle mögen Tabea. Sie ist unsere Freundin«, sagte Theresa schließlich.

Mit einem lauten Räuspern löste sich Andreas von seinem Platz, ging auf Christian zu und streckte ihm die Hand entgegen. »Ich habe mir den Ort und die Atmosphäre zwar anders vorgestellt, aber ich freue mich, Sie als Tabeas Vater kennenzulernen. Das Ganze ist mir echt unangenehm. Hätte ich gewusst, dass Sie –«

Christian ergriff Andreas' Hand und stoppte den Redefluss. »Ich freue mich ebenso. Lassen Sie sich keine grauen Haare wachsen, Sie tragen keine Schuld.«

Während des Dialogs zwischen den beiden hatte Nick ausreichend Zeit, die anderen zu beobachten. Der Grundtenor war ident: Verblüffung, Unbehagen, Missfallen. Bei Monika kam eindeutig Kummer hinzu. Noch war die Unterredung allerdings nicht zu Ende – ein Schlagwort hatten Christian und er bewusst umschifft.

»Wir wollen Sie nun nicht weiter belasten – zumal die vergangenen Wochen unweigerlich aufwühlend für Sie gewesen sind –, eine letzte Frage muss ich Ihnen jedoch leider stellen«, lenkte Nick ein. »Ist David bei einem von Ihnen je auf Verschwörungstheorien eingegangen?«

Wenngleich alle einhellig den Kopf schüttelten, zeigten sich auf den Gesichtern unterschiedliche Regungen. Am auffälligsten verhielten sich Lea Karlson und Theresa – ihnen reichte es sichtlich –, doch auch Andreas stach hervor. Plötzlich wirkte er nervös.

»Herr Wendenberg ...«, hakte Nick sogleich ein.

»O nein. Kein einziges Mal hat David mit mir über QAnon geredet. Das schwöre ich.«

Ertappt, dachte Nick. *Ich habe QAnon nicht erwähnt. Du hast schon davon gehört – und zwar von Tabea.* Die Beziehung war also zweifellos inniger und vertrauter, als Christian annahm. Das war nicht nur eine oberflächliche Schwärmerei.

Warum behandelte Tabea Andreas Wendenberg vor ihren Eltern als Geheimnis?

Kapitel 36

»Bist du sicher, dass ich nicht ins Hotel fahren soll? Ich rufe ein Taxi. Das ist eine Familiensache und ich bin fehl am Platz«, beteuerte Nick zum wiederholten Mal.

Christian öffnete die Wagentür, blieb jedoch im Auto sitzen. »Ich bitte dich, mitzukommen. Dass Tabea die Freundschaft mit diesen Studenten verschwiegen hat, ist wirklich eine interne Angelegenheit. Melanie und ich haben mittlerweile ein dickes Fell – Chiara flunkert, seit sie einen geraden Satz sprechen kann. Andreas von QAnon zu berichten, kippt allerdings in Richtung meiner Arbeit. Tabea weiß, wann sie eigentlich zu schweigen hat. Um das alles geht es gegenwärtig aber nicht. Sie muss die Problematik und vor allem die Gefahr der Lage verstehen. Und dafür brauche ich dich an meiner Seite.« Christian stieg aus, schlug die Autotür zu und lief auf den Eingang zu.

Nick folgte ihm. Er verstand Christians Beweggründe. Womöglich war seine Anwesenheit tatsächlich genau das Richtige. Seit Luisas Schwangerschaft schwenkten seine Gedanken häufig zu der Frage, wie er dem einmal begegnete, und immer deutlicher wurde er sich bewusst, welch gewaltige Herausforderung die Elternschaft darstellte. Der Weg war voller Hürden und gepflastert mit Fehlerfallen, die erbarmungslos zuschnappten. Ein Patentrezept gab es nicht.

Sie fanden Melanie in der Küche hinter dem Herd stehend. Kritisch beäugte sie den Inhalt einer Pfanne. »Ich koche so selten chinesisch. Irgendetwas fehlt – kostet bitte und helft mir auf die Sprünge«, sagte sie anstatt einer Begrüßung.

»Machen wir gleich«, entgegnete Christian. »Ist Tabea in ihrem Zimmer? Ich habe ihr zuerst eine Nachricht geschrieben.«

»Oh. Du hast sie knapp verpasst. Sie ist vor zehn Minuten abgeholt worden. Ich soll dir aber etwas ausrichten: Sie konnte ihr Treffen so kurzfristig nicht verschieben, morgen Abend ist sie jedoch zu Hause. Dann hätte sie Zeit zum Reden.« Melanie sah auf und fixierte Christian. Mit einem Ruck zog sie die Pfanne von der Herdplatte und deckte sie mit einem Deckel ab. »Das Essen muss wohl warten. Was ist los?« Ihr Blick glitt zu Nick. »Du bist an der Reihe – schnell und schmerzlos bitte, als würdest du ein Pflaster abreißen. Ich kenne diese Miene meines Mannes und benötige eine neutrale Sichtweise, um die Angelegenheit angemessen einzuschätzen.«

»In Ordnung.« Nick räusperte sich. »Bei Tabeas neuen Freunden handelt es sich um jene Studenten, die eng mit David König zusammengearbeitet haben, Andreas Wendenberg gehört ebenfalls dazu. Zu allem Überfluss hat Tabea ihm von QAnon erzählt.«

Melanie stöhnte auf. »Ach oje, Christians Interna und die falsche Freundeskreis-Thematik. Dabei hatte ich die Hoffnung, dass dieser Kelch bei Tabea an uns vorüberzieht. Nun, wenigstens ist sie spät dran. Morgen werden wir ein ernsthaftes Gespräch mit ihr führen.«

Sie musterte ihren Mann skeptisch. »Da ist doch noch etwas. Weiht mich ein.«

»Es sind bloße Vermutungen, Schatz. Ich will dir nicht den Kopf mit Ideen vollmachen, die –«

»Du liebe Güte! Christian! Ich erkenne an deinen Augen, wie sehr du dich sorgst. Tabea steckt in irgendetwas mitten drinnen. Ihr zwei rückt jetzt mit der Wahrheit heraus.«

»Christian hat recht, wir mutmaßen ohne festen Boden. Schuld daran ist mein Gefühl«, bestätigte Nick. »Die Theorie ist nicht nur waghalsig und weit hergeholt, sie entbehrt auch jeder vernünftigen Grundlage.«

Christian atmete tief durch. »Seit QAnon im Spiel ist, drehen alle durch. Einblick haben wir keinen, was über unseren Köpfen passiert, aber es rumort gewaltig.«

»Ich glaube nicht, dass David König tatsächlich mit QAnon sympathisierte«, übernahm Nick seinen Part. »Er wollte Macht und mag sie für etwas benutzt haben, doch seine Persönlichkeitsstruktur harmoniert nicht mit der Form und Ausübung der Bewegung. Königs wahre Motive waren niederträchtig, aber vordergründig mit einem ehrvollen Ziel versehen, das er sich meines Erachtens wirklich einbildete.«

»Macht?«, Melanies Stimme wurde schrill. »Wie sie Tabea unlängst erwähnte? Ich habe es mir wörtlich gemerkt. Sie sagte: ›geheime höhere Macht‹.«

»Wir haben keine Ahnung, aber es könnte mit der Universität – oder sogar mehreren Universitäten – in Verbindung stehen. Das alles ist hypothetisch und reine Spinnerei«, versuchte Christian auszuweichen.

»Herrgott, ich bin fähig, eins und eins zusammenzuzählen! Redet ihr von so was wie einem Geheimbund

oder Orden? Hat dieser Andreas sie da hineinge-
bracht?«

Rasch tauschte Nick mit Christian einen bestürzten
Blick aus. Melanie hatte das ausgesprochen, was sie aus
Vorsicht vor Verirrungen absichtlich nicht themati-
sierten. Das beste Beispiel, was in der Folge geschah,
war sie. Man brauchte keine herausragende Menschen-
kenntnis zu besitzen, um zu begreifen, dass sich Melanie sofort darin festgebissen hatte und einer Panik
nahe war.

Christian sprach aus, was Nick dachte: »Deshalb habe
ich meinen Mund gehalten. Nun hast du Angst. Es kann
genauso nichts dahinterstecken. Wichtig ist, einen
kühlen Kopf zu bewahren.«

»Ich pfeife auf den kühlen Kopf! Und natürlich habe
ich Angst! Tabea soll auf der Stelle heimkommen. Sie
darf nicht schalten und walten, wie sie Lust und Laune
hat.«

»Okay, ich rufe sie an, und du beruhigst dich.« Christian zog sein Handy aus der Hosentasche und aktivierte das Display. Er tippte und hielt das Telefon ans
Ohr. Nach einer Weile ließ er die Schultern fallen. »Sie
geht nicht ran. Bestimmt sitzt sie in einem Gastgarten
und hört es nicht klingeln. Ich schreibe ihr.« Nachdem
er die Nachricht abgeschickt hatte, steckte er das
Handy wieder weg und fragte Melanie: »Hast du gesehen, wer sie abgeholt hat? War es Andreas Wendenberg?«

»Ich bin ihr nicht nachgegangen. Aber wer sonst,
wenn nicht er? Sein Porsche steht ständig vor unserer
Türe.«

»Warum drehen wir nicht eine Runde, und du zeigst mir die bei den Studenten beliebten Lokale«, schlug Nick vor. »Vielleicht treffen wir auf sie.« Spontan fiel ihm nichts Besseres ein. Melanies Furcht und Christians Sorge rührten ihn – er wollte helfen. In solchen Momenten war es wichtig, nicht tatenlos herumsitzen zu müssen.

Christian schaute Melanie an. »Was meinst du dazu?«

»Warum steht ihr noch herum? Lauft los! Ich bleibe hier, falls Tabea nach Hause kommt.«

Christian nickte und setzte sich in Bewegung. Als sie den Flur erreicht hatten, flüsterte er Nick ein »Danke!« zu.

Kapitel 37

»Ich bin so aufgeregt. Wohin bringst du mich?« Tabea legte die Hand auf Andreas' Knie. »Spürst du, wie sie zittert?«

Er wandte den Blick nicht von der Straße. »Wir fahren zu dem Wald, wo Theresa dich gebeten hat, uns beizutreten. Jemand holt dich von dort ab. Ich werde nicht dabei sein.«

»Du lässt mich allein? Ich weiß doch nicht, was ich tun und wie ich mich verhalten soll.«

»Es ist deine Initiation. Ich habe dort nichts verloren«, entgegnete Andreas. »Das Erlebnis ist ungemein intensiv und erhebend. Du wirst es nie vergessen. Freu dich darauf.« Seine Finger umklammerten das Lenkrad fester. Er war hin- und hergerissen.

Einerseits wollte er Tabea von seinen Bedenken erzählen, andererseits fühlte er sich dem Bund verpflichtet. In der Tat war es nämlich nicht üblich, den in den Kreis eintretenden Menschen anderen zu überlassen. Er hatte das Gesuch eingereicht, Tabea aufzunehmen, und daraus erwuchs die Pflicht, sie zu begleiten und sich um sie zu kümmern – die Teilnahme an der Einweihung gehörte dazu.

Konnte es sein, dass sie für eine höhere Aufgabe auserwählt worden war, und ihr eine wichtigere Person zur Seite gestellt werden würde? Ein eifersüchtiges Ziehen machte sich in Andreas' Brust breit. Vielleicht besaß Tabea eine besondere Gabe, oder es lag am Beruf ihres Vaters. Die Weisung, sie am Waldrand abzusetzen, war erst nach dem gemeinsamen Gespräch mit Christian Mayer und Nick Stein erfolgt. Womöglich nahm man die Chance eines – vorläufig theoretischen – Kontakts zur Exekutive spontan wahr und hofierte Tabea.

Er selbst war vor vier Jahren aufgenommen worden. Der Weg dorthin war ein beschwerlicher und gänzlich anderer als Tabeas gewesen. Sie hatte keine Ahnung gehabt, dass es einen Geheimbund an der Universität gab – er sehr wohl. Genau genommen hatte er es anhand von Beobachtungen vermutet und sich vorsätzlich mit bestimmten Menschen angefreundet. Noch nie war es ihm schwergefallen, andere kennenzulernen und sich zu integrieren. Hier war er allerdings auf eine undurchdringbare Mauer gestoßen. Ganze acht Monate hatte es gedauert, bis man ihn aufgefordert hatte, beizutreten. Erst später war ihm klar geworden, dass es nicht an ihm, sondern an seinem Vater gelegen hatte. Roman Wendenberg war offenbar ein Abbild dessen, was von den ehrwürdigen Oberen abgelehnt wurde.

Schon von jeher hatte Andreas versucht, der Oberflächlichkeit zu entfliehen und sich tiefgründigeren Dingen zu widmen. Für ihn zählten Ehrenhaftigkeit, ein freier Geist sowie hoher Intellekt und das Vermögen, Mystizismus mit einem reinen Glauben und dem Streben nach Vollkommenheit zu vereinen. Seine Familie war reich, aber Niveau konnten sich weder sein Vater noch seine Mutter davon kaufen. Sie waren so einfach gestrickt, dass es ihm manchmal graute. Er liebte sie, ihre Welt war jedoch nicht die seine. Der Bund bot ihm die Chance, die er sich immer gewünscht hatte. Hartnäckig und kampfbereit würde er voranschreiten, das immerhin hatte ihm sein Vater gelehrt, um schließlich das Ziel zu erreichen: die oberste Ebene in der Hierarchie.

»Bitte darum, bei mir zu bleiben«, hakte Tabea nach und unterbrach Andreas' Gedanken.

»Du gehst doch auf keine Kindergeburtstagsparty, zu der du kurzfristig einen Freund mitbringst«, erwiderte Andreas unwirsch. Sofort regte sich das schlechte Gewissen. Tabea war nicht schuld an seinem Unwohlsein. Er selbst hatte das Paket eingeschleppt. »Entschuldige, ich bin aufgeregt. Auch für mich ist das ein großes Ereignis. Endlich dürfen wir nebeneinander in die Zukunft schreiten, und ich brauche keine Heimlichkeiten mehr vor dir zu haben. Das war eine riesige Belastung. Ich liebe dich nämlich, Tabea.« Aus dem Augenwinkel sah er, wie sie ihm den Kopf zudrehte und lächelte.

»Ich liebe dich viel mehr.«

Andreas löste die rechte Hand vom Lenkrad und streichelte über ihr Haar. »Wir sind gleich da. Ich muss dir eine Augenbinde anlegen. Der Ort, an dem deine Initiation stattfindet, ist geheim. Nur die Höherstehenden kennen ihn. Bei mir war es damals genauso. Die Obersten werden den Ritus durchführen. Sie sind verschleiert, weil keiner von uns ihre Identität kennt. Das dient zum Schutz aller. Falls jemals etwas Unerwartetes geschieht, besteht der Bund auf diese Weise weiter. An jeder eingeweihten Universität gilt das gleiche System.«

»*Zum Schutz* ... wovor? Und was meinst du mit *Ritus*? Ich dachte, ich werde in einer Zeremonie angelobt – oder so ähnlich«, fragte Tabea mit banger Stimme.

Langsam begann Andreas die Situation aufzureiben. Tabea sollte aufhören zu jammern und still sein. Sie hatte zugestimmt und nun bekam sie kalte Füße. Warum genoss sie die Situation nicht und zeigte Vorfreude? Sie ahnte nicht einmal etwas von seinen Zweifeln und durfte deshalb ohne Furcht erwartungsvoll nach vorne schauen.

Erneut stieß der kleine Stachel in ihm zu, der die Vermutung anfachte, sie könnte von Beginn an wichtiger genommen werden, als er es heute war. »Das ist keine schwarze Messe. Und natürlich muss ein Bund vieles schützen – die Obersten, seine Geheimnisse, die gesamte Weisheit. Deine Vorstellungen sind naiv. Wo ist meine toughe, kluge Freundin?«

»Die versteckt sich gerade hinter ihrem Kleinkind-Ich. Sorry, ich habe nur Angst.«

»Die brauchst du nicht zu haben.« Andreas bog in den Feldweg ein und fuhr im Schritttempo die holprige Straße entlang bis zum Waldrand – dem Treffpunkt und Übergabeort. Nachdem er angehalten hatte, sagte er: »Öffne mal das Handschuhfach. Da ist die Augenbinde drinnen.«

Tabea tat wie ihr geheißen und reichte ihm das schwarze Stoffstück. Dann drehte sie sich auf dem Sitz mit dem Rücken zu ihm.

Andreas legte die Binde an und band sie am Hinterkopf mit zwei Knoten fest. Automatisch glitten seine Gedanken zurück zu jenem Moment, als man ihm die Augenbinde angelegt hatte. Auf seine Frage, warum man nicht einfach eine Maske nahm, war Theresa – sie hatte ihn vorgeschlagen und eingeführt – in Gelächter ausgebrochen. »Weil wir auf kein venezianisches Karnevalsfest gehen.«

Konnte es sein, dass Theresa ihm vorgezogen worden war und Tabea begleitete? Schon damals hatte sie eine Sonderstellung bekleidet, und seit rund eineinhalb Jahren führte sie eindeutig das Wort. Überhaupt hatte sie sich verändert. Theresa war von jeher ein Mittelpunktmensch gewesen, aber sie hatte diesen Platz mit Charme und frechen Sprüchen erreicht. Heute war sie ernsthaft und bisweilen sogar anmaßend. Manchmal schien es, als rangierte sie über Lea Karlson.

Aus dem Fahrerfenster sah Andreas eine schwarze Limousine näher kommen. »Es ist so weit. Du wirst abgeholt.«

Tabea nickte. »Ich höre das Motorengeräusch. Andreas ...«

Einem Impuls folgend umarmte er sie. »Keine Panik. In meiner Fantasie bin ich die ganze Zeit bei dir.« Er stieg aus, umrundete das Auto und half Tabea.

Indessen hatte der Wagen neben ihnen eingeparkt. Der Mann im schwarzen Anzug – Chauffeur oder Bodyguard? – ergriff Tabeas Hand und geleitete sie zu der Limousine.

Andreas beobachtete, wie er die hintere Tür des Autos öffnete und ihr half, Platz zu nehmen. Ein Schauer rann über seinen Rücken und kurz vergaß er die nagende Eifersucht. Warum hatte er plötzlich das Gefühl, den Ablauf stoppen zu müssen? *Weil es hier nicht mit rechten Dingen zugeht. Weder eine Gabe noch Tabeas Va-*

ter erklären dieses schräge Szenario. Trotz der beunruhigenden Empfindung blieb Andreas wie erstarrt sitzen. Was sollte er auch tun? Sie heimlich verfolgen wie ein Detektiv? Er liefe Gefahr, entdeckt zu werden, und würde obendrein Tabeas Initiation stören. Mit einem Schlag wären sämtliche Träume zunichtegemacht.

Sein Blick folgte dem schwarzen Wagen, bis er aus seinem Sichtfeld verschwunden war. In zwei bis drei Stunden würde alles vorbei sein. Dann begann für Tabea und ihn ein neuer Lebensabschnitt.

Kapitel 38

»Ich habe sie in das Verlies gebracht. Noch glaubt sie, es gehöre dazu.« Der Mann senkte den Kopf und fragte: »Was soll ich nun tun?«

»Einstweilen nichts – du kannst gehen. Wir beratschlagen jetzt, wie wir weiter verfahren. Bring ihr etwas zu trinken. Und falls sie beginnt, unruhig zu werden oder sich aufzuregen, informiere uns.« Die Frau wartete, bis er das Gewölbe verlassen hatte, dann wandte sie sich an die beiden Männer, die neben ihr saßen. »Vorschläge?«

Der Blonde zuckte mit den Schultern. »Es gibt nur zwei Möglichkeiten. Wir nehmen sie auf, überspringen die erste Stufe und positionieren sie gleich höher. Parallel sprechen wir eine Drohung aus, damit ihr Schweigen gewährleistet ist. Oder ... sie verschwindet.«

»Und auf welche Weise ließe es sich bewerkstelligen, dass sie *verschwindet*?«, erkundigte sie sich.

»Drei Varianten stehen zur Verfügung: Wortwörtlich – es gibt Mittel, dass sie nicht mehr gefunden wird, weil es nichts mehr zu finden gibt. Wie David Kingsley, wobei ihr Ende auf andere Art erfolgen müsste.« Seine Mundwinkel zuckten. »Und die Kai Ramses-Version.«

»Sie ist unschuldig. Das dürfen wir nicht außer Acht lassen«, bemerkte der zweite Mann. »Einem reinen

Menschen das Leben zu nehmen, widerspricht unserer Haltung und allem, wofür wir stehen.«

Der Blonde lachte trocken auf. »Ach kommt! Hört auf mit dem Getue. Bei David habt ihr nicht lange gefackelt und genauso wenig bei Kai Ramses. Warum sollte das bei Tabea Mayer auf einmal ein Problem darstellen?«

»David Kingsley war ein intriganter, machthungriger Mensch, der nur seine eigenen Ziele verfolgte«, entgegnete die Frau. »Von ihm ging eine immense Gefahr aus, die wir nicht ignorieren konnten. Wie groß sie wirklich war und welche Schwierigkeiten uns dadurch erwachsen sind, hat niemand geahnt. Und Kai Ramses wollte uns verraten. Er war nicht hinterhältig, sondern von seiner Krankheit getrieben – eine bemitleidenswerte Kreatur, die Erlösung verlangte. Die Schritte, die damals eingeleitet wurden, dienten der Sicherheit. Nenne es eine Präventivmaßnahme. Vergleichbares ist nicht zum ersten Mal passiert.«

»Wenn David Kingsley so abscheulich gewesen ist, warum durfte er auf diese uralt-ehrenvolle Weise sterben?« Der blonde Mann verdrehte die Augen und präsentierte eine Miene, die puren Sarkasmus zeigte.

»Weil er trotz allem einer von uns gewesen ist«, erwiderte der andere gefährlich leise. »Und bevor du argumentierst, Kai Ramses sei das ebenso gewesen, denke mit – er war bloß Novize. Das erforderte eine andere Verfahrensweise.«

Der Blonde machte eine wegwerfende Handbewegung. »Egal, wie auch immer. Das Ganze ist eine Katastrophe und ich bin der Meinung, dass wir rigoros vorgehen müssen. Ich habe es nicht so weit geschafft, um wegen der stümperhaften Missgeschicke anderer abzubrennen. Ein klarer Schnitt wäre die beste Lösung, dann sind wir außer Gefahr. Wie konnte es geschehen, dass uns die Tochter des in Kingsleys Fall ermittelnden Kriminalkommissars überhaupt nahegekommen ist?«

Die Frau runzelte die Stirn. »Das solltest du deinen Sohn fragen, nicht wahr? Ein klarer Schnitt – wie du es ausdrückst – beträfe ihn als Ersten. Wir sind keine Mörder, Roman, und dein Geld gibt dir nicht das Recht, über die Geschicke des Ordens zu bestimmen. Du bist anmaßend.«

»Was heißt, wir seien keine Mörder? Da vorne ist David Kingsley erdolcht worden, und wir haben dagestanden und zugesehen. Dem bemitleidenswerten Kai Ramses wurde, ohne zu zögern, eine Überdosis seines Tablettencocktails verpasst. Bist du blind? Ich mag eurem geistigen Niveau nicht gerecht werden und wegen meines Vermögens hier sitzen – das ihr, nebenbei bemerkt, ungeniert nutzt –, aber mein Gehirn funktioniert in einer Notlage besser als eures. Das ist fix.« Abrupt sprang Roman Wendenberg auf. »Und ja, mein Sohn, der Idiot, hat die Kleine zu uns geführt. Alles ist schiefgegangen – von seiner bescheuerten Idee bis hin zu Tabeas Personenüberprüfung.« Er kniff die Augen zusammen. »Ich habe euch damals gesagt, dass ich Andreas nicht bei uns haben will. Er ist viel zu sehr wie … ihr. Liebe, Ehre, Würde – der ganze Scheiß.«

Der zweite Mann hob die Hand. »Bitte, nimm wieder Platz, und mäßige dich. Mit allem liegst du richtig. Jeder von uns ist sich der Taten bewusst. Sowohl Kai Ramses als auch David Kingsley mussten wir opfern.

Bei Kai lief alles wie gewünscht vonstatten, Davids Leiche abzulegen, war allerdings ein schwerer Fehler. Dass er eine andere Identität angenommen hatte, die diese ausufernde Ermittlung erst hervorrief, konnten wir jedoch nicht ahnen. Tabea Mayer ist in diesem verhängnisvollen Ablauf ein weiterer Schicksalsschlag.« Nachdenklich schüttelte er den Kopf. »Ihre familiäre Verbindung ist in der Tat hochgefährlich und serviert uns der Polizei nahezu auf dem Silbertablett. Das dürfen wir nicht zulassen. Es ist unsere Pflicht, den Bund zu schützen – und sei es mit unserem Leben.«

Die Frau bedachte ihn mit einem kritischen Blick. »Wie willst du also vorgehen?«

»Tabea Mayer heute Nacht einzuführen, stellt ein gewaltiges Risiko dar. Drohungen und Vergünstigungen bieten keine Sicherheit. Ein alarmierter Geist ist unberechenbar, und offenbart sie ihrem Vater unser Geheimnis – morgen oder in einem Jahr – beginnt sich das Rad unaufhaltsam zu drehen. Gleichwohl ist nicht vorauszusehen, wie sie handeln wird. Womöglich geht sie in unserer Welt auf – dein Sohn Andreas, Roman, könnte dabei eine wesentliche Rolle spielen. Verschwinden erst Raum und Zeit steht Tabea Großes bevor. Ist es in Ordnung, ihr das zu verwehren?«

»Bevor ich des Mordes oder der Mittäterschaft angeklagt werde, allemal«, antwortete Roman Wendenberg.

Die Frau vollführte eine energische Handbewegung. »Wir sind uneins. Dem haben wir Rechnung zu tragen.«

»Du meinst ...?«

Sie nickte. »Wir müssen die Angelegenheit dem Obersten vorbringen. Er soll die Entscheidung für uns fällen. Sie hier und jetzt zu treffen, würde unsere Fähigkeiten und Kräfte übersteigen.«

»Und wenn wir für unsere Unachtsamkeiten eine Strafe erhalten?«, wollte Roman Wendenberg wissen.

Der zweite Mann stieß einen Seufzer aus. »Ist eine festgesetzt, können wir ihr so und so nicht entfliehen. Längst ist ein wachsames Auge auf uns gerichtet. Die Frage ist, was wir inzwischen mit Tabea Mayer machen.«

»Sie befindet sich im Verlies. Es liegt verborgen und ist auf keinem Plan verzeichnet. Selbst wenn die Polizei wider Erwarten auf mich stößt, werden sie den Raum nicht entdecken«, entgegnete die Frau.

»Und was erzählen wir denen, die sie vermissen? Den Eltern, meinem dämlichen Sohn, ...«

»Andreas ist kein Problem. So rasch unternimmt er nichts. Wenn doch, kommt er ohnehin zu uns. Für den Notfall lege ich eine für ihn plausible Geschichte vor, damit er beruhigt ist. Nun, und die Familie wird in Aktion treten – Tabea suchen, die Polizei verständigen –, ein Eingreifen ist nicht notwendig. Wir sind dank unserer Anonymität wohlbehütet.«

Wendenberg strich sich über die Stirn. »Sie ist die Tochter eines Kriminalkommissars! Kapiert ihr das nicht? Die schicken eine Meute los, um sie aufzustöbern. Davor schützt uns nichts und niemand.«

Die Frau musterte ihn mit einem abschätzigen Blick. »Wir sind die Oberhäupter des Ordens von Konstanz. Entweder wir werden gerettet oder gerichtet. Bewahre gefälligst Contenance, Roman.«

Der zweite Mann faltete die Hände. »Somit ist es beschlossen. Wir erbitten Unterstützung vom Obersten. Seid ihr bereit?«

Wie aus einem Mund gaben die Frau und Roman Wendenberg mit einem leisen »Ja« ihre Zustimmung.

Kapitel 39

Christian erwachte aus einem unruhigen, beklemmenden Traum. Melanie schlief nach wie vor tief und fest. Auf sein Anraten hin hatte sie eine Schlaftablette genommen. Er kannte seine Frau. Sie hätte die ganze Nacht im Vorraum gestanden und die Straße beobachtet.

Als Nick und er nach Mitternacht von der erfolglosen Lokaltour zurückgekehrt waren, hatte es noch immer kein Zeichen von Tabea gegeben. Christian schwang die Beine über den Bettrand und setzte sich auf. Dann aktivierte er das Display seines Handys: keine Nachricht. Dass seine Tochter spät nicht mehr anrief, konnte er nachvollziehen, aber warum hatte sie nicht geschrieben? Bestimmt gab es eine einfache Erklärung. Er hatte nicht vergessen, wie es war, jung und verliebt zu sein. Man vergaß alles rund um sich herum und nichts zählte, als sein Gegenüber. Oder war sie betrunken gewesen? Auch Tabea durfte einmal über die Stränge schlagen. Sicherlich lag sie friedlich in ihrem Bett. Mit einem Ruck stand Christian auf und verharrte. Seine Schläfen pochten und ihm wurde schwindelig.

Nachdem sich der Kreislauf normalisiert hatte, schlich er aus dem Raum zu Tabeas Zimmer. Leise zog er die Tür auf. Das Bett war leer. Alles in ihm verkrampfte sich. Verliebtheit, Alkoholeinfluss oder sonst etwas – niemals würde Tabea die Nacht an einem anderen Ort verbringen, ohne sich zu melden. *Wo bist du nur?*, flüsterte er in die Stille hinein und erschrak über seine eigene Stimme. Er machte kehrt, lief zurück ins Schlafzimmer, holte sein Handy und eilte auf die Terrasse hinaus. Dringend benötigte er frische Luft, um seine Sinne in den Griff zu bekommen – im Moment blockierte die Angst jeden logischen Gedanken. Intuitiv wählte er Nicks Nummer.

Der meldete sich bereits nach dem ersten Klingeln. »Hallo, guten Morgen.«

Er klang rau und Christian sagte: »Entschuldige, ich habe dich geweckt, oder?«

»Nein, ich bin seit einer Stunde wach und wälze mich im Bett herum. Wie geht es Melanie?« Kurz hielt Nick inne. »Ist Tabea wohlbehalten zu Hause?«

»Melanie schläft dank der Pharmakologie. Es reicht, wenn einer wacht. Nick, Tabea ist nicht da. Ihr Bett ist unberührt.«

»Vielleicht hat sie bei einer Freundin übernachtet oder bei Andreas Wendenberg?«

»Wenn unsere Töchter außer Haus schlafen, schicken sie uns zumindest eine Nachricht. Selbst Chiara hält sich daran – und sie ist die Traumtänzerin der beiden«, entgegnete Christian.

»Ich dusche rasch, ziehe mich an und fahre mit einem Taxi zu dir. Oder treffen wir uns im Büro?«

Christian verneinte. »Es ist sechs Uhr morgens. Wir können nichts unternehmen. Ich trinke erst einmal einen Kaffee, suche das Haus nach einer Zigarette ab und ordne meine Gehirnzellen, dann wecke ich Melanie. Du gehst indessen frühstücken und ich hole dich um acht ab.«

»In Ordnung.«

Allein diese knappe Antwort zeigte Christian, dass er Nick von Anfang an richtig eingeschätzt hatte. Der Mann war nicht nur ein herausragender Ermittler und Analytiker, er besaß ebenso eine gewaltige Portion Empathie. Viele andere hätten spätestens zu diesem Zeitpunkt eingehakt und wären entweder in das eine oder in das andere Extrem gefallen. Weder überkompensierte Nick noch tat er die Sache als nichtig ab. Genau diese Sachlichkeit und das Verständnis brauchte Christian jetzt.

»Ich bin völlig durch den Wind und habe keine Ahnung, ob ich die Situation objektiv einschätzen kann. Hilf mir, bitte«, platzte Christian heraus.

»Ich stehe dir zur Seite. Und lass Melanie weiterschlafen. Schreib ihr nur einen Zettel, dass wir bereits unterwegs sind. Jede Minute in ihren Träumen bedeutet eine Minute weniger Aufregung. Es ist besser – für sie wie für dich.«

Christian wusste, was Nick meinte. Melanie war gestern außer sich gewesen. Heute würde es noch schlimmer werden – und ihn unweigerlich ein Stück mitreißen.

Kapitel 40

Voller Vorfreude hatte Andreas auf Tabeas Anruf gewartet. Als sie sich bis zwei Uhr morgens nicht gemeldet hatte, war er mit widersprüchlichen Empfindungen schlafen gegangen. Einerseits war er enttäuscht gewesen, dass sie nach dem großen Ereignis die Gesellschaft anderer ihm ganz offensichtlich vorzog, auf der anderen Seite verspürte er ein unheilvolles Ziehen in der Magengegend, das wiederum in zwei Richtungen lief – Angst um Tabea und Unrast wegen sich selbst. Schließlich hatte er für sie seinen Eid gebrochen und ihr vor der Initiation einige Geheimnisse des Bundes offenbart.

Dreimal hatte er die Einführung in die Gemeinschaft persönlich miterlebt: seine eigene und die von zwei von ihm vorgeschlagenen Personen. Er kannte das Prozedere in- und auswendig. Warum war es bei Tabea gänzlich anders?

Mittlerweile war es zehn Uhr am Vormittag, und sie war noch immer wie vom Erdboden verschluckt. Das Gefühl von Eifersucht war verflogen und hatte einer namenlosen Furcht Platz gemacht, die eine quälende Ruhelosigkeit mit sich führte – dabei waren ihm die Hände gebunden. Er konnte nichts tun, als auszuharren. Es zermürbte ihn.

Tabea zum wiederholten Mal anzurufen, war sinnlos. Es schaltete sich sofort die Mobilbox ein – entweder sie hatte das Handy abgedreht, oder der Akku war leer. Sich bei Lea Karlson zu erkundigen, wagte er nicht. Was er damit womöglich lostrat, war nicht kalkulierbar. Ein Telefonat mit jemandem auf seiner Stufe war am unverfänglichsten. Außerdem deckte es den Wissensstand der gesamten Gruppe ab. Mit Monika verstand sich Tabea am besten. Kurzentschlossen wählte Andreas ihre Nummer.

Monika meldete sich für die Phase, in der sie steckte, erstaunlich fröhlich. »Hi, Andreas! Und, ist alles gut verlaufen? Ich wollte euch nicht stören, sonst hätte ich längst gratuliert.«

»Ich habe noch nichts von Tabea gehört.« Einen gleichmütigen Ton zu finden, fiel ihm schwer.

»Was heißt: *nichts gehört?* Du warst doch dabei, oder?«

»Nein, diesmal nicht.« Monika wusste also weniger als er. Das Gespräch brachte ihn nicht voran. Schnell sagte er: »Sie ist bestimmt erst spät eingeschlafen und pennt lange. Wann ist heute das Projekt-Treffen an der Uni? Ich hab's irgendwie verschwitzt.«

»Um vierzehn Uhr, Medienraum drei. Mit Elli und Tobias bin ich um zwölf in der Mensa. Vielleicht schaffst du es.«

»Ich bemühe mich. Tschüss.« Andreas legte das Handy neben sich auf die Couch und überlegte.

Wenn er nur Tabeas Vater anrufen könnte, um ihn zu fragen, ob sie zu Hause war. Aber wie rechtfertigte er das? Er hatte Tabea für alle sichtbar abgeholt. Jede Erklärung, warum sie nicht bei ihm war, hatte den Beigeschmack der Lüge.

Sicherlich klingelte bald sein Handy und Tabea würde ihm eine lustige oder bizarre Geschichte erzählen, warum sie sich nicht gemeldet hatte. *Und wenn sie verschollen bleibt? Niemand etwas weiß – weder der Bund noch ihre Eltern.* Die Vorstellung schnürte Andreas förmlich die Kehle zu.

Auf einmal fühlte er sich allein. Es war eine bedrückende Empfindung, die ihn an seine Kindheit erinnerte. *Mama auf Kur wegen ihres Herzleidens oder einer anderen vorgeschobenen Krankheit, Papa auf Geschäftsreise, ich unter Bewachung der alten, fiesen Rosi.* Wieder griff Andreas nach dem Handy und wählte die Nummer seiner Mutter.

Erst als er sich den Nachrichtentext der Mobilbox vollständig angehört hatte, wechselte er in die Anrufliste und tippte auf seinen Vater. Der hob wenigstens ab.

»Hallo, Andi. Was gibt's?«

»Oh, nichts. Ich wollte mich nur zwischendurch erkundigen, wie es dir geht. Wir haben uns seit zwei Wochen nicht mehr gesehen.«

»Tja, beide haben wir viel um die Ohren.« Roman Wendenberg lachte gekünstelt. »Wie es sich für erfolgreiche Männer gehört. Andi, horch zu. Ich bin gerade ziemlich in Eile. Ein wichtiger Termin steht an und ich muss mich vorbereiten. Das neue Bauprojekt macht ein paar Schwierigkeiten und ohne mich läuft nichts. Manchmal frag ich mich, wozu ich die ganze verfluchte Anwaltsarmada teuer bezahle.«

»Dann störe ich nicht weiter. Unter Umständen besuche ich dich und Mama am Wochenende.« Im Hintergrund hörte Andreas eine Lautsprecherdurchsage. »Bist du am Flughafen, Papa?«

»Nein! Wie kommst du darauf? Ich sitze im Büro. Das Fenster ist offen, wahrscheinlich irgendein Geräusch von draußen. Also dann, Junge.«

Entgeistert starrte Andreas auf das Handydisplay. Warum belog sein Vater ihn? Deutlich hatte er doch die Bordingankündigung eines Fluges der Lufthansa gehört. Er ließ den Oberkörper nach vorn sinken und vergrub sein Gesicht in den Händen.

Kapitel 41

Christian setzte sich an den Schreibtisch und schlug eine leere Seite des Schreibblocks auf. Dann zog er einen Stift aus dem Behälter und begann zu schreiben. Dabei kommentierte er sein Tun: »Wir sind wenige Minuten nach achtzehn Uhr dreißig bei mir zu Hause angekommen. Melanie sagte, Tabea sei zehn Minuten zuvor abgeholt worden. Knapp eine Stunde später sind wir losgefahren, um in Lokalen nach ihr zu suchen. Und wir haben jede Gasse rund um Andreas Wendenbergs Wohnung inspiziert. Sein Wagen stand nicht am Straßenrand.«

»Der Wohnkomplex verfügt über eine Tiefgarage. Bestimmt hat er dort einen Parkplatz gemietet«, warf Nick ein.

»Ja, Geld spielt schließlich keine Rolle.« Christian stöhnte auf. »Warum habe ich Tabea nie auf ihn angesprochen? Eine neutrale Frage hätte mir als Vater durchaus zugestanden. Und weshalb hat sie ihn mit keinem Wort erwähnt? Es wäre doch nichts dabei gewesen, wenn sie uns von ihrem Freund berichtet hätte. Anfangs hat sie wenigstens über die neuen Freundinnen geredet – nichts Spezifisches, keine Namen, aber immerhin etwas. Plötzlich herrschte Funkstille. Ist das normal?«

»Ich kann nur auf eigene Erfahrungswerte zurückgreifen. Nie hätte ich meinen Eltern erzählt, was ich in meiner Freizeit *treibe* – das Wort ist im Übrigen bewusst gewählt«, erwiderte Nick. »Tabea ist mit mir jedoch in keiner Weise zu vergleichen. Ich war in meiner Jugend sprunghaft und nicht zu bändigen. Sie hingegen steht mit beiden Beinen im Leben.«

»Was ist, wenn sie zwei Gesichter hat?«

Entschieden schüttelte Nick den Kopf. »Du legst den Blick eines Kriminalkommissars nicht ab, wenn du dein Haus betrittst. Zumindest Kleinigkeiten wären dir aufgefallen – das weißt du selbst. Und ich durfte dank der vielen Besuche bei euch Tabea ebenfalls ein wenig kennenlernen. Sie ist eine besonnene, verantwortungsvolle Frau. Willst du meine ehrliche Meinung erfahren? Für eine Zweiundzwanzigjährige sogar zu besonnen und zu verantwortungsvoll. Ich bin fest überzeugt, dass sie weder *zwei Gesichter hat* noch schlagartig ausgetickt ist.«

»Ist das dein Fazit als Analytiker?«

»Ja, und es bereitet mir Sorgen«, entgegnete Nick wahrheitsgetreu.

»Als Ermittler stimme ich dir zu. Der Vater in mir flippt gerade komplett aus.« Christian presste die Lippen aufeinander.

»Ich brauche bitte den ganzen Ermittler und eine winzige Portion Vater.« Bis jetzt war Nick zurückhaltend gewesen und hatte sich in eine mithelfende, beobachtete Position begeben. Seit dem Vormittag taten Melanie und Christian genau das, was auch Eltern ohne polizeilichen Hintergrund unternehmen würden: Während Melanie stundenlang den Campus abgesucht

hatte, waren Christian und er ziellos durch die Stadt gefahren.

Nun war es fünfzehn Uhr und an der Zeit, in die
Gänge zu kommen und die Ressourcen zu nutzen.

Christian ließ die Schultern fallen. »Ich versuche es,
versprochen.«

»Perfekt. Du hast doch Andreas Wendenbergs Handynummer, oder?«, erkundigte sich Nick.

»Ja, mit seinem Autokennzeichen habe ich mir damals gleich alle Daten aushändigen lassen. Warum
fragst du?«

Nick winkte ab. »Folgendes schlage ich vor: Als Erstes
informierst du die Kollegen – es gibt eine Grauzone zwischen Schweigen und einer offiziellen Vermisstenmel-
dung. Melanie soll Chiara und Tommy Bescheid geben.
Womöglich haben sie etwas aufgeschnappt. Und wir
beide führen eine eindringliche Plauderei mit Andreas
Wendenberg.« Aufmerksam beobachtete er Christians
Reaktion: Das Gesicht erstarrte zu einer Maske, und er
schien den Atem anzuhalten. Darauf senkte er die Lider
und sein Unterkiefer begann sich zu bewegen, als
würde er kauen.

Es war nicht nur der Moment, ernsthafte Schritte ein-
zuleiten, sondern zudem jener, in dem Christian die Gefahr in ihrem unerträglichen Ausmaß vollends reali-
sierte.

Nachdem er sich gefangen hatte, nickte er. »Lass uns
beginnen. Und ... danke, Nick.«

»Ich werde euch in –« Weiter kam Nick nicht. Der
Harfenklingelton von Christians Handy schlug an.

»Aus der Zentrale.« Er nahm das Gespräch an und
drückte auf das Lautsprechersymbol. »Mayer.«

»Ähm, guten Tag. Herr Christian Mayer? Ich wurde von der Vermittlung verbunden. Sie hatten uns beim ersten Gespräch Ihre Visitenkarte gegeben, doch auf die Schnelle ... egal. Ich bin es, Andreas Wendenberg, der Freund Ihrer Tochter.«

»Hallo, Andreas«, erwiderte Christian knapp.

Er und Nick tauschten einen vielsagenden Blick aus: Der junge Mann musste reden, sie hörten zu.

»Entschuldigen Sie die Störung, Herr Mayer, aber ich wusste nicht, an wen ich mich sonst wenden soll. Seit gestern Abend erreiche ich Tabea nicht und mache mir Sorgen um sie. Ist sie zu Hause? Vielleicht krank oder spontan weggefahren?«

Christian ging auf die Fragen nicht ein. »Ich würde mich gerne persönlich mit Ihnen unterhalten. Wann haben Sie Zeit?«

Andreas reagierte prompt. »Ich sitze in meiner Wohnung und fahre sofort los.«

»Wir treffen uns bei mir. Wenn Sie früher da sind, klingeln Sie. Ich gebe meiner Frau Bescheid. Bis gleich.« Christian beendete das Gespräch und sah Nick eindringlich an. »Damit habe ich nicht gerechnet. Und meine Unruhe steigt mit diesem Anruf ins Unermessliche.«

Nick stand auf. »Verschwenden wir keine Minute. Die Kollegen kannst du unterwegs benachrichtigen.«

Kapitel 42

Christian parkte hinter Andreas Wendenbergs Wagen und schaltete den Motor aus. »Ich glaube, wir haben alle Varianten durchbesprochen. Das wichtigste –«

»Dreimal sogar.« Nick klopfte Christian auf die Schulter. »Ich verspreche dir, wir holen das Maximum heraus. Und sofern es notwendig ist, setze ich ihm zu und du bleibst cool.« Aufgrund der persönlichen Verbindung zwischen Tabea und Andreas sollte er es übernehmen, die unangenehmen Fragen zu stellen, und würde gegebenenfalls auch massiven Druck auf den jungen Mann ausüben. Prinzipiell nahmen sie an, dass Wendenberg mehr wusste, als er zu sagen gedachte. Andreas' Sorge um Tabea war offenkundig, dennoch konnte er Informationen zu seinem Schutz oder dem anderer zurückhalten.

Sie stiegen aus dem Wagen und liefen gleich direkt um das Haus herum zur Terrasse. Als sie um die Ecke bogen, trat Melanie gerade mit zwei Kaffeetassen auf einem kleinen Tablett ins Freie.

Andreas Wendenberg saß bereits. Als er Christian und Nick kommen sah, sprang er auf. »Hallo, Herr Mayer, Herr Stein.«

»Nehmen Sie wieder Platz, Andreas!« Christian machte eine strikte Handbewegung.

Die persönliche Anrede baute Vertrauen auf, der Befehlston zeigte an, wer das Sagen hatte – Nick wäre identisch vorgegangen.

Melanie stellte eine Kaffeetasse vor Andreas auf den Tisch und schob die zweite Christian zu. »Nimm du meinen. Ich warte in der Küche auf Chiara – sie ist jeden Moment zu Hause. Nick, was möchtest du trinken?«

»Nichts, Melanie, vielen Dank.«

Christian wartete, bis seine Frau die Terrasse verlassen hatte, dann wandte er sich Andreas zu. »Tabea ist unauffindbar.« Er betonte jedes Wort mit tiefer Stimme und ließ eine Pause folgen. »Bei der Rekonstruktion des gestrigen Abends geraten wir rasch an unsere Grenzen. Waren Sie es, der Tabea von hier abgeholt hat?«

Andreas nickte. »Ja, knapp vor halb sieben. Ich habe sie zu ... Bekannten gebracht und bin in meine Wohnung gefahren.« Er senkte den Blick. »Ich habe sie unzählige Male angerufen und ihr Nachrichten geschickt. Wo ist sie bloß?«

»Andreas, meine Tochter ist eine vernünftige und gewissenhafte Frau. Sie würde nicht einfach verschwinden.«

»Genau deshalb bin ich ja so nervös!« Andreas knetete seine Finger. »Sie ist absolut verlässlich und hält sich an das, was sie sagt. Herr Mayer, ich habe ihre Tochter sehr gern, und glaube zu wissen, wie sie tickt. Irgendetwas ist geschehen.« Seine Miene verriet, dass er die Tränen kaum unterdrücken konnte.

»Sie haben Tabea also gestern bei *Bekannten* abgesetzt. Nennen Sie uns die Namen. Und warum haben Sie sie dort hingebracht?«, warf Nick ein.

Aus der Gesäßtasche des jungen Mannes ertönte eine Melodie. Andreas zog das Handy heraus. »Bitte entschuldigen Sie, das ist meine Mutter. Ich muss rangehen.« Er drückte auf den Annahmebutton und sagte: »Hallo, Mama. Danke für deinen Rückruf. Ich wollte nur ...« Er unterbrach und hörte ihr zu. Schließlich zog er die Augenbrauen zusammen. »Was? Beruhige dich erst mal. Hast du im Safe nachgesehen und seine Sekretärin angerufen? Ulli weiß immer, wo Papa steckt.« Wieder wartete er. »Mama, ich bin gerade in einer Besprechung ... wegen der Uni. Gleich danach fahre ich zu dir. Ruf indessen Doktor Bernstein an.« Nachdrücklich murmelte er: »Und bitte, Mama, keine Medikamente und keinen Alkohol, gemeinsam schon gar nicht. Versprich es mir.« Kurz behielt er das Handy noch am Ohr, dann legte er es zur Seite und fixierte sichtlich perplex die Kaffeetasse.

»Ist alles in Ordnung?«, erkundigte sich Christian.

Langsam löste sich Andreas aus seiner Starre. »Mein Vater – er ist ebenfalls ... verschwunden. Der Safe ist leer und sein Reisepass fehlt.« Mit einer hastigen Geste fuhr er sich durchs Haar. »Als ich heute Vormittag mit ihm telefoniert habe, dachte ich, er befände sich am Flughafen, und habe ihn gefragt. Er hat mich angelogen. Dabei war die Ansage im Hintergrund deutlich zu hören.« Andreas schluchzte auf. »Das ist doch nicht möglich, dass innerhalb weniger Stunden zwei Menschen aus meinem Leben vermisst werden.«

Nick räusperte sich. »Herr Wendenberg, zu wem haben Sie Tabea gestern gebracht? Und warum? Wir wissen mehr, als Sie ahnen, und etwaige Ausflüchte sind fehl am Platz. Der Spaß ist vorbei. Auf der Stelle will ich alles von Ihnen erfahren – und mit *alles*, meine ich in der Tat *alles*.«

Jäh sackte Andreas in sich zusammen und schluchzte erneut auf. Als er sich aufrichtete, hielt er Nicks Blick stand. »Ich halte das Ganze sowieso nicht länger aus. Ja, ich erzähle Ihnen *alles*.«

Wie eine Einheit beugten sich Christian und Nick vor.

»Fang an, Junge, damit wir uns um Tabea und deinen Vater kümmern können«, forderte Christian ihn sanft auf.

Andreas nickte. »Sapientia – die Weisheit, tempus – die Zeit, liber – das Buch. Daraus setzt sich der Name des Sateli-Ordens zusammen.«

Nick spürte, dass Andreas einen Anstoß benötigte, um in den Redefluss zu kommen. »Wer leitet diesen Orden?«

»Jeder Standort wird von den Obersten geführt. Ich kenne unsere nicht – ehrlich. Die Stufe, auf der ich stehe, ist zu niedrig. Zeigen sie sich uns, tragen sie Masken und ihre Stimmen sind verzerrt. Die Masken gehören zur Standardkleidung, das mit den Stimmen ist angeblich nur für ›Novizen‹ und ›Kompetente‹.«

»Jeder Standort? Und wie groß ist der Orden?«

»Es gibt uns überall auf der Welt, aber die Geheimhaltung unserer Existenz hat höchste Priorität. Wir arbeiten im Verborgenen.« ...

Kapitel 43

Nebeneinander schritten Christian und Nick auf den Verhörraum zu. Schwungvoll zog Christian die Tür auf und trat ein. Nick folgte ihm auf dem Fuß.

Lea Karlson saß mit verschränkten Armen auf dem zum Eingang ausgerichteten Stuhl. Prompt fuhr sie Nick und Christian an: »Sie also! Ich wurde von uniformierten Beamten mitten bei der Arbeit abgeholt. Sind Sie sich im Klaren darüber, wie peinlich das war? Kollegen und Studenten haben zugeschaut.«

Christian wischte die Anmerkung mit einer Handbewegung fort. »Tabea Mayer. Wo ist sie?«

»Die Studentin? Ihre Tochter? Woher soll ich das wissen?«

Nick ließ die Frau nicht aus den Augen. Trotz des vordergründigen Unmuts bemerkte er einen Anflug von Erstaunen – die Veränderung war minimal.

Unvermittelt brüllte Christian los. »Damit das klar ist: Ich stelle die Fragen, Sie antworten!« In einem ruhigeren, nicht weniger bedrohlichem Ton fuhr er fort: »Andreas Wendenberg hat Tabea gestern an einem Waldrand abgesetzt. Dort wurde sie – mit verbundenen Augen – von einem Mann in Empfang genommen und zu Ihnen gebracht. Ich wiederhole: Wo ist Tabea?«

Lea Karlsons Blicke flogen zwischen Christian und Nick hin und her. Nun war die Verwunderung offenkundig. »Ich habe Tabea gestern nicht gesehen. Das ist die Wahrheit, wirklich.« Jegliche Anmaßung war aus ihrer Stimme verschwunden.

Nick faltete die Hände. »Der Sateli-Orden. Es handelt sich um einen Geheimbund mit ausgedehntem Geflecht, das sich über alle Kontinente erstreckt. Schon bald werden wir uns erschöpfend damit beschäftigen und jedes einzelne Detail ausgraben. Jetzt allerdings zählt allein das Auffinden Tabeas. Gestern Abend sollte ihre Initiation stattfinden.«

»Das dürfen Sie alles nicht wissen! Es sind unsere Geheimnisse«, entgegnete Lea Karlson mit unverhohlenem Entsetzen. »Wer hat den Verrat begangen?«

»Jemand, dem Menschen wichtiger sind als Mysterien. Und auch Sie haben sich nach diesem Grundsatz zu richten.« Nick neigte den Kopf. »Lea, der Treuebruch ist bereits geschehen, und Sie tragen keine Schuld an der Offenlegung. Aber Sie können für den Orden und damit für Tabea positiv auf die Ereignisse einwirken.«

Blitzartig ließ Christian seine Faust mit voller Wucht auf die Tischplatte niedersausen. Es gab einen Knall und das Gestell wackelte. »Sie haben meine Tochter entführt, und wenn Sie nicht den Mund öffnen, mache ich Ihnen die Hölle heiß. Das schwöre ich bei meinem Leben.«

»Wir sind eine friedliche, ehrenvolle Vereinigung. Keinem Lebewesen wird etwas angetan. Wir lesen, beobachten, erkennen, analysieren, setzen jedoch keine Aktionen. Ich habe Tabea nicht entführt«, flüsterte Sie schließlich.

Nick erfasste die Verzweiflung in ihren Augen genauso wie die bedingungslose Hingabe. Er glaubte ihr, trotzdem würden sie von Lea nichts über die Interna des Sateli-Ordens erfahren. Dessen war er sich sicher. »Was der Geheimbund tut, ist im Moment, wie gesagt, zweitrangig. Das bleibt außen vor, versprochen.« Beschwichtigend hob er die Hände. »Sie erwähnten, sie hätten Tabea gestern nicht gesehen. Waren Sie ursprünglich dafür eingeteilt, ihre Initiation durchzuführen?«

Lea Karlson nickte. »Ja, alles sollte wie üblich vonstattengehen, doch gleich nach Ihrem und Herrn Mayers gestrigem Besuch im Hörsaal wurde ich von den Oberen darüber in Kenntnis gesetzt, dass ich für die Einführung nicht erforderlich sei. Meine Teilnahme war generell nicht erwünscht.«

»Haben Sie die Änderung hinterfragt? Und was haben Sie anschließend getan?«, erkundigte sich Nick.

»Nein, natürlich nicht. Es steht mir nicht zu, eine Weisung anzuzweifeln oder neugierig zu sein.« Lea nagte an ihrer Unterlippe. »Ich habe länger gearbeitet und bin dann nach Hause gegangen. Meine Wohnung liegt wenige Minuten von der Universität entfernt. Im Treppenhaus habe ich meine Nachbarin getroffen und sie auf einen Kaffee zu mir eingeladen.«

Endlich begann sich der Knoten zu lockern. Nick wusste, wie rasch er durch eine falsche Bemerkung wieder festgezogen werden konnte. Jetzt musste er auf jedes Wort achten. Um Christian brauchte er sich nicht weiter zu kümmern. Der hatte sich zurückgelehnt und würde nur im Bedarfsfall erneut zuschlagen. »Wie lange haben Sie und Ihre Nachbarin beisammengesessen?«

»Etwa zwei Stunden. Gegen zweiundzwanzig Uhr ist sie gegangen. Ich gebe Ihnen ihre Nummer. Rufen Sie sie an.«

»Das werden wir«, antwortete Nick gedankenverloren. Ein anderer Einwurf Leas beschäftigte ihn: Die Erwähnung des Gesprächs im Hörsaal gefolgt von der spontanen Planänderung hatte einen winzigen Funken gezündet. »Waren Sie alle noch zusammen, als Sie betreffend Tabeas Initiation neu instruiert wurden? Und hat sich niemand zumindest kurz entfernt?«

»Wir sind als Gemeinschaft vereint geblieben und haben Monika getröstet. Andreas war auch aufgewühlt. Die Mitteilung über Tabeas Vater – also Sie, Herr Mayer – hat ihn ziemlich durcheinandergebracht. Es mag in Ihren Augen lächerlich erscheinen, aber wir haben einen Kreis gebildet und uns fest an den Händen gehalten.«

Obwohl sich Nick vorgebeugt hatte und seinen Blick kerzengerade auf Lea Karlson richtete, sah er, wie sich Christian aufrichtete. War er ebenfalls dahintergekommen?

»Aus wie vielen Personen setzt sich der Kreis der Oberen zusammen?«, fragte Nick weiter.

»Aus dreien«, flüsterte Lea.

Mit einer kaum merklichen Bewegung zeigte Christian an, dass er übernehmen wollte. »Nennen Sie uns die Namen«, forderte er sie mit leiser, umso gefährlicher klingenden Stimme auf.

Wenngleich Lea die Arme wie zum Schutz um ihren Körper schlang, schüttelte sie entschlossen den Kopf. »Niemals.«

Rasch schwenkte Nick von Lea zu Christian. Auf dem Gesicht seines Kollegen spiegelten sich Angst, Wut und Verbissenheit. Nick sprang auf. »Lea, entschuldigen Sie uns bitte.«

Erst als Nick die Tür geöffnet hatte und auf den Gang hinaustrat, erhob sich Christian zögerlich und folgte ihm. Nick entfernte sich einige Schritte und wartete.

»Was tust du, um Himmels willen? Sie knickt ein und du unterbrichst? Wir brauchen diese Namen!«, fauchte Christian.

»Du hast mir auferlegt, dir zu helfen und auf deine neutrale Sicht zu achten.« Obwohl die Zeit erbarmungslos lief, war es wichtig, Christian erst auf den Boden zurückzubringen. Er würde nicht länger als fünf Minuten benötigen. »Lea Karlson wird die Oberen – genauso wie sie es gerade sagte – nicht verraten. Überhaupt war sie nur bereit mit uns zu reden, weil jemand vor ihr das Geheimnis offenbart hat. Sie muss auch gar nicht singen. Wir kennen nämlich einen der drei Oberen, wahrscheinlich sogar zwei.«

Christian starrte Nick entgeistert an. »Okay. Was ist mir entgangen?«

Eilig fasste Nick zusammen: »Tabea ist verschwunden, weil sie *deine Tochter* ist. Lea und die Studenten haben niemanden darüber informiert, aber du hast dich bereits davor als Tabeas Vater geoutet.«

»O mein Gott! Und dabei habe ich es zu ihrem Schutz getan. Die Prodekanin ...« Christian fasste sich binnen eines Atemzuges. »Okay. Geh du zurück zu Lea Karlson.

Womöglich findest du wider Erwarten doch einige Kleinigkeiten heraus. Ich verständige den Sondereinsatz und hole einen Durchsuchungsbeschluss für Susanne Kohlers Villa. Ich kenne das Anwesen, es ist prädestiniert dafür, jemanden zu verstecken. Tabea *muss* dort sein. Wo sollten sie sie sonst hingebracht haben?« Seine Stimme klang flehentlich. Es war nachvollziehbar, dass er sich an den dicksten Strohhalm klammerte. »Am liebsten würde ich auf der Stelle ins Auto springen und losfahren, aber ich beherrsche mich.«

Nick legte die Hand auf Christians Schulter. »Ich bin heilfroh, dass du so denkst. Beeilen wir uns.«

Kurz wirkte Christian wie aus allen Wolken gefallen. »Ich habe mich mitreißen lassen und dabei das Wesentliche übersehen. Danke, Nick, und ... entschuldige.«

»Wofür? Komm, jetzt holen wir Tabea.«

Kapitel 44

Nick und Christian beobachteten die mit Schutzanzügen bekleideten Männer, die gerade begonnen hatten, den riesigen gewölbeartigen Kellerraum zu untersuchen. Es war fast eine halbe Stunde verstrichen, bis Susanne Kohler endlich den Zutrittscode preisgegeben hatte. Erst die Androhung, mit Hacken und Stemmeisen ein Loch in die Mauer zu schlagen, hatte sie einsichtig gestimmt.

Von überall drangen Geräusche zu ihnen vor. Die altehrwürdige Villa wurde von oben bis unten auf den Kopf gestellt. Selbst jeder Quadratmeter des weitläufigen Gartens wurde inspiziert.

»Wir sind am richtigen Ort«, murmelte Nick. »So blöd es klingt, aber ich spüre es. Es spricht alles dafür.«

Christian versuchte ein Lächeln. »Ich weiß, was du bezweckst, und ich danke dir dafür. Im Augenblick fühle ich mich allerdings wie eine leere Hülle und nichts kann mich beruhigen. Warum finden sie sie nicht, Nick? Wo ist Tabea?«

»Der Keller ist riesig, und es wurden schon zwei alte Tunnel entdeckt, die aus einer Zeit vor dem Hausbau stammen müssen – genau wie dieser Raum. Im ersten Stock sind sie bisher auf zwei verborgene Zimmer gestoßen und die Bibliothek im Erdgeschoss birgt offensichtlich auch einiges.«

Einer der Männer deutete auf eine Stelle des Steinbodens – sie lag etwa in der Mitte des Raums –, und winkte einen anderen zu sich, der den Platz mit einem Mittel besprühte. Als er fertig war, hob er den Arm und rief: »Blaulicht!«

»O nein«, flüsterte Christian. »Sie haben Blutspuren entdeckt.«

»Lass uns weiter mit Susanne Kohler reden. Ihre Nachdenkpause hat lang genug gedauert«, schlug Nick vor.

»Nein, ich möchte hierbleiben. Übernimmst du sie bitte? Ich könnte mich nicht beherrschen. Am liebsten würde ich dieses Weib –« Abrupt brach Christian ab.

»Natürlich.« Nick drehte sich um, ging zur Treppe und stieg hoch in den ersten Stock. Er durchquerte das Foyer und betrat den Salon. Ein junger Polizist in Uniform stand vor dem Kamin und fixierte Susanne Kohler, die aufrecht in einem Ohrensessel aus dunkelrotem Samt saß. Ihr Blick war geradeaus gerichtet.

Nick nahm neben ihr auf einem einfachen Stuhl Platz und sah sie an.

Gemächlich drehte sie ihm den Kopf zu. »Wie sind Sie auf mich gekommen, Herr Doktor Stein? Lea Karlson ist loyal und ergeben. Sonst weiß niemand von meiner Stellung, außer Personen meiner Ebene und der darüberliegenden.«

»Als wir Sie besucht haben, sprach Christian Mayer von Tabea. Direkt im Anschluss unterhielten wir uns mit Lea Karlson und den Studenten. Auch hier wurde Tabea, und wer ihr Vater ist, erwähnt. Die zeitliche Abfolge lässt als einzigen Schluss zu, dass Sie aus Sicherheitsgründen die geplante Initiation in eine Entführung umwandelten. Warum haben Sie das getan – oder anordnetet?«

»Sie ziehen gute Rückschlüsse. Sagen Sie es mir.«

Nick bemerkte Neugierde in ihren Augen aufblitzen. »Ich glaube, dass Sie den Mord an David König zu verantworten haben. Tabea und ihre familiäre Verbindung zur Kriminalpolizei, im Speziellen zu genau diesem Fall, birgt ein enormes Risiko für Sie.«

»Ich habe die Hand nicht geführt, die David Kingsley, Ihren David König tötete.«

»Davon bin ich nie ausgegangen.« Nick beugte sich einen Tick nach vorn. »Wer ist Ralph Bittermann? Er ist hier gemeldet und dürfte das kleine Häuschen am anderen Ende des Grundstücks bewohnen.«

Leise schnalzte Susanne Kohler mit der Zunge. »Exakt die korrekte Frage zum richtigen Zeitpunkt – mein Kompliment. Ralph ist mit einem Ziehsohn zu vergleichen. Vor vielen Jahren habe ich ihn in meine Obhut genommen. Als Nächstes werden Sie von mir wissen wollen, wo er sich befindet, nicht wahr? Die Antwort gebe ich Ihnen gerne: Ich habe keine Ahnung.«

»Wir fahnden bereits nach ihm. Es wird keine Ewigkeit dauern, bis wir ihn aufgegriffen haben. Ihre Kooperation entscheidet darüber, wie wir mit ihm und auch Ihnen verfahren werden. Also, wo ist Tabea Mayer?«

»Ach, Herr Doktor Stein. Begreifen Sie endlich, dass gewisse Dinge für mich keine Bedeutung haben. Meine Welt ist nicht die Ihre. Was zählen die profanen Dinge des Lebens gegen unsere Kenntnisse? Ralph, ich, all die anderen sind nichts weiter als Sternenstaub, der irgendwann auf die Erde fiel. Er befindet sich überall, selbst in Ihnen.«

Hinter dem Rücken ballte Nick die Hand zur Faust. Susanne Kohler konnte nicht ahnen, dass Andreas Wendenberg ihnen die Mysterien des Sateli-Ordens enthüllt hatte. Und so bizarr es klang, wusste Nick, dass die Prodekanin nicht nur an die Doktrin des Geheimbundes glaubte, sondern sie im wahrsten Sinne des Wortes verinnerlichte. Niemals hätte sie sonst zuwege gebracht, Christian und ihn dermaßen zu täuschen. Er hatte sie sogar als authentisch bezeichnet.

Auf dieser Ebene musste Nick einhaken. Der Zeitpunkt war gekommen, seinen Trumpf auszuspielen – ihm war jedes Mittel recht, um Christians Tochter zu finden, selbst das niederträchtigste.

Er räusperte sich. »›The Eyes of Darkness‹ – ein Roman aus den frühen Achtzigerjahren von Dean R. Koontz. Eine Neuauflage mit dem deutschen Titel ›Die Augen der Finsternis‹ ist am Markt verfügbar – und das aus gutem Grund: Das Buch beschreibt eine biologische Waffe, die in der chinesischen Stadt Wuhan entwickelt wurde.« Es war purer Zufall gewesen, dass er im Zuge der QAnon-Recherche auf dieses Buch und die diesbezügliche Verschwörungstheorie der Q-Bewegung gestoßen war. Doch erst Andreas' Informationen über Sateli hatten ihn veranlasst, entsprechende Rückschlüsse zu ziehen. Nie hätte er allerdings damit gerechnet, dass ihm dies nun womöglich tatsächlich half, Tabea zu finden.

Zum ersten Mal seit Nick vor Susanne Kohler saß, bemerkte er eine echte Regung in ihrem Gesicht. Die Augen weiteten sich und zeitgleich öffnete sie den Mund. Blankes Erstaunen lag in ihrem Blick und buchstäblich fehlten ihr die Worte.

Wenngleich Nick innerlich vor Anspannung zu zerbersten drohte, bemühte er sich nach außen hin völlig ruhig zu wirken. Erst musste er Vertrauen aufbauen und Susanne Kohler suggerieren, dazuzugehören und eine Stufe über ihr zu stehen. Begleitet von einer gebieterischen Geste wies er zuerst den Polizeibeamten an, den Raum zu verlassen, dann sagte er mit leiser Stimme: »Sie staunen und misstrauen mir, Susanne? Lassen Sie mich einen längst erbrachten Beweis anführen: ›Das Bildnis des Dorian Gray‹ von Oscar Wilde. Die Erzählung hat bereits vor über einhundertzwanzig Jahren die Entwicklung und Gefahren der heutigen Social-Media-Gesellschaft offengelegt – ein alterndes Gemälde als Sinnbild für Facebook, Instagram und Co.«

»Wer sind Sie?«, flüsterte Susanne Kohler mit angehaltenem Atem.

Nick lächelte. »Wir wissen Bescheid über das Geheimnis des übergeordneten Kontinuums jenseits von Zeit und Raum, in dem Vergangenheit, Gegenwart und Zukunft in keiner linearen Form existierten. Den Zugang erhalten nur wenige Menschen mit der außergewöhnlichen Fähigkeit, zukünftige Ereignisse in Geschichten auf besondere Weise einzuweben: von der höheren Macht auserwählte Schriftsteller. Begonnen hat alles mit Lewis Carroll und seinem Roman ›Alice im Wunderland‹ – er war der Beginn und Schlüssel zu allem. Deshalb folgen auch wir ›dem weißen Kaninchen‹. Seit dieser Zeit suchen wir in Romanen aller Genres nach Hinweisen.« Für eine Weile schwieg Nick. »Soll ich endlos weitersprechen, oder erkennen Sie mich endlich und beugen Ihr Haupt, Susanne?«

Sie senkte die Lider und nickte. »Sind Sie gekommen, um mich für die Verfehlungen zu bestrafen?«

Nick ließ sich sein Erstaunen nicht anmerken. Er hatte das Korn gesät und würde später herausfinden, was diese Frage zu bedeuten hatte. Jetzt galt es, Tabea zu retten. »Ich bin vor allem hier, um die letzte Tat zu verhindern. Wo finde ich Tabea Mayer?«

Susanne Kohler reagierte sofort. »Hinter dem Vorhang im Gewölbe befindet sich der Durchgang zu einem alten Tunnel. Er mündet in einen einzelnen Raum, der Zugang ist jedoch verschüttet. Bei den großen Felsbrocken auf der rechten Seite handelt es sich um Attrappen. Sie müssen diese Kunststeine entfernen, um die Öffnung zu entdecken. Tabea geht es gut.« Sie bedachte Nick mit einem demütigen Blick. »Bitte offenbaren Sie sich mir.«

Nick stand auf. »Vielleicht lesen Sie es in meinem nächsten Buch, Frau Doktor Kohler. Ich bin Schriftsteller, sollten Sie das vergessen haben.« Mit gemessenen Schritten verließ er den Salon, doch kaum hatte er die Schwelle passiert, rannte er los.

Kapitel 45

Nicks Koffer lag gepackt, aber noch geöffnet auf dem Bett des Hotelzimmers. Er selbst stand am Fenster und beobachtete das Treiben auf der Straße. In fünfzehn Minuten würde ihn Christian abholen und zum Flughafen bringen. Mit dem abschließenden Verhör von Susanne Kohler war der Fall für ihn erfolgreich abgeschlossen.

Die Prodekanin erachtete Nick nach seinem Schauspiel als ihren leibhaftigen apokalyptischen Reiter und hatte keine andere Person an sich herangelassen. Es war eine Herausforderung gewesen, während der gesamten Unterhaltung die Illusion des Allwissenden aufrechtzuerhalten – letztlich hatte er es geschafft und die Wahrheit lag offen vor ihnen: die Morde an dem Studenten Kai Ramses und David König alias Kingsley – Robert hatte mit seiner antiken Tötungstheorie in der Tat recht behalten – sowie die beiden weiteren Obersten des Sateli-Ordens von Konstanz, Andreas' Vater Roman Wendenberg und der Rektor der Universität höchstpersönlich. Während sich Roman Wendenberg auf der Flucht befand, hatte sich der Rektor anstandslos festnehmen lassen.

Wie Susanne Kohler, deren Geist nach dem Gespräch mit ihm völlig in ihrer zeitlosen Traumwelt verschwunden war, beantwortete auch der Rektor keine

Fragen. Nick war überzeugt, dass der beste Verhörtechniker nichts aus ihnen herausbekommen würde. Ralph Bittermann hingegen, der Hüne und Ziehsohn der Prodekanin, war auf der Stelle eingeknickt, nachdem er von Susanne Kohlers umfassendem Geständnis erfahren hatte.

Die größte Hürde für Nick war es gewesen, die Verbindung zwischen dem Geheimbund und QAnon aufzudecken und sie zu verstehen – genau genommen gab es nämlich keine. Seit die Q-Bewegung begonnen hatte, an Popularität zu gewinnen, standen sie unter Beobachtung des Sateli-Ordens. Nicht zuletzt, weil die Verschwörungstheoretiker das Kaninchen aus ›Alice im Wunderland‹ beziehungsweise aus dem Film ›Matrix‹ als einen ihrer Slogans benutzten.

Die aufsehenerregende Verschwörungstheorie rund um das Stoffwechselprodukt Adrenochrom und die damit in Verbindung gebrachten Kindesentführungen hatten den Geheimbund schließlich veranlasst, Nachforschungen anzustellen. Sie selbst waren bereits vor langer Zeit auf eine Passage aus dem Roman ›Fear and Loathing in Las Vegas‹ von Hunter S. Thompson gestoßen, in dem Adrenochrom als Droge thematisiert wurde. Das von Nick ins Spiel gebrachte Buch von Dean R. Koontz hatte den Geheimbund ebenfalls aufgescheucht. Hier war QAnon sogar schneller gewesen.

Das eigentliche Ziel des Ordens war es, herauszufinden, ob die Q-Bewegung wirklich geheimes Wissen entdeckt hatte oder die Bezüge durch Zufall herangezogen worden waren. Den Mitgliedern war die Aufgabe zugefallen, die Verschwörungstheoretiker der jeweiligen Gegend auszukundschaften und zu eruieren, welche

Personen im Umfeld sympathisierten. Nick war zwar von Dorothy Franklin nach ›dem weißen Kaninchen‹ gefragt worden, die Aktion hatte sich jedoch nicht auf Athens beschränkt – überall wurde recherchiert.

Aus Nicks persönlicher Sicht hatte Dorothy Franklin ihre Rolle äußerst überzeugend gespielt.

Die komplexen Umstände, begonnen mit dem Mord an David König, trieben nun eine großangelegte Untersuchung voran, die immer weitere Kreise zog. Nick wusste nicht, wie viele Abteilungen und Einrichtungen inzwischen involviert waren. Gerade arbeitete man an der Bildung einer Sondereinheit, die mit den betroffenen Ländern zusammenarbeiten und die Abläufe koordinieren würde.

Christian betrafen diese neuen Ermittlungen nur am Rande. In seiner Verantwortung lagen die Morde an David König und Kai Ramses. Von Yvonne Engel aus München hatte Nick erfahren, dass auch sie beauftragt worden war, die Suizide der Literaturstudenten an der LMU unter die Lupe zu nehmen. Ohnedies hätte Yvonne nicht aufgehört, in der Angelegenheit von Dominique Heinzer zu stöbern.

Wie sie ihm am Telefon erzählt hatte, brachte die Beteiligung außerdem private Wirren mit sich. Offensichtlich waren Yvonne und der Psychotherapeut, den sie in diesem Zuge interviewt hatte, auf dem besten Weg, sich ineinander zu verlieben. Wie hatte Yvonne es ausgedrückt? »Ach, was soll's – besser zwei und ich kann mich nicht entscheiden, als keinen und ich bin einsam. Jeder Mensch braucht Herzenswärme und Geborgenheit, das habe ich gelernt.« Wie recht sie hatte.

Automatisch kam Nick Tabea in den Sinn. In ihrem Fall war es in erster Linie die Liebe und Fürsorge ihrer Familie, die sie auffing. Lange würde er die Bilder nicht aus dem Kopf bekommen, als sie den Tunnel freigeräumt und hinter einer Stahltür die völlig verängstigte Tabea gefunden hatten. Nick durfte nicht daran denken, was womöglich mit ihr geschehen wäre, hätten sie sie nicht so rasch entdeckt.

Mittlerweile hatte sich Tabea weitgehend erholt. Zum Glück war ihr das Ausmaß der Gefahr während der Gefangenschaft nicht bewusst gewesen. Die Wahrheit hatte sie erst danach – in Sicherheit – erfahren. Dennoch befand sich Tabea auf den Wunsch ihrer Eltern in Therapie, in der sie die jüngste Vergangenheit aufarbeitete und ihre Zukunft überdachte. Das Studium wollte sie aus heutiger Sicht nicht fortsetzen.

Andreas Wendenberg belasteten die Ereignisse weitaus schwerer. Er laborierte nicht nur an der Gehirnwäsche, der er im Rahmen des Ordens unterzogen worden war, sondern hatte zusätzlich mit familiären Problemen zu kämpfen. Während Roman Wendenberg unauffindbar war, hatte seine Mutter einen Zusammenbruch erlitten und war in eine Klinik eingewiesen worden. Alkohol und Medikamente spielten in ihrem Leben offenbar seit vielen Jahren eine gewichtige Rolle. Andreas hatte nun niemanden – bis auf Tabea. Sie kümmerte sich rührend um ihn, und auch Christian und Melanie versuchten, ihn zu unterstützen.

Der junge Mann war ein Opfer, und Christian rechnete ihm hoch an, dass er den Stein ins Rollen gebracht

hatte. Nick hatte die Herzlichkeit und Gastfreundschaft im Hause Mayer hautnah miterlebt. Sie würden
Andreas Wendenberg nicht alleinlassen.

Nick wandte sich vom Fenster ab, ging zum Bett und
schloss den Koffer.

Das Damoklesschwert namens David König war endgültig verschwunden, und er fühlte sich befreit.